# जितेन ठाकुर

## की यादगारी कहानियां



जितेन ठाकुर

हिन्द पॉकेट बुक्स
पेंगुइन रैंडम हाउस इम्प्रिंट

**हिन्द पॉकेट बुक्स**

यूएसए। कनाडा। यूके। आयरलैंड। ऑस्ट्रेलिया। सिंगापुर
न्यू ज़ीलैंड। भारत। दक्षिण अफ्रीका। चीन

हिन्द पॉकेट बुक्स, पेंगुइन रैंडम हाउस ग्रुप ऑफ़ कम्पनीज़ का हिस्सा है,
जिसका पता global.penguinrandomhouse.com पर मिलेगा

पेंगुइन रैंडम हाउस इंडिया प्रा. लि.,
चौथी मंजिल, कैपिटल टावर -1, एम जी रोड,
गुड़गांव 122 002, हरियाणा, भारत

पेंगुइन
रैंडम हाउस
इंडिया

प्रथम हिन्दी संस्करण हिन्द पॉकेट बुक्स द्वारा 2012 में प्रकाशित
यह हिन्दी संस्करण हिन्द पॉकेट बुक्स में पेंगुइन रैंडम हाउस द्वारा 2022 में प्रकाशित



10 9 8 7 6 5 4 3 2



ISBN 9789353492755

मुद्रकः रेप्रो इंडिया लिमिटेड



www.penguin.co.in

FSC www.fsc.org
MIX
Paper from responsible sources
FSC® C047271

This is a legitimate digitally printed version of the book and therefore might not have certain extra finishing on the cover.

हिन्द पॉकेट बुक्स

# जितेन ठाकुर

## की यादगारी कहानियां

जितेन ठाकुर का जन्म 05 अक्टूबर 1955 को हुआ। आपने एम. ए. (हिंदी) के बाद डॉक्टर ऑफ फिलॉसफी की उपाधि प्राप्त की। आपकी अनेक रचनाएं प्रकाशित हो चुकी हैं।

आपकी पहली कहानी 1978 में सारिका एवं पहली कविता 1980 में धर्मयुग में प्रकाशित हुई थी और उसके बाद आपने लेखन में नित नए आयाम स्थापित किए।

आपकी साहित्यिक उपलब्धियों में चंद सांचे चांदनी के (कविता संग्रह); दहशतगर्द, अजनबी शहर में, एक झूठ एक सच, एक रात का तिलिस्म, यादगारी कहानियां (कहानी संग्रह); शेष अवशेष, उड़ान, नीलधरा, चैराह (उपन्यास) आदि प्रमुख रचनाएं शामिल हैं।

# सम्मतियां

तुम्हारी कहानियों ने हमेशा समय की चिंताओं और अंतःकरण के सवालों को रचनात्मक अभिव्यक्ति दी है। समय की बेचैनियां साहित्य में लिपिबद्ध होकर धरोहर के रूप में सुरक्षित बनी रहती हैं

**– कमलेश्वर**

जितेन ठाकुर की कहानियां साम्प्रदायिकता का विरोध करती हैं और भावनात्मक रूप से लोगों को विभाजित करने का जो प्रयत्न है, उसे पूरी तरह उद्‌घाटित करती हैं। जितेन के समकालीन कथाकारों में यह कम ही देखने को मिलता है।

**– गिरिराज किशोर**

आपकी कहानियों के विषय, भाषा, अभिव्यक्ति सब कुछ बहुत अच्छा है। पठनीयता का गुण भी पर्याप्त मात्रा में है।

**– वेदराही**

# कथा-यात्रा

लिखने की ललक तो शुरू से ही थी, पर बारहवीं पास करते-करते इसने जुनून की शक्ल इख्तियार कर ली। दरअसल परिवार का वातावरण ही कुछ ऐसा था कि मन में साहित्य का बीज पड़ गया। माता जी को उपन्यास पढ़ने का शौक था और पिता जी को ग़ज़ल। इस लिए घर में प्रेमचन्द, शरद, बंकिमचन्द्र, प्रसाद और कुशवाह कान्त इत्यादि के उपन्यास सहेजे हुए थे, जिन्हें मैं सातवीं-आठवीं कक्षा से ही पढ़ने लगा था। हां, पिता जी की पत्रिकाएं उर्दू में होती थीं, जिन्हें मैं कभी नहीं पढ़ पाया। पर यदा-कदा जब किसी घटना से कोई ताल-मेल बैठता तो पिता जी उर्दू-अरबी के शेर सुनाते और उनका अर्थ समझाते। मिर्जा गालिब पिता जी को इतने प्रिय थे कि अपनी मृत्यु से लगभग तीन दिन पूर्व-जब डॉक्टरों द्वारा उनकी विदाई की घोषणा की जा चुकी थी-मैंने पूछा कि क्या वह भजन सुनना पसन्द करेंगे? वह लम्बी बेहोशी के बाद कुछ-कुछ समय के लिए होश में आया करते थे-फ़ौरन नाराज़गी जाहिर करते हुए बोले-'भजन क्यों? गालिब लगा' और मैंने देखा कि गालिब की ग़ज़ल बजते ही उनके चेहरे पर असीम शान्ति छा गई थी।

लेखक ही बनना है, यह अवचेतन में समाया हुआ था। कहीं चर्चा में सुन लिया कि लेखकों का सुलेख इसलिए स्पष्ट नहीं होता, क्योंकि जितनी तेज़ी से विचार चलते हैं, उतनी तेज़ कलम नहीं चल पाती। बात दिमाग़ में घर कर गई। मेरे विचार तेज़ चले या नहीं-पता नहीं, पर सुलेख जानबूझ कर बिगाड़ना आरम्भ कर दिया। भला, लेखक बनने का इससे सरल तरीका और क्या हो सकता था। बारहवीं के बाद दो बार दूसरे शहरों में जाकर पॉलोटैक्नीक में प्रवेश लिया, पर दोनों ही बार विषयों की नीरसता बरदाश्त नहीं कर पाया और भाग आया। घर पहुंच कर कुछ झूठी कहानियां सुनाईं और घर पर ही रहकर बी.ए. करने

की अनुमति मिल गई। वैसे भी तब तक परिवार की आर्थिक स्थिति चरमरा चुकी थी और यह सम्भावना प्रबल थी कि यदि मैं किसी तरह वहां टिका भी रह गया तो भी घरवाले रहने खाने-पीने का खर्च नहीं उठा पाएंगे। शायद इसीलिए मेरे जूठ को भी सच की तरह स्वीकार लिया गया और दाखिले के समय उधार लिया गया कर्ज़ चुकाने की जुगत में घर के कुछ जेवर बेच कर इस अध्याय को यहीं समाप्त कर दिया गया।

समझ नहीं आता कि यह विडम्बना थी या लेखक बन पाने के लिए पुख्ता होती ज़मीन, कि जिन दिनों लोगों के लिए साईकिल ख़रीदना भी मुश्किल था, मैं 'ब्यूक' कार में घूमा करता था। पर मसें भीगते-भीगते घर की स्थिति यह हो चुकी थी कि नानी, जो हमारे ही साथ रहती थीं, की माटी घर में पड़ी हुई थी और फूंकने के लिए पैसा नहीं था। एक सुनार, जिसे पिता जी अक़्सर गहने बेचा करते थे, उससे दो सौ रुपए उधार लेकर माटी को उठाया जा सका। यह बात मेरे दिमाग़ में इसलिए भी दर्ज है कि पिता जी का रुक्का लेकर रुपए मांगने मैं ही गया था।

बहरहाल, मेरे जुनून की कद्र करते हुए, दोस्तों ने चंदा इकट्ठा करके 1975 में मेरा कविता संग्रह प्रकाशित करवाया। इसी साल मेरी दो कविताएं 'धर्मयुग' में स्वीकृत हुई, तो मुझे जैसे पंख लग गए। उन दिनों धर्मयुग में छपना, किसी भी युवा के लिए, सपने का साकार होने जैसा था। पर आपातकाल का पाठल चला तो एक दिन भारती जी का पत्र आया जिसमें कविताएं न छाप पाने के लिए 'अपरिहार्य कारणों' का ज़िक्र था। मैं बुझ गया। जैसे किसी बच्चे के हाथ से टॉफी छीन ली जाए।

वह शायद 1978 की ही बात है, जब मेरे एक दोस्त ने जो किसी प्राईवेट स्कूल में नौकरी करने लगे थे, मुझे वहां की दास्तां सुनाई, जिसमें उनकी बेचारगी और स्कूल के मैनेजर की दबंगई जाहिर हो रही थी। बस! मेरे दिमाग़ ने जैसे कहानी लपक ली और 'वजूद' की रचना हुई। यही मेरी पहली कहानी थी, जो 'सारिका' में छपी थी। इस कहानी के छपने के बाद मुझे रोज़ डाकिए की प्रतीक्षा रहने लगी। कोई दिन ऐसा नहीं होता था जब चार-छः चिट्ठियां न आएं। देश के कोने-कोने से आने वाले इन पत्रों ने मेरे भीतर अल्हाद और आत्मविश्वास भरा और मेरे लिए साहित्य में सम्भावनाओं के नए द्वार खोल दिए।

1980 में 'धर्मयुग' और 'रविवार' में कविताएं प्रकाशित होने के बाद मैं आनन्द

के सागर में हिलोरें लेने लगा। लगा, जैसे आसमान छू लिया है। प्रसंगवश धर्मवीर भारती जी को लिखे अपने एक पत्र का ज़िक्र करना चाहूंगा। हुआ यह कि आपातकाल हटने के बाद, आपातकाल के नाम पर धर्मयुग में बहुत कुछ छप रहा था। मैंने अपनी वही कविताएं जो आपातकाल के कारण 'सैंसर' हो गईं थीं, फिर से भारती जी को भेजीं। कुछ दिन बाद कविताएं लौट आईं। सोचा, शायद स्थितियां बदलने से इनकी उपयोगिता नहीं रह गई है। दूसरी कविताएं भेजीं, वह भी लौट आईं। तीसरी बार जब कविता लौटीं, तो बरदाश्त नहीं हुआ, तुरन्त बैठ कर पत्र लिखा, 'या तो आपातकाल हटने के बाद धर्मयुग का स्तर बढ़ गया है या फिर मेरे लेखन का स्तर घट गया है। जो आप घटिया कविताएं तो छाप रहे हैं, पर मेरी लौटा रहे हैं।' उन्हीं दिनों कुछ राज्यपाल और मन्त्री भी धर्मयुग में छपने लगे थे। लिहाज़ा अपनी बात को और अधिक तीखा बनाने के लिए लिख दिया, 'यदि किसी प्रदेश का राज्यपाल या मन्त्री होता, तो शायद आपका प्रिय कवि होता।'

कुछ ही दिनों में भारती जी का पत्र आया, 'आरोप के लिए धन्यवाद। कविताएं भेजो।' बस यहीं से मेरा धर्मयुग में छपना आरम्भ हो गया। भारती जी चाहते तो उत्तर ही न देते, मेरी झल्लाहट मेरे ही पास रह जाती।

1972 से 1977 तक मैं किस दुनिया में जी रहा था, आज सोचता हूं, तो न हंसी आती है, न रोना। कॉलेज में प्रवेश तो लिया हुआ था, पर पढ़ने की जगह कभी बंधुआ मज़दूरों को मुक्त कराने की मुहिम में घूमता-फिरता, कभी दुनिया बदलने का सपना लिए लुभावनें नारों के साथ बैठकों में जाता तो कभी जनता का आह्वान करने के लिए गेरू-कूची से दीवारों पर नारे लिखता हुआ, रात-रात भर घूमता रहता। कभी नशा करके रफी और मुकेश के दर्द भरे गाने सुनता। पर इस भटकना के मध्य भी जो काम नियम से कर रहा था, वह था, लेखन। पता नहीं कैसे 1977 में यानी पांच साल बाद, नींद से जाग गया और दोबारा बी.ए. में प्रवेश लेकर पढ़ाई आरम्भ की और 1986 में 'डॉक्टर ऑफ फिलॉसफी' की डिग्री ले ली। पर शोध ने कुछ ऐसी तार्किकता दिमाग़ में भरी, कि कविता छूटती चली गई। इसी के बाद मैंने कहानियों पर ध्यान केन्द्रित किया।

'धर्मयुग' और 'सारिका' का बन्द होना एक युग का खो जाना था। कमलेश्वर 'गंगा' पत्रिका से जुड़े तो कुछ साहित्यिक माहौल बना। इसी पत्रिका में छपी मेरी कहानी 'दौड़' ने कमलेश्वर को प्रभावित किया और कमलेश्वर ने कई जगह

इसे उद्धृत भी किया। फिर 'हंस' के आने से बेहतर लिखने की एक मूक प्रतिद्वंद्विता भी आरम्भ हुई। हंस में छपने वाली मेरी पहली कहानी 'आतंक' थी, जिसके बनने का किस्सा बहुत ही रोचक है।

मैं किसी डी.ए.वी. कॉलेज में प्रवक्ता पद का साक्षात्कार देने के लिए मैनेजमेंट कमेटी के दफ़्तर में दिल्ली गया हुआ था। साक्षात्कार में मुझसे गायत्री मन्त्र सुना गया, आर्य समाज के सिद्धान्त पूछे गए, पर विषय पर कोई बात नहीं हुई। साक्षात्कार ऐसा भी होता है, मुझे पहली बार पता चला। झल्लाया हुआ मैं रात को ग्यारह बजे वाली बस से देहरादून के लिए चल पड़ा।

यह एक भयानक दौर था। खालिस्तान समर्थक आतंकवादियों द्वारा पंजाब में बसों से उतार कर लोगों को मारा जा रहा था। कुछ ही दिन पहले हरियाणा में भी बस से उतारकर लोगों को गोलियों से भून दिया गया था। इसलिए रात को चलने वाली बसों में सवारियां कम ही होती थीं। जिस बस में मैं दिल्ली से देहरादून जा रहा था, उसमें भी ड्राईवर-कंडक्टर के अलावा केवल दो ही लोग बैठे हुए थे। मैंने देखा, खाली पड़ी बस में दूसरा आदमी पिछले दरवाज़े से चिपका हुआ बैठा है। जैसे ही कोई दूसरी गाड़ी बस को ओवरटेक करके बस के आगे आती या किसी और कारणवश बस की स्पीड कुछ कम होती, वह उठकर खड़ा हो जाता। भय मेरे मन में भी था और मैं हौसले के लिए बार-बार उसको देखता, तो उसकी इस क्रिया पर हैरानी होती। चाय पीने के लिए ड्राईवर ने जब बस एक ढ़ाबे पर रोकी तो मैंने उस आदमी से इसका कारण जानना चाहा। उसने होशियारी से मुझे बताया कि जैसे ही आतंकवादी बस रोकेंगे, वह दरवाज़ा खोलकर कूद जाएगा। उसके हिसाब से तय था कि आतंकवादी अगले दरवाज़े से ही बस में चढ़ेंगे। इसलिए पिछले दरवाज़े से कूद कर ही बचा जा सकता है। बस ! यहीं से कहानी 'आतंक' का जन्म हुआ, जो बाद में 'जर्मन' भाषा में भी अनुवाद की गई।

मेरे तमाम लेखन में 'गुड़िया' ही एक ऐसी कहानी है, जिसे मैंने पहली राईटिंग में ही फाईनल कर दिया। दोबारा 'फेयर' करने की आवश्यकता ही अनुभव नहीं हुई। यह उन दिनों की बात है, जब मेरी बेटी बहुत छोटी थी और हमारे घर में नया-नया 'ब्लैक एण्ड व्हाईट' टी.वी. आया था। इसी में उसने 'बारबरी डॉल' के बारे में जान लिया था और अब उसे ख़रीदने की ज़िद पकड़ी हुई थी। बेटी को बहलाने के लिए मैं रबड़ की एक गुड़िया ले आया। उसे देख कर बेटी एकदम

बिफर गई और उसने गुस्से में गुड़िया फेंक दी। 'बारबरी डॉल' लाने की मेरी सामर्थ्य नहीं थी और उसके व्यवहार से मैं आहत था। बस! यहीं से 'गुड़िया' कहानी काग़ज़ पर उतरी जो 'इण्डिया टुडे' में छपने वाली मेरी पहली कहानी थी।

ठीक इसी तरह शिमला में मैंने एक छोटी-सी लड़की को भीख मांगते हुए देखा, तो उसे बेकरी से बन्द ख़रीद कर दिया। मेरे हाथ से बन्द का लिफ़ाफ़ा लेते हुए, मैले कपड़ों वाली उस दुबली-पतली लड़की ने कहा, 'थैंक्यू सर'। मैं चौंका, और सोचने लगा। बस, यहीं से कहानी 'मिस्टर सलमान चाचा' का जन्म हुआ। भले ही मैंने हज़ार बार कहा हो कि मैंने यह कहानी लिखी या वह कहानी लिखी। पर आज जब मैं अपनी कहानियों के बारे में सोच रहा हूं, तो यह बात दावे से कह सकता हूं कि मैंने कभी कोई कहानी लिखी ही नहीं। कहानी ने जबरन अपने आपको लिखवाया। वह मेरे दिमाग़ से कौंध कर छिटकीं और कलम में उतर आईं। आज इस मुकाम पर पहुंच कर सोचता हूं तो कह सकता हूं, कि फूट कर निकलती कहानियों के लिए मैं महज़ एक 'टूल' था, वह मैं न होता तो कोई और होता, क्योंकि उन कहानियों को तो हर हाल में जन्म लेना ही था।

मई-जून की भरी दोपहर के दिन थे। एक मांगने वाली औरत सड़क के किनारे दीवार पर छाया में अपनी धोती से मुंह ढांप कर सोई हुई थी। उसके साथ सटा हुआ डेढ़ साल का बच्चा बैठा हुआ किसी चीज़ से खेल रहा था। बच्चा सांवला और गोल-मटोल था। उसके लम्बे बालों को इकट्ठा करके सिर पर ऊपर की तरफ़, किसी एरियल की तरह बांधा गया था। इससे उसके चेहरे के नाक-नक्श बहुत साफ़ दिखलाई दे रहे थे। उस बच्चे में मुझे कुछ अतिरिक्त आकर्षण अनुभव हुआ और मेरे मन में आया कि यदि मेरे पास कैमरा होता तो मैं इस बच्चे का फोटो खींचकर शीर्षक रखता 'कृष्ण'। बस इसी समय से मेरे भीतर कहानी घुमड़ने लगी और 'सर्वाधिक सुरक्षित' ने आकार लिया। दरअसल मैंने तो इस कहानी का नाम 'तस्वीर' रखा था, पर छपकर आई तो शीर्षक बदला हुआ था। शीर्षक यादव जी ने ही बदला था और इस तरह यह कहानी एक बड़े मक़्सद से जुड़ गई थी।

खलील जिब्रान को पढ़ते हुए अचानक मेरे दिमाग़ में 'दुर्दान्त' कहानी का अक़्स उभरने लगा। कहानी लिखी और 'आऊटलुक' में छपी। पाठकों पर कहानी का

प्रभाव देखकर खुश तो हुआ ही, हैरान भी कम नहीं हुआ। शहर में ही कई लोग ढूंढते हुए मिलने चले आए और कई, जहां कहीं मिल गए, उस कहानी की बातें करने लगे। कई छोटी पत्रिकाओं ने तो अनुमति लेकर इसे दोबारा भी छापा। नौकरी से मैं कभी सामंजस्य नहीं बिठा पाया। मुझे सदा ऐसा लगता रहा जैसे किसी परिंदे के परों पर कंटीले तार लपेट कर उसे उड़ने से मोहताज तो किया ही जाए, साथ-साथ एक स्थायी चुभन भी दे दी जाए। हमेशा नौकरी से भागता रहा, छुट्टियां इतनी लेता कि 'ओवरड्यू' हो जातीं। बस ! मन करता था कि सिर्फ लिखता और पढ़ता रहूं। पर जीने के लिए कुछ तो करना ही था, इसलिए यहां बच पाना मुमकिन नहीं हुआ।

नौकरी के आरम्भिक दिनों में मेरी तैनाती शहर से बाहर फील्ड ड्यूटी पर हुई थी। वहां न जाने से भी काम चल जाता था और मेरे उन सम्बन्धी का प्रभाव भी था, जिनके कारण मुझे यह नौकरी मिल गई थी। यहां यह बताता चलूं कि पांच साल व्यर्थ करने के बाद, नौकरी के साथ ही मैंने एम.ए. और पी.एच.डी. भी किया था। लिहाजा रोज़ सुबह मैं झोला लटका कर घर से नौकरी के लिए निकलता और फील्ड ड्यूटी पर जाने के लिए बस पकड़ने की जगह गांधी पार्क पहुंच जाता। झोले में पढ़ने के लिए किताब होती, यदि कुछ लिखना होता तो कलम और काग़ज़ भी साथ होता और साथ होता दोपहर के खाने का टिफन। पानी तो पार्क में ही मिल जाता था। शाम को ऐसे घर लौटता, जैसे काम करके बहुत थक गया हूं। लगभग आठ-नौ महीने यह आनन्द चलता रहा, एक दिन पकड़ा गया और फिर नौकरी का दंश झेलने लगा।

ऐसा ही, फील्ड ड्यूटी की एक बेहद सर्द रात में करीब बारह-एक बजे एक बूढ़ा सरदार मेरे पास आया। वह रोने-रोने को हो रहा था और बार-बार हाथ बांधकर मिन्नतें कर रहा था। उसने बताया कि उसके बेटे पंजाब में आतंकवादियों द्वारा मार दिए गए हैं और वह अपनी विधवा बहुओं और परिवार के दूसरे सदस्यों के साथ पंजाब से भागकर आया है और तराई में कहीं अपने रिश्तेदारों के पास बसना चाहता है। पर नाके की चौकी पर उसे पकड़ लिया गया था और पुलिस वाले ट्रक से सारा सामान उतारने के लिए कह रहे थे। वह देखना चाहते थे कि पंजाब से आने वाले इस ट्रक में कहीं गोला-बारूद तो नहीं है।

वह बुज़ुर्गवार बेहद घबराए हुए थे और इस बात से चिन्तित थे कि वह अकेले ट्रक से इतना सामान कैसे उतार पाएंगे। पंजाब में वह भयानक आतंकवाद के

दिन थे। मैं उनकी जो मदद कर सकता था, कर दी। पर इस घटना ने मुझे भीतर तक हिला कर रख दिया। दिसम्बर-जनवरी में पाले की मारी हुई उस बेहद सर्द रात में करीब दो-ढ़ाई बजे मैंने कहानी 'दहशतगर्द' शुरू की थी, जो सुबह चार-साढ़े चार बजे तक पूरी हो गई थी।

किसी को हैरानी हो सकती है, पर यह सच है कि जीवन में आज तक मैंने अपने पहनने के लिए कभी कपड़ा नहीं ख़रीदा। जब तक पिताजी शारीरिक रूप से सक्षम रहे, वह जो कपड़ा ख़रीद लाते, मैं सिलवा कर पहन लेता, अब जो पत्नी और बेटी लाती हैं, वह पहन लेता हूं। एक पुरानी दुकान से आज भी मुझे साढ़े तीन सौ के जूते मिल जाते हैं। इसलिए कभी बाज़ार का मिजाज नहीं भांप सका। पर एक बार बेटे को उसकी स्कूल ड्रेस दिलवाने गया तो बेटे ने स्पोर्ट्स शू लेने की ज़िद पकड़ ली। सोचा ज़ेब में इतनी गुंजाईश तो हो ही जाएगी, सो ख़रीदने के लिए जब जूते देखे और दाम पूछे तो पैरों के नीचे से ज़मीन खिसक गई। बच्चे का ब्लेज़र, पैंट और टाई लेने के लिए जितने रुपये लाया था, वह जूता उससे कहीं ज़्यादा महंगा था। बस! यहीं से कहानी 'उसके हिस्से का बाज़ार' ने आकार लेना आरम्भ कर दिया।

इसी तरह कहानी 'कोट लाहौर वाला' 1947 के दिनों में पुंछ में हमारे और हमारे जैसे बहुत से दूसरे परिवारों के उजड़ने की कहानी है। यह कोट आज भी मेरे पास सुरक्षित है, जो सौ साल से भी ज़्यादा पुराना है और जिसे सत्तासी वर्ष के होकर विदा होने वाले मेरे पिता जी के दादा पहना करते थे। उस कोट को मैं भी पहनता रहा हूं, पर एक दिन अचानक ही मझे लगा कि इस कोट को लेकर कहानी अपनी शक्ल अख्तियार करने लगी है और 'कोट लाहौर वाला' काग़ज़ों पर उतर आया।

मेरे घर से कुछ ही दूरी पर एक बहुत सुन्दर बंगला था। मैंने बचपन से बड़े होने तक उस बंगले में कभी किसी को आते-जाते और रहते नहीं देखा। पर उस बंगले की साफ़-सफ़ाई और सजावट ऐसी रहती, कि उसका रंग-रोग़न की तो बात ही क्या, लॉन में भी कहीं तिनका गिरा हुआ दिखलाई नहीं देता। इसी बंगले पर मैंने कहानी 'एक बंगला सबसे न्यारा' लिखी थी। हैरानी की बात तो यह है कि कहानी में मैंने उस बंगले के जैसे भविष्य की कल्पना की थी, काफ़ी साल गुज़रने के बाद बंगले का वही हश्र भी हुआ। इस कहानी को पाठकों का बेइन्तहा प्यार मिला।

मैंने हर कहानी ज़िंदगी से उठाई है, इसलिए मेरे चारों ओर मेरी कहानियों के पात्र मौज़ूद हैं और शायद इसीलिए यह कहानियां पाठकों को भी अपनी कहानियां लगती हैं।

हर कहानी पर बात करूंगा तो शायद बात बहुत लम्बी हो जाएगी, पर अन्त में एक कहानी 'उत्सव' के बारे में ज़रूर बताना चाहूंगा। हर घर में जिस तरह इकलौते-लाडले बच्चे को खाना खिलाने के लिए बहुत यत्न करने पड़ते हैं, उसी तरह मुझे भी अपने बेटे को छुटपन में खिलाने के लिए बहुत कोशिश करनी पड़ती थी। पर वह मुंह में रखा हुआ निवाला भी उगल देता था। एक दिन जब बाहर बराम्दे में बैठा हुआ मैं उसे खाना खिलाने की कोशिश कर रहा था, तो दो छोटे-छोटे मांगने वाले बच्चे दरवाज़े पर खड़े हुए बहुत हसरत भरी नज़रों से मुझे देख रहे थे और रोटी मांग रहे थे। बस उसी क्षण मेरे भीतर एक 'स्पॉर्क' हुआ और 'उत्सव' कहानी ने जन्म ले लिया। छपने के बाद इस कहानी का सर्वाधिक भारतीय भाषाओं में अनुवाद हुआ।

इस तरह अपने पात्रों और अपने पाठकों के बीच जीता हुआ, लेखन को मैं अपने लिए किसी योग की तरह मानता हूं। जीवन में जितनी विपत्तियां, जितनी तंगहाली, उपेक्षा और तिरस्कार झेले, उसे लेखन से उपजे आनन्द और हज़ारों-हज़ार पाठकों के स्नेह ने पूर दिया। किसी और के लिए लेखन क्या होता है, यह मैं नहीं जानता, पर मेरे लिए लेखन जीने के लिए सांस लेने जैसी एक क्रिया है और बनी रहेगी।

– जितेन ठाकुर

# कथा-क्रम

# कोट लाहौर वाला

वह एक शानदार कोट था। चमकदार रोएं वाले ट्वीड के कपड़े का बेहतरीन कोट। इस कोट को शानदार बनाने में इसकी कसाव भरी सिलाई का भी हाथ था। कोट कहां सिला गया, यही दर्शाने के लिए दर्जी ने कोट की अन्दरूनी ज़ेब पर एक टैग सिल दिया था। टैग इतनी सफ़ाई से सिला गया था, कि उसके सिले जाने पर ही शक़ होता था। पहली नज़र में तो ये टैग चस्पा किया हुआ ही दिखलाई देता। इस टैग पर लाहौर के किसी बाज़ार की दुकान का पता दर्ज़ था। कोट जितनी सफ़ाई और नफ़ासत से सिला गया था, अस्तर का कपड़ा भी उतना ही मुलायम और चमकदार था। कोट की सारी ज़ेबों को ढ़कते हुए तिरछे कटे हुए कान लगे थे। सिर्फ एक पतली ज़ेब, जिसे यकीनन फाउंटेन पेन रखने के लिए ही बनाया गया था, खुली हुई थी।

कोट पर टांके गए बटन चमड़े की कारीगरी का बेहतरीन नमूना थे। बराबर लम्बाई में काटी गई चमड़े की कतरनों को एक-दूसरे के ऊपर से निकालकर कुछ ऐसा सिलसिला बनाया गया था कि उन्होंने गोल मुलायम बटन की शक्ल अख्तियार कर ली थी। जितनी चमक कोट के कपड़े और अस्तर में थी, उतनी चमक चमड़े के बटनों में भी थी। कहा जा सकता है, कि यह कोट हर तरह से कारीगरी का एक बेहतरीन नमूना था।

बदनसीबी थी कि यह कोट यूरोप के किसी देश में नहीं सिला गया था। इसलिए इस कोट पर न तो कोई गीत लिखा गया, न कोई अफ़साना गढ़ा गया। अलबत्ता लाहौर के पास एक छोटी-सी पहाड़ी रियासत के लोग इस कोट को देखकर कर ज़रूर ललचाते थे। कफ और कॉलर पर मखमल लगी दूसरे ओहदेदारों की बेशक़ीमती अचकनों के बीच भी यह कोई अपनी अलग आब रखता था। यूं कहें, कि यह कोट रियासत में एक मिसाल था, तो ग़लत नहीं होगा। पर इस पहाड़ी रियासत के अनपढ़-गरीब मेहनतकशों

के पास दो जून की रोटी के सिवा ज़िंदगी के और किसी भी सपने के लिए गीत गाने की ललक नहीं थी। बस सिर्फ एक बार जब इस रियासत का राजा लाहौर से कार लेकर आया था, तब गूजरों की भीड़ कार के पीछे-पीछे भागती हुई समवेत स्वर में गा रही थी, 'राजो आयो, लारी को बच्चो लायो।'

तब राजा की अगवानी के लिए जुटी बीसियों ओहदेदारों, टहलकारों और रियासत के सैकड़ों बाशिन्दों की भीड़ में कसी हुई बिरजिस पर यही कोट पहने हुए और कमर पर किरीच लटकाए हुए कुमेदान ने फख्र से अपने चारों ओर देखा था और तन गया था। लोगों ने देखा कि कार के पायदान पर पैर टिका कर उतरते हुए राजा के जिस्म पर भी ठीक ऐसा ही कोट कसा हुआ था...और तब ओहदेदारों की बीसियों चमकदार अचकनों की चमक अचानक फीकी पड़ गई थी।

दरअसल, यह कोट सिला ही रियासत के राजा के लिए गया था। पर उसी बीच एक ऐसा हादसा गुज़रा कि शहर तौबा-तौबा कर उठा। यह हादसा हुआ था राजा के शिक़ारी काफ़िले के साथ। चीते को गोली लग चुकी थी और चीता बेदम पड़ा था। पता नहीं यह चूक चीते पर नज़र रखने वालों से हुई थी या फिर चीता ही सिरे का फ़रेबी था। पर करीब घंटा भर मुर्दा पड़े चीते को जैसे ही कुमेदान ने बन्दूक से ठेला, दर्द भरी अचानक गुर्राहट के साथ चीते ने कुमेदान पर हमला कर दिया। कुमेदान की एक पूरी बांह चीते के मुंह में समा गई थी। हाहाकार करती हुई भीड़ भाग निकली। दर्द से छटपटाते कुमेदान ने एक-एक का नाम लेकर पुकारा, पर कोई लौट कर नहीं आया। अन्त में कुमेदान ने ही एक बन्दूक भरी, कांछ के नीचे दबाई, नली को गुर्राते हुए बांह चबाते हुए चीते की दोनों आंखों के बीच में टिकाया और ट्रिगर दबा दिया। धमाके की भयानक आवाज़ के साथ उछलकर एक तरफ़ चीता गिरा था और दूसरी तरफ़ कुमेदान।

करीब डेढ़ साल बाद जब ठीक होकर कुमेदान पहली बार दरबार में आया तो बहादुरी की इस मिसाल के लिए दूसरे बहुत से तोहफ़ों के साथ राजा ने अपना यह कोट भी कुमेदान को दिया था।

अब रियासत में ऐसे दो कोट थे। एक राजा के पास और दूसरा कुमेदान के पास। कुमेदान जब यह कोट पहन कर घोड़े पर निकलता तो राहगीर फुस-फुसा कर एक-दूसरे को बताते, 'देखो कोट, लाहौर वाला।' पर कुमेदान यह कोट पहन कर हर घोड़े की सवारी नहीं करता था। तीन घोड़ों में से एक काले घोड़े, जिसके माथे पर नेजे के फल जैसा सफ़ेद बालों का टीका था, की सवारी के दिन कुमेदान यह कोट पहनता। या यूं कहें कि कुमेदान जिस दिन ये कोट पहनता, उस दिन उसी खास घोड़े की सवारी करता। पर एक दिन साईस की ग़लती से वह काला घोड़ा लंगड़ा हो गया और उसे गोली मार दी गई। कुमेदान के लिए साईस की यह ग़लती नासूर बन गई। उसने घोड़े की मौत को बरदाश्त करने की कोशिश की। पर नहीं कर पाया।

साईस को कोड़े मारने की सज़ा सुनाई गई। कोड़ों की मार के शुरूआती दौर में साईस चीख-चीख कर अपनी बेगुनाही बयान करता रहा और रहम की भीख मांगता रहा। पर जब उसे यक़ीन हो गया कि उसकी आवाज़ का किसी पर कोई असर नहीं होगा तो उसने कुमेदान को कोसना और बद्दुआएं देना शुरू कर दिया। गालियों के साथ कोड़े की मार बढ़ती गई और साईस की सांसें घटती गईं। अब यह साईस की बद्दुआओं का असर था या फिर कुदरत का खेल, अगले साल ठीक उसी दिन कुमेदान भी चल बसा जिस दिन घोड़े को गोली मारी गई थी। कुमेदान की याद में सहेज कर रखी गई बहुत-सी चीज़ों में 'लाहौर वाले कोट' का अपना एक अलग मुकाम था।

फिर बंटवारे के दिन आए। रियासत को चारों ओर से कबायली हमलावरों ने घेर लिया। बेताड़ नाले के उस पार से चलाई जा रही कबायलियों की गोलियों से घरों की दीवारें छलनी हुई जा रहीं थीं। शहर छोड़ने के सभी रास्ते कबायलियों के कब्जे में थे। कहीं किसी भी तरह शहर से निकलना मुमकिन ही नहीं था। यह रियासत दुनिया से कटा हुआ एक टापू बनकर रह गई थी। तभी एक दिन ऐलान हुआ कि रसद लेकर आने वाले फौजी जहाज़ में जो यहां से निकलना चाहते हैं, तैयार हो जाएं। पर किसी को भी माल-असबाब ले जाने की इजाजत नहीं मिली।

दरअसल, माली जहाज़ में इतनी जगह ही नहीं थी कि आदमी भी जा सके और सामान भी। इसलिए छोटी-छोटी गठरियां उठाए हुए लोगों ने जब इस शहर को अलविदा कहा तो ऐसी ही एक गठरी में लिपटा हुआ 'कोट लाहौर वाला' भी अपनी उम्र के सुनहरे वर्क को फाड़ कर रियासत से विदा हो गया।

रियासत से विदा हुए काफ़िलों की पीढ़ियां बीत गईं। बच्चे, जवान और बूढ़े विदा हो गए। पर उस कोट का खोया हुआ सम्मान फिर नहीं लौटा। कभी रियासत की रौनक रहा यह कोट अब महज़ सर्दी से बचने की चीज़ बनकर रह गया था। वैसे भी ज़िंदगी की जंग में अब अतीत की चिन्दियों का वजूद और हो भी क्या सकता था। पर हद तो यह थी कि उपेक्षा के बावजूद इस कोट के रेशों में पहले जैसी ही चमक बरकरार थी। चमड़े के नर्म बटन पहले ही कि तरह नर्म और मुलायम थे और अन्दरूनी ज़ेब पर टांका गया लाहौर के किसी बाज़ार का टैग पहले की तरह साफ़-सुथरा और चस्पा किया हुआ दिखाई देता था। न तो ज़ेबें ही लटकी थीं और न ही अस्तर ने अपनी आब खोई थी। उम्र की एक सदी जी लेने के बाद भी अभी इस कोट में जीने की ललक बरकरार थी। पर एक दिन नुकसान कुछ ऐसे हुआ कि यह कोट ही चोरी हो गया।

पतंग और मांझा ख़रीदने के लिए घर के ही किसी नादान की नादानी से हुई इस चोरी की एक अलग कहानी है, पर कुनबे के लिए चोरी का यह सदमा गहरा था। जब तक कोट था, गुजरे हुए कल का एक सुनहरा वर्क फड़फड़ाता था, जिसके सहारे यह कुनबा बार-बार टूटते हुए रोशनी के दायरों को सिलने में कामयाब हो जाता था। पर आज इन्हें लगा था जैसे माथे पर नेजे के फल वाला काला घोड़ा, फिर लंगड़ा हो गया है और अब उसे गोली मारने के सिवा और कोई चारा नहीं बचा है।

करीब आठ महीने की गुमशुदगी के बाद एक दिन पुराने कपड़ों से भरी एक ठेली पर वह कोट दोबारा दिखलाई दिया। मैल और चिकनाहट ने उसके रेशों की चमक को दबाने की भरपूर कोशिश की थी, पर किसी ज़िद्दी बच्चे की किलकारी की तरह उस कोट में चमक का लिश्कारा अब भी बाक़ी था। यह बात और है कि फाउंटेन पेन रखने के लिए शौक से

बनाई गई कोट की जेब अब अन्दर से फट चुकी थी। जेबों को ढ़कने और उसकी हिफ़ाजत करने वाले तिरछे कटे हुए कान-चिकनाई वाले हाथ पोंछने से मैले हो गए थे। कोट की किसी भी जेब से तंबाकू के साथ मसले हुए भांग के सूखे पत्तों का चूरा बरामद किया जा सकता था और अस्तर भी कई जगह से छिछरा चुका था। ताज्जुब नहीं, अगर किसी ने अब इसे नया बर्तन ख़रीदने के एवज़ में पुराने कपड़ों के साथ बेच दिया हो।

पर तय था कि बेचने के लिए ठेली पर रखने से पहले इसे किसी घटिया साबुन से धोया गया था और बेतरतीबी से प्रेस भी किया गया था। इसीलिए इसके रेशों में अब भी चिकनाई और सलवटों में झुर्रियां मौजूद थीं। पर हैरानी तो यह कि लाहौर के बाज़ार की दुकान वाला टैग अब कोट की अन्दरूनी ज़ेब पर चस्पा नहीं था। वहां लंदन की किसी दुकान का पता छपा और चिपका हुआ था।

...क्योंकि अब इस मुल्क में लाहौर की चीज़े न बेची जाती हैं, न ख़रीदी जाती हैं।

# उत्सव

लड़के ने सहमी सकुचाई लड़की को त्योरी चढ़ाकर इशारा किया तो वह चुपचाप लड़के के पास आकर ज़मीन पर बैठ गई। लड़के ने अपनी लटकती हुई मैली आस्तीन से एक बार नाक पोंछा और फिर अपलक, सामने की इमारत के दूसरे माले पर खुली हुई खिड़की को ताकने लगा। लड़की ने भी उसकी दृष्टि का अनुकरण करते हुए दूसरे माले की खुली खिड़की को ताका, परन्तु उसे खिड़की में लहराते रंगीन पर्दों के अतिरिक्त और कोई आकर्षण बहां नहीं दिखलाई दिया। वह चाहती थी कि वापिस अपनी झोपड़-पट्टी में लौट जाए और ठीकरी का खेल खेले, परन्तु वह लड़के से डरती भी थी, इसलिए चुपचाप बैठी रही।

'और कितनी देर बैठना है?' लड़की कुछ ही देर में उकता गई थी।

'थोड़ी देर बस!' लड़के ने क्षणभर के लिए खुली खिड़की से दृष्टि हटाकर सूनी गली में डाली और फिर लड़की की ओर देखने लगा। लड़की के चेहरे पर आए उकताहट के भाव वह ताड़ गया था।

'तेरा मन नहीं लगा यहां?'

'चुप करके बैठने से मन लगता है कहीं?' लड़की ने उलाहना दिया। लड़का बड़ों जैसी समझदार हंसी हंसा।

'पता है न कि मैं तुझे यहां क्यों लाया हूं?'

'कुछ खिलाने को कहता था तू।'

'हां! इसीलिए लाया हूं। अपने किसी भी दोस्त को मैंने यहां का पता नहीं बतलाया है।'

'इतनी धूप!...और यहां ऐसे बैठे-बैठे, क्या आसमान से गिरेगी खाने वाली चीज़?' लड़की को अब लड़के की बातों पर अविश्वास होने लगा था।

'हां! आसमान से गिरेगी। तू देखती रहना।' लड़का हंसा फिर गम्भीरता से बोला, 'सामने खिड़की देख रही है न, वहीं से गिरेगा खाना, खूब बढ़िया, मसालेदार।'

यूं तो लड़के ने 'मसालेदार' शब्द को कुछ इस प्रकार कहना चाहा था कि लड़की ललचा जाए और फालतू की बक-झक छोड़कर चुपचाप उस मसालेदार बढ़िया खाने की प्रतीक्षा करे, परन्तु कम्बख्त 'मसालेदार' शब्द जुबान से निकलता इससे पहले ही मुंह स्वाद से भर गया था और शब्द दब गया। पिछले दो दिनों से चेतना पर निरन्तर छाया रहने वाला खाना उसे परेशान करने लगा था। फिर भी लड़की उसका आशय समझ गई थी और अब उसे पहले वाली उकताहट से नहीं देख रही थी। लड़का सन्तुष्ट हो गया।

'तुझे इस जगह का पता किसने बतलाया?' लड़की ने पूछा।

'किसी ने नहीं।' लड़के की आंखों में उत्साह तैर गया।

'फिर तुझे कैसे पता चला?'

'मैंने अपने-आप ढूंढ़ा था।'

'वो कैसे?' लड़की की उत्सुकता बढ़ने लगी थी।

'एक दिन दोपहरी में यहां अंबियां तोड़ने आया था। तभी ऊपर की खिड़की से किसी ने खाना फेंक दिया। मैं न देखता तो कुत्ता लपक लेता।'

'तुम कहते हो खाना बहुत मज़ेदार होता है।'

'हां, सचमुच होता है।' लड़के ने स्वीकृति में सिर हिलाया।

'तो उस खाने को फेंकता कौन है?'

'एक लड़का फेंकता है, गोरा, मोटा लड़का।'

'क्यों फेंकता है?' लड़की आश्चर्यचकित है।

'पता नहीं क्यों फेंकता है। पर फेंकता छुपकर है। पहले खिड़की से नीचे झांकता है। अगर कोई दिखलाई दे तो हाथ बाहर नहीं निकालता। गली सूनी हो तो झट से खाना फेंक देता है।'

'तूने उस लड़के से पूछा नहीं?'

'कैसे पूछता? कभी अकेला नीचे आता ही नहीं। जब भी आता है,

नौकर के साथ होता है और फिर पूछकर मुझे क्या लेना?' लड़के ने कंधे उचकाए और फिर से खिड़की की ओर ताकने लगा।

'इतना स्वाद खाना क्यों फेंकता है वो?' लड़की बिना खाना खाए ही उसका स्वाद अनुभव करती हुई बुदबुदाने लगी। अचानक जैसे अपने किसी अन्वेषण पर लड़की चौंककर उछल पड़ी। 'सुन! कहीं उस खाने में ज़हर तो नहीं होता।'

'पागल कहीं की! ज़हर होता तो मैं पहले ही दिन मर ना जाता।' लड़के ने लड़की की नासमझी को दुत्कारा और हंस दिया। लड़की अपनी खोज से उत्साहित होकर जितना उछल गई थी, अब पस्त होकर उतनी ही पसर गई। उसकी खोज बेकार साबित हुई थी।

'फिर क्यों फेंकता है वह इतना बढ़िया खाना?' वह फिर सोचने और बुदबुदाने लगी थी।

सड़क से निकल रहा भिखारी पेड़ की छांव देखकर उनके पास आकर बैठ गया। लड़के ने घबराहट और अर्थभरी दृष्टि से लड़की को देखा परन्तु लड़की कुछ नहीं समझ पाई। वह अपनी ही सोच में डूबी हुई थी। भिखारी ने अपनी पीठ पर रखी हुई कपड़ों की छोटी-छोटी थैलियां और अपनी चद्दर उतारकर ज़मीन पर रख दी थी और पसीना पोंछने लगा था। फिर उसने दोनों बच्चों की ओर दृष्टि फेंकी और घुड़की भरे स्वर में बोला, 'क्या कर रहे हो तुम दोनों यहां?'

'कुछ नहीं।' लड़के ने सहमें स्वर में उत्तर दिया।

'तो भागो, जाकर कहीं और खेलो।'

'हम खेल नहीं रहे थे, आराम कर रहे थे।' लड़का साहस बटोरकर धीमे से बोला।

'कोई बड़ा बोझा उठाया है क्या, जो आराम की ज़रूरत पड़ गई तुम्हें?' भिखारी हंसा।

'बोझा नहीं उठाया, एक जगह बहुत बढ़िया खाना मिला था। हलुवा पूड़ी वगैरा-वगैरा। ज़्यादा खा लिया अब चला नहीं जाता।' लड़के के झूठ पर लड़की चौंक गई थी, परन्तु चुप रही।

'कहां मिल गया तुम्हें खाना?' भिखारी कुछ सतर्क हुआ।

'अरे वो हनुमान मन्दिर के बगल में सेठ है न, उसकी सेठानी मर गई। आज खाना भी खिलाया और पांच-पांच रुपया भी दिया, हम सबको।'

'कहां है रुपया?' भिखारी ने अविश्वास भरी दृष्टि से लड़के को देखा।

'घर वालों ने छीन लिया था, हमें सिर्फ चवन्नी दी। हमने लैमनचूस खा लिया।' लड़का भोलेपन से बोला।

'झूठ तो नहीं बोलता?' भिखारी ने लड़के को घूरा।

'भगवान कसम इससे पूछ लो।' लड़के ने लड़की की ओर इशारा किया तो लड़की ने हां में सिर हिला दिया। लड़की कुछ भी समझ नहीं पाई थी, परन्तु इतना जानती थी कि उसे लड़के का साथ देना चाहिए।

भिखारी जल्दी-जल्दी अपने झोले उठाकर चल दिया। भिखारी के ओझल होते ही लड़की ने पूछा, 'तूने उससे झूठ क्यों बोला?'

'झूठ नहीं बोलता तो वो यहीं जमा रहता, हमसे रोटी छीन लेता।'

'लौटकर आया तो हमें पीटेगा।' लड़की डरी हुई थी।

'इतनी धूप में इतनी दूर जाने के बाद लौटकर आएगा तो मर जाएगा।'

'बड़ा चालाक है रे तू।' लड़की ने कहा तो दोनों हंस पड़े और दोबारा खुली हुई खिड़की को ताकने लगे।

लड़का फिर सतर्क हो गया। दूर से एक झबरैला कुत्ता चला आ रहा था।

'कुत्ता...' वह धीरे-से बोला और उठकर अपने आस-पास ढेला तलाशने लगा।

'क्या हुआ?' लड़की ने दूर से आते कुत्ते और लड़के की बेचैनी, दोनों को देखा, परन्तु कुछ भी समझ नहीं पाई।

लड़के ने ढेला तलाश लिया था और अब कुत्ते का निशाना साध रहा था। लड़के के हाथ से ढेला छूटने और कुत्ते के कांय-कांय करके भागने का अन्तराल इतना कम था, मानो ढेला न छूटा हो, गोली चली हो।

लड़की ने भागते हुए कुत्ते को देखा और फिर लड़के को, जो अब अपनी ढुलक रही नेकर को ऊपर से बल देकर स्थिर करने की चेष्टा कर रहा था। दरअसल ढेला मारते समय शरीर से कुछ अतिरिक्त रूप से तन जाने के कारण, नेकर के ऊपरी हिस्से में लगाए बल खुल गए थे और नेकर ढुलक पड़ी थी।

नेकर के कमर पर टिक जाने के बाद, लड़का वापस लड़की के पास आकर बैठ गया। लड़की ने तरल दृष्टि से लड़के को देखा और कंधे से फटी हुई उसकी कमीज़ से झांकती काली चमड़ी पर उंगलियां फेरने लगी। लड़के को गुदगुदी हुई तो वह मचलकर हंस पड़ा।

'जो लड़का खाना फेंकता है, वह गोरा है?'

'हां...'

'ये कोठी में रहने वाले लोग गोरे क्यों होते हैं?'

'पता नहीं...' लड़के ने अरुचि से उत्तर दिया। उसकी आंखों में अचानक कौंधती ईर्ष्या से सहमकर लड़की चुप हो गई।

उसी समय खुली खिड़की का परदा हिला और एक गोरा, भरा हुआ चेहरा बाहर निकला।

'यही है...' लड़की ने फुसफुसा कर पूछा।

'हां! यही है। अब रोटी फेंकेगा।' लड़का चौकन्ना होकर पंजों के बल बैठ गया। उसकी एड़ियां ठीक उसी अंदाज़ में उठी हुईं थीं, जैसे अक़्सर दौड़ आरम्भ होने से पहले खिलाड़ियों की उठ जाती हैं। लड़के का अनुमान सही था। पहली बार लड़के का चेहरा खिड़की से बाहर निकला था और दूसरी बार हाथ बाहर निकला और गुत्थमगुत्था रोटियों का गुच्छा नीचे गिरने लगा। लड़के ने सही पूर्वानुमान से भागते हुए रोटियां बोच लीं। लड़की चुपचाप लड़के का करतब देखती रही फिर उठकर लड़के के पास आ गई।

अब वह दोनों एक छायादार पेड़ की ओर बढ़ रहे थे।

'तूने तो रोटी यूं बोची जैसे गेंद हो।' लड़की ने प्रशंसा के स्वर में कहा।

'बोचता नहीं तो ज़मीन पर गिरकर सब्जी-रोटी सब छितरा नहीं

जातीं। फिर टुकड़े बीनने पड़ते। रेत-मिट्टी लगती सो अलग।' लड़का खुशी और गर्व से फूल रहा था।

पेड़ के पास पहुंचकर लड़के ने रोटियों और सब्जी का बंटवारा किया और दोनों चुपचाप रोटी खाने लगे। रोटी वास्तव में बेहद स्वादिष्ट थी और लड़की उसके नशे से भरने लगी थी।

'सुन! अब रोज़ दोनों इस वक़्त यहीं आया करेंगे। अच्छी हैं न रोटी।' लड़के ने लड़की के तृप्त हो रहे चेहरे को पढ़ लिया था।

'हां! बहुत स्वाद है।' लड़की ने स्वीकारा।

'तू बड़ी होकर मुझसे शादी करना। रोज़ ऐसी ही रोटी खिलाऊंगा।'

'धत्! बेशर्म! लड़की शरमा गई फिर बोली, 'कहां से खिलाएगा?'

'यहीं, इसी जगह आया करेंगे दोनों।' लड़के ने विश्वास से कहा।

'जब हम बड़े हो जाएंगे, तो इत्ते से खाने से पेट थोड़े ही भरेगा।' लड़की व्यावहारिक हो गई थी।

'जब हम बड़े होंगे तो खाना फेंकने वाला लड़का भी तो बड़ा होगा जाएगा। फिर इतना-सा खाना थोड़े ही फेंकेगा, ज़्यादा फेंकेगा।' लड़के ने अपना खाना खाकर उंगलियां चाटीं और लटकती हुई आस्तीन से मुंह पोंछ लिया।

लड़की भी उठ खड़ी हुई। उसका मन बेहद खिल उठा था और अब वह सायेदार दरख्तों से नीचे भागना चाहती थी। उसने झट से लड़के का हाथ पकड़कर खींच लिया। आगे बढ़ते हुए दोनों ने घूमकर खुली हुई खिड़की की ओर देखा और उन्हें लगा कि हवा में धीमे-धीमे फर्र-फर्रा रहे पर्दों के रंग पहले से अधिक शोख और चटक हो गए हैं।

# गुड़िया

ग़लती मुझसे ही हो गई थी।

नन्ही रितु हाथी के बच्चे की कहानी सुनने की ज़िद कर रही थी और मैं तॉलस्तॉय के उपन्यास -'वॉर ऐंड पीस' के अन्तिम खंड में विक्षिप्त-सा घूम रहा था। मास्को जल चुका था ओर फ्रांसिसियों की लूट ज़ारी थी। प्रिंस अंद्रेई की मौत, नताशा का दुःख और प्येर का क़ैदी हो जाना – इन सबने मिलकर कुछ ऐसा प्रभाव उत्पन्न किया था कि मैं नन्हीं रितु को कहानी सुनाने की मनःस्थिति में नहीं था। लिहाजा, मैंने उसे टालने की ग़रज से टेलीविजन खोल दिया।

इसे संयोग ही कहिए, कि उस समय टेलीविजन पर छोटे बच्चों के लिए बेहद आकर्षक कार्यक्रम चल रहा था 'डॉल शो'। चाइनिज़ डॉल, अमेरिकन डॉल, जैप्नीज़ डॉल... बहरहाल, कार्यक्रम इतना रोचक था कि रितु उलझ गई थी और भांति-भांति की सजी-सजाई गुड़ियों को देखकर बीच-बीच में किलक भी रही थी। मैं वापस मास्को चला गया था। जहां सब कुछ ठीक वैसा ही था जैसा मैं रितु के लिए टेलीविजन चलाने से पहले छोड़कर आया था।

रात के साढ़े ग्यारह बजे कार्यक्रम समाप्त हुआ तो मैंने भी उपन्यास बन्द करके रख दिया। पत्नी बहुत पहले ही सो चुकी थी। उसे न तो टेलीविजन की विदेशी गुड़ियों से मतलब था, न मेरे उपन्यास से सरोकार। चिन्ता थी कि सुबह जल्दी उठकर नल जाने से पहले कपड़े धुल जाएं तो दिन भर पानी की किल्लत से बचा जा सकता है।

'पापा हमें भी ऐसी गुड़िया ले दो।'

'ले देंगे बेटे', मैंने रितु को लिहाफ ओढ़ाकर लाइट बुझा दी।

'कल ले दोगे पापा?' मुझे लगा कि अंधेरे में रितु की आंखों में गुड़ियों का सपना पलने लगा है। पर मैंने इसे गम्भीरता से नहीं लिया और पहले की भांति बात को टालने की गरज से कह दिया, 'ज़रूर ले देंगे बेटे।'

'थैंक्यू पापा।' मुझे अंधेरे में गूंजती आवाज़ से ही अनुभव हो गया था कि बच्ची खुशी से हुलस गई है। रितु ने अंधेरे में ही अपनी नन्ही-नन्ही उंगलियों से टटोलकर मेरा मुंह अपनी छोटी-सी हथेली की गिरफ्त में करके उसे चूमा और फिर तकिए पर सिर रखकर लेट गई। मैं काफ़ी देर तक रितु का जागना महसूस करता रहा था। वह कुछ भी बोल नहीं रही थी, परन्तु 'डॉल शो' उसके मस्तिष्क के पटल पर अब भी ज़ारी था। मैं शायद रितु से पहले ही सो भी गया था।

पता नहीं क्यों, रितु से गुड़िया ला देने का वादा करते समय मैं निश्चिंत था कि सुबह तक रितु गुड़िया की बातें भूल जाएगी। यदि नहीं भी भूली तो भी उसे बहलाया जा सकता है, परन्तु सुबह सब कुछ मेरे सोच के विपरीत घटित होता चला गया था। रितु ने बिस्तर से उठकर पहली बात ही गुड़िया की की थी। मुझे लगा कि रात भर रितु गुड़िया का सपना ही देखती रही है।

'पापा अपना प्रॉमिस याद है न?' रितु ने नटखट भाव से अपनी आंखें तरेरीं।

'कौन-सा प्रॉमिस बेटे?' मैं सचमुच भूल चुका था।

'आपने गुड़िया लाने को बोला था, याद आया?' रितु ने अपनी छोटी-सी अंगुली उठाकर मुझे याद कराया।

'ओह बेटे। आज ला देंगे आपको।'

'कौन-सी गुड़िया लाएंगे?'

'गुड़िया लाएंगे...कौन-सी क्या?'

'चाइनिज गुड़िया...जैप्नीज़ गुड़िया...इटालियन गुड़िया...कौन-सी गुड़िया लाएंगे आप?' गुड़ियों के सम्बन्ध में मेरी अज्ञानता पर होंठ टेढ़ा करके रितु जिस प्रकार मुस्कुराई थी, उससे मुझे लगा कि वह अचानक एक ही रात में पहले से अधिक समझदार हो गई है।

'ओके-ओके ! आपके लिए इंडियन डॉल लाएंगे।' मैंने उसे टालने की गरज से एक बार फिर झूठा प्रॉमिस किया। पर अब मुझे अपने ही अन्दर यह अनुभव होने लगा था कि गुड़िया लानी ही होगी। गुड़िया लाने के बारे में भला ज़्यादा क्या सोचना ? बाज़ार से पांच-दस रुपए की कोई गुड़िया ले आएंगे और मैं तैयार होकर दफ़्तर चला गया था।

लंच के समय मैं दफ़्तर से निकल आया। बाज़ार पास ही था और रितु के लिए गुड़िया लेने का विचार सुबह से मेरे दिमाग़ में कुलबुला रहा था। मैं गुड़िया की बात को भूल भी जाता, परन्तु रात को सोने से पहले गुड़िया ला देने के मेरे आश्वासन पर रितु ने जितना उल्लसित होकर मेरे चहेरे को अपने नन्हे-नन्हे हाथों में भरकर चूमा था, उसी की कौंध मेरे मन-मस्तिष्क पर ताज़ा थी। मैं नहीं चाहता था कि दफ़्तर से लौटने के बाद जब मैं रितु को पुकारूं, तो वह मेरे हाथ में गुड़िया न देखकर बिसुर जाए।

मैं खिलौनों की एक सुन्दर दुकान में घुस गया। दुकान खिलौनों से भरी पड़ी थी। कई प्रकार की गुड़िया लिफ़ाफ़ों में बन्द, आने-जाने वालों को देखकर बहुत मासूमियत से मुस्कुरा रहीं थीं।

'छोटी बच्ची के लिए गुड़िया दिखाओ', सेल्समैन से कहने के साथ ही मैंने ज़ेब में पड़ा बीस का नोट टटोला।

'कौन-सी गुड़िया साहब ? चाइनिज...जैप्नीज़...बारबरी...' सेल्समैन ने कई नाम गिना दिए। पता नहीं क्यों, मुझे लगा कि आज शहर भर के खिलौने वाले कुछ अतिरिक्त सतर्क हो गए हैं। एक विशेषज्ञ ज़ेबकतरे की भांति उन्होंने भी हमारा मनोविज्ञान भांप लिया था। रात के 'डॉल शो' के बाद मैं पहला ग्राहक नहीं था—सुबह से शायद मुझ जैसे कई निबट चुके होंगे।

'कोई दिखा दो यार, बच्चों को खेलने से मतलब', मैंने भरसक लापरवाही के अंदाज़ में कहा।

'यह चाइनिज है साहब...यह इटालियन...यह जैप्नीज़...' उसने काउंटर पर गुड़ियों का ढ़ेर लगा दिया।

'क्या दाम है ?' मैंने गुड़ियों को हाथ में उठा-उठाकर रितु की खुशी की कल्पना करते हुए पूछा।

'ये एक-सौ-पैंसठ की है साब...यह एक-सौ-तीस...यह एक-सौ-पांच...' सेल्समैन का फिंगर सौ से नीचे नहीं गिर रहा था। मैंने अपने को संभाला और ज़ेब से बाहर निकलने को लालायित नोट को पीछे धकेलकर अपने को सहज करके कहा, 'अरे भाई! इतनी मंहगी नहीं, बच्ची छोटी है, तोड़-फोड़ देगी। कोई सस्ती-सी दिखाओ।' कहने के साथ ही मैंने सेल्समैन से आंखें चुरा लीं। मुझे लगा कि उसके चेहरे पर हिकारत का भाव तैर रहा है। अब तक बेवजह करवाई गई उसकी और गुड़ियों की कवायद शायद उसे साल रही थी। उसने नीचे के खाने से एक गुड़िया निकाली – बहुत बुझी हुई और बेनूर।

'ये लीजिए इंडियन डॉल। पैंतीस रुपए।' उसने इस बार खुश्की से दाम भी बतला दिए।

'इससे सस्ती...' मैं मानता हूं कि मुझे अपने आपको इस प्रकार 'एक्सपोज़' नहीं कर देना चाहिए था। मैं कह सकता था कि शाम को बच्ची को ले आएंगे। जो गुड़िया पसन्द करेगी, ले जाएंगे। यह तरीका अधिक सम्मानजनक होता, परन्तु आदतन मुंह से 'सस्ती' शब्द निकल गया था और जैसे अब तक छुपाए ताश के सारे पत्ते विपक्षी के सामने खुलकर बिखर गए थे।

'फुटपाथ पर मिलेगी...' उसका स्वर इतना कड़वा था कि मैंने उसके चेहरे के भावों को देखने का साहस ही नहीं किया और चुपचाप दुकान से उतर आया।

इस महीने अपनी ही बेवकूफी से मैंने सारा बजट गड़बड़ा दिया था। वरना आज मैं रितु के लिए सौ रुपए तक की गुड़िया ख़रीद सकता था। दरअसल, तनख्वाह मिलने के ताज़ा दिनों में मैंने तॉलस्तॉय का 'वार ऐंड पीस' ख़रीद लिया था। स्टाल से 'वार ऐंड पीस' का एक ही भाग उठाकर मैं रसीद कटवाने चला गया था। मैं जानता भी नहीं था कि 'वार ऐंड पीस' के चार भाग हैं। रूसी किताबें सस्ती होती हैं और शेल्फ पर लगी हुई सजावट का अच्छा काम करती हैं – पढ़ने के अलावा यह बात भी मेरे दिमाग़ में हमेशा रहती।

'इसके चार पार्ट हैं सर। एक आप ले गए फिर दूसरा नहीं मिला तो दिक्कत होगी।' काउंटर क्लर्क ने मुझे बताया।

'कितने के हैं चार भाग?'

'एक-सौ-चौदह के।'

मैं अब फंस चुका था। गनीमत थी कि रुपए मेरी ज़ेब में थे। इस एक ग़लती से मेरा महीने भर का बजट लड़खड़ा गया। बीवी को पता चला तो उसका भी मूड बिगड़ गया, परन्तु जो होना था, हो चुका था। महीना किसी प्रकार कट ही रहा था कि अन्तिम दिनों में यह 'डॉल शो' वाला झंझट फिर मैंने स्वयं ही मोल ले लिया। इस सारी बीमारी की जड़ 'वार ऐंड पीस' है – मेरे दिमाग़ में कुलबुला गया। मुझे लगा कि जिस प्रकार कभी हमारे परिवार में महाभारत का पाठ इस आशंका से वर्जित था कि इसे पढ़ने से घर में कलह उत्पन्न होती है – शायद आज वही धर्म 'वार ऐंड पीस' भी निभा रहा था।

बहरहाल, शाम को घर लौटने से पहले मैंने बाज़ार के फुटपाथ छाने, परन्तु बीस रुपए में रबर के बेहद भौंडे गुड्डी-गुड्डों के अतिरिक्त कोई ऐसी गुड़िया नहीं दिखाई दी जिस पर रुपया खर्च करके मुझे लगता कि मैंने रुपए का सदुपयोग किया है। दूसरे, मुझे शक़ था कि नन्हीं रितु इन रबर के गुड्डों को स्वीकार भी पाएगी या नहीं।

मेरे घर की दहलीज लांघने से पहले ही रितु का शोर सुनाई दिया, 'पापा आ गए...पापा आ गए।' मैं सतर्क हो गया।

'गुड़िया लाए पापा?' रितु ने जल्दी-जल्दी मेरे खाली हाथों और फिर टिफिन वाले बैग का निरीक्षण कर लिया था।

'ओह! सॉरी बेटे। आज तो दफ़्तर में इतना काम था कि दम मारने की भी फुरसत नहीं मिली। कल ज़रूर ला देंगे हम गुड़िया।' मैंने झूठ को सच दर्शाने वाले नाटक कई बार किए थे। बचपन में स्कूल की फीस खा लेने पर रुपए गुम हो जाने का नाटक, बड़े होकर कहीं, किसी गलीज वजह से पिटने पर टूटे हुए मुंह से एक्सीडेंट का नाटक या फिर पत्नी की मंगाई कोई वस्तु न ला पाने पर किसी और बहाने का नाटक! परन्तु आज नन्हीं रितु के सामने झूठा नाटक करना मुझे सबसे अधिक कठिन लग रहा था। रितु की नन्हीं, निश्छल चमकती हुई आंखों ने मेरा विश्वास कर लिया था और यही मुझे तकलीफ़ दे रहा था।

'कल भी आप दफ़्तर जाएंगे—फिर थक जाएंगे। मेरी गुड़िया कैसे आएगी?' कुछ मायूस होकर रितु पलंग पर बैठ गई। इस वाक्य में छुपी उसकी नन्हीं-सी चालाकी मुझे गुदगुदा गई।

'अच्छा बेटे, आप बाहर खेलिए! हम अभी तैयार होकर आपके लिए गुड़िया लेने जाएंगे।' मैंने हंसते हुए उसके गाल थपथपाए।

'हम भी चलें पापा।'

'नहीं बेटे आप हमारा इंतज़ार कीजिए। हम अभी गए और गुड़िया लेकर अभी आए।' मुझे भय था कि रितु गुड़ियों की दुकान पर जाकर मचल सकती है।

मुंह-हाथ धोकर मैंने चाय पी और 'वार ऐंड पीस' के पहले तीन खंड उठाकर घर से बाहर निकल गया। मन तो था कि चौथा खंड भी बेच दूं, परन्तु वह अभी पूरा नहीं पढ़ पाया था और पढ़ लेने का मोह त्याग भी नहीं सकता था। लिहाजा तीनों खंडों को बेचने चल पड़ा।

कबाड़ी से कुछ परिचय था, ग्राहक और दुकानदार जैसा परिचय। स्कूल टाइम में सस्ते दामों पर किताबें बेचा करता था और नौकरी लगने के बाद उपन्यास या कहानी की दूसरी किताबें सस्ते दामों पर ख़रीदने लगा था। इसलिए सम्बन्ध पुराने थे। कबाड़ी ने उलट-पुलट कर किताबों को देखा। 'तौल के भाव दोगे बाबू जी?'

'नहीं भाई! बिल्कुल नई किताबें हैं। ठीक-ठीक दाम बतलाओ।'

'दस रुपए – एक दाम', कबाड़ी ने एक बार फिर किताबों को उलट-पलट कर देखा और फिर विरक्त भाव से उन्हें एक तरफ़ रख दिया।

'क्या ग़जब करते हो यार। नई किताबें हैं सैकड़ों की', मैंने चाहा कि वह किताबों की मोटाई, सफ़ाई और पन्नों की चिकनाई से प्रभावित होकर मेरी बात मान ले।

'रूसी किताबें हैं बाबू। इससे सस्ती तो कोई किताब होती ही नहीं', कबाड़ी ने व्यंग्यात्मक दृष्टि से मुझे देखा और मुस्कुरा दिया। उसकी मुस्कान में यह भाव स्पष्ट था कि बाबू! मुझे अनपढ़ समझकर बेवकूफ बनाना चाहते हो। तुम जैसे पढ़े-लिखों को तो मैं रोज़ चराता हूं।

मैं असमंजस में था। दस रुपए से मेरा मक़्सद हल नहीं होता था। पता नहीं कैसे कबाड़ी ने मेरी दुविधा को भांप लिया और पन्द्रह रुपए मेरे हाथ में टिका दिए। वह इतना आश्वस्त था कि अब मैं इससे ज़्यादा हील-हुज्जत नहीं करूंगा। मैं चुपचाप उठ गया। बीस रुपए के नोट के साथ पन्द्रह रुपए मिलाकर मैं भी निश्चिंत था कि अब तो गुड़िया ली जा सकती है।

गुड़िया लेकर जिस समय मैं घर पहुंचा, रितु दरवाज़े के साथ वाली खिड़की की चौखट पर बैठकर कुछ याद कर रही थी। मुझे गली से आते देखकर उछलकर दरवाज़े के बीचोंबीच पहुंच गई। 'पापा गुड़िया लाए?'

मैंने गुड़िया अपने पीछे छिपा ली थी। अचानक सामने की तो रितु उछल पड़ी, परन्तु फिर एकदम बुझ गई।

'यह क्या ले आए पापा? काली गुड़िया।'

'इंडियन डॉल है बेटा। मैंने कहा था न आपसे?' अन्दर से मैं भी मानता था कि पैंतीस रुपए की यह गुड़िया दूसरी गुड़ियाओं के मुकाबले बेहद बेनूर थी।

'हमें यह नहीं चाहिए! काली गुड़िया। दूसरी चाहिए – सुनहरे बालों वाली गोरी-गोरी।' रितु जिस उत्सुकता से गुड़िया की प्रतीक्षा कर रही थी, उसने शायद उसे अत्यधिक उद्वेलित कर दिया था। मैं आर्थिक घुटन की जिस परिस्थिति से उबरकर गुड़िया लाया था, उससे भला उस नन्हीं बच्ची को क्या सरोकार हो सकता था – यह मैं उस समय नहीं सोच पाया।

'ले लो बेटा।' मैंने उसके हाथ में गुड़िया पकड़ाने की चेष्टा की, परन्तु उसने बिजली की तेज़ी से गुड़िया मेरे हाथ से लेकर सामने दीवार पर दे मारी। 'नहीं चाहिए...नहीं चाहिए मुझे यह काली गुड़िया।'

मेरे अन्दर जाने क्या खौला था कि हाथ तेज़ी से हवा में लहरा गया, परन्तु फिर रितु के गाल तक पहुंचने से पहले ही जैसे जड़ हो गया। विद्रोही स्वर में चीख रही रितु अब सकते में आ गई थी। उसकी आंखों में अचानक भय उभर आया था और वह सहमी हुई टुकुर-टुकुर मुझे देख रही थी।

मेरा हाथ रुक गया देख उसे कुछ हिम्मत हुई और उसने बढ़कर ज़मीन पर गिरी हुई गुड़िया उठा ली। 'सॉरी पापा! हम इसी गुड़िया से खेल लेंगे।'

बच्चे कितने बड़े मनोवैज्ञानिक होते हैं – यह मुझे आज ही पता चला था। नन्हीं रितु ने मेरी कुंठा, मेरी दुविधा सब भांप ली थी। मैं शर्मिन्दा हो गया।

रितु जब सो गई तो मैं अपने पुराने रंग ढूंढ़ने लगा जिन्हें कभी मैं अपने पेंटिंग के शौक के लिए प्रयोग करता था। मैं चाहता था कि सुबह तक मैं रितु को सुनहरे बालों वाली गोरी गुड़िया दे सकूं और रंग मुझे मिल गए थे।

# मिस्टर सलमान चाचा

पहाड़ी ढाल पर उतरता हुआ सैलानी युगल रुक गया। सामने एक नन्ही-सी बालिका हाथ पसारे आ खड़ी हुई थी।

'गुड मार्निंग साहब! गुड मार्निंग मेमसाहब!' बालिका ने अपना वाक्य दोहराते हुए अपनी नन्ही-नन्ही हथेलियों को सैलानी युगल के कुछ और समीप कर दिया। बालिका की भूरी आंखों में निरन्तर उदासीनता का भाव बना हुआ था।

दोपहर बीत चुकी थी और आसमान पर बादल के टुकड़े बिखर-बिखर एकजुट होने लगे थे। हवा के ठंडे झोंके चलने लगे थे। ऐसे में यह नन्ही-सी बालिका केवल पॉपलीन का सूट पहने खड़ी थी, जो बेहद मैला और चीकट हो चुका था। लड़की के गाल और होंठ सर्दी से फट गए थे। बालों का रंग धूल-धूसड़ से भूरा पड़ चुका था और लटें उलझ-उलझकर जटाएं बन गई थीं। इन सबके बावजूद बालिका का भोलापन उसकी सुन्दरता को बढ़ा रहा था।

'हाउ स्वीट', सैलानी औरत बुदबुदाई।

'गुड मार्निंग! क्या चाहिए?' मर्द ने बालिका की पसरी हुई हथेली देखकर उसका आशय समझ लिया था, परन्तु मुस्कुरा कर सवाल किया।

'पैसा साहब!' बालिका ने निस्पृह भाव से उत्तर दिया।

'तुम्हें इंग्लिश आती है?'

'हां...' बालिका ने उत्साह से सिर हिलाया।

'सुनाओ तुम्हें क्या-क्या आता है?'

'जानी-जानी...यस पापा। ईटिंग शूगर – नो पापा। टेलिंग अ'लाई – नो पापा। ओपन दा माउथ – हा...हा...हा...' बच्ची की उदासीन आंखों में पोएम के साथ ही एक चमक लौट आई। अपना किरदार निभाकर अब

वह पारितोषिक की आशा में युवा दंपत्ति की ओर टुकर-टुकर देख रही थी।

सैलानी ने मुस्कुराते हुए उस नन्ही बालिका के गाल थपके और फिर ज़ेब से एक रुपए का सिक्का निकाल लिया।

'तुम्हारा क्या नाम है?'

'रज़िया।'

'और तुम्हारे पापा का?'

'मिस्टर सलमान चाचा', बालिका ने मासूमियत से उत्तर दिया और फिर हसरत भरी नज़रों से सैलानी की उंगलियों में फंसे सिक्के को घूरने लगी।

सैलानी युगल बालिका के उतावलेपन को समझते हुए हंस पड़ा। फिर आदमी ने सिक्का धीरे से लड़की की हथेली पर टिका दिया। उल्लसित होकर रज़िया कस्बे के छोटे-से ढलवां बाज़ार की तंग गली पर भागती चली गई। सैलानी कुछ देर तक उसे भागते हुए देखते रहे, फिर धीरे-धीरे आगे बढ़ते हुए बुदबुदाए, 'क्या अजीब नाम है — मिस्टर सलमान चाचा।'

'हूं...वाकई अजीब है।' और हंस पड़े।

मिस्टर सलमान चाचा पहले केवल सलमान चाचा थे। 'मिस्टर' बाद में हुए थे। सलमान चाचा गरीब थे और दो जून की रोटी के लिए मेहनत-मशक़्क़त करते, केवल इसी बात से उनकी सामाजिक प्रतिष्ठा कम नहीं हो जाती। छोटे-से पहाड़ी कस्बे में किसी भी निर्णय को कार्यान्वित करने से पहले सलमान चाचा के विचारों को पूरा सम्मान मिलता। सैलानियों के बच्चों को ढोकर पहाड़ी टिब्बे तक पहुंचाने और फिर नीचे लाने के एवज में उन्हें केवल साठ रुपए रोज़ की आय होती, वह भी साल में चार महीने घटाकर, परन्तु इस अल्प आय का सम्बन्ध न तो उनकी खुद्दारी से था और न ही इसका प्रभाव कभी उनके आत्मनिर्णय के अधिकार को ही कुंठित कर पाया था।

अक़्सर सलमान चाचा को गुस्सा नहीं चढ़ता था। गुस्सा तो उस दिन भी नहीं चढ़ा था जब उनकी इकलौती, मां-विहीन रज़िया को पंडित शिवशंकर ने डपटकर घर से भगा दिया था। दरअसल, शिवशंकर कस्बे में सैलानियों की भरमार से नए-नए अमीर हुए थे और अब वे सलमान चाचा को चाचा कहने से कतराने लगे थे। रज़िया उस दिन भी दूसरे दिनों

की ही भांति बुद्धू बक्सा देखने उनके घर पहुंच गई थी। शिवशंकर किसी बात पर अपने बच्चों से चिढ़े बैठे थे और बिगड़ उठे थे नन्ही रज़िया पर। रोती हुई रज़िया घर पहुंची तो सलमान चाचा के दिल पर जैसे छुरियां चल गईं। उलटे पैरों लौटकर महाजन की दुकान से कर्ज़ लिया और अगले ही दिन सबने देखा कि सलमान चाचा की मिट्टी की दीवारों वाली झोंपड़ी पर एंटीना टंग रहा है।

बात आग की तरह फैली थी कि पं. शिवशंकर ने रज़िया को टीवी नहीं देखने दिया तो सलमान चाचा ने अगले ही दिन घर में टीवी लगवा लिया। सलमान चाचा की खुद्दारी की धाक और बढ़ गई थी। कुछ लोगों ने दबी ज़बान से कहा कि सलमान के पास काफ़ी रुपया है – दबा हुआ। सलमान चाचा ने सुना तो मुस्कुरा दिए और बुद्धू बक्से के सामने उल्लसित बैठी दृश्यों को अपलक देख रही रज़िया के बालों में स्नेह से उंगलियां घुमाने लगे।

पं. शिवशंकर ने रज़िया को बुद्धू बक्सा नहीं देखने दिया, यह तो केवल एक बहाना था। वरना सलमान चाचा तो रज़िया की ज़बान पर टिकी हुई बात को निकलने से पहले ही दबोच लेते। एक दिन तेज़ बरसात की लगभग अंधेरी शाम को रज़िया ने मेथी वाले मीठे चावलों की फरमाइश की तो मेथी ढूंढ़ते-ढूंढ़ते सलमान चाचा अपने गांव को लांघकर चार कोस दूर दूसरे गांव में पहुंच गए। भीगे हुए सलमान चाचा को जुकाम आया और चला गया, परन्तु उस रात रज़िया को मेथी वाला मीठा 'लुगड़ा' ज़रूर मिला। सलमान चाचा ने तुलसी पत्ती की उबली हुई चाय पी और सुबह तरोताज़ा होकर सैलानियों के साथ निकल गए। दिन भर उन्हें यह सन्तोष गुदगुदाता रहा कि उन्होंने रात को रज़िया को मेथी के मीठे चावल खिला ही दिए।

रज़िया को स्कूल में दाखिला दिलवाना है – यह बात जाने किसने सलमान चाचा के कान में फूंकी थी। जब से सलमान चाचा के दिमाग़ में यह बात कुलबुलाई, उनकी बेचैनी बढ़ने लगी। कस्बे में केवल दो स्कूल थे। एक सरकारी स्कूल – टाट-पट्टी और चॉक-तख्ती वाला। मास्टरों की ताज़ा तोड़ी गई डंडियों की फटकार और बच्चों के गाली ज्ञानकोष से भरा-पूरा संसार। दूसरा स्कूल एक प्राइवेट एकेडमी था। साफ़ वर्दी, चिकने चेहरों, करीने से लगी कुर्सियों पर सजे-सजाए बच्चों और अंग्रेज़ीदां लगती बहनजियों का स्कूल।

बात रोज़ सुबह जहां से आरम्भ होती, रात गहराने तक वापस वहीं

पहुंचकर अटक जाती। जो लोग सलमान चाचा की माली हालत से परिचित थे, वे सलाह देते कि बिटिया को सरकारी स्कूल में भेजो, परन्तु सलमान चाचा का मन नहीं मानता। जिन लोगों को केवल सलमान चाचा की कच्ची कोठरी पर टंगा हुआ एंटीना ही चमकता दिखलाई देता वे सलाह देते कि बिटिया को एकेडमी में पढ़ाओ। सरकारी स्कूल भी बच्चा पढ़ाने की जगह हुई भला? बच्चे न बिठाए ढोर-डंगर बांध दिए। इन बातों के पीछे चुहल होती या व्यंग्य – सलमान चाचा ने इस ओर कभी गौर नहीं किया।

एक लम्बे अन्तर्द्वंद्व के बाद अन्ततः रज़िया को एकेडमी में दाखिला दिलाया गया। सलमान चाचा ने किताब, वर्दी और दाखिले की फीस भरने के लिए एक बार फिर महाजन की कुंडी खड़काई और कमर कर्ज के बोझ से झुकी हुई न दिखाई दे, इसलिए और अधिक तन गए।

रोज़ सुबह सलमान चाचा रज़िया को कंधे पर बिठाते और धीम-धीमे हिचकोले लेते किसी गीत का मुखड़ा गुनगुनाते हुए उसे स्कूल तक पहुंचाने जाते। अब सलमान चाचा प्रयत्न करते कि ऐसा सैलानी पकड़ें जो रज़िया की छुट्टी के समय तक उन्हें फारिग कर दे। इस प्रयत्न में उनकी आमदनी घटने लगी, परन्तु वे बेहद खुश थे। बिटिया अब 'गुड मार्निंग बोलने लगी थी – बिल्कुल पं. शिवशंकर के बच्चों की भांति।

सलमान चाचा रज़िया को लेने जाते तो नन्ही रज़िया स्कूल के अहाते में दूर से भागती चली आती और अपने अब्बू की झुकी हुई गरदन पर लटक जाती। नन्ही-नन्ही बांहों का हार सलमान चाचा की गरदन पर लिपटता तो जैसे संसार भर की खुशियां समेटे हुए महकते फूलों के गुलदस्ते उन्हें घेर लेते। वे रज़िया को कंधे पर बिठाए हुए कूदते-फांदते घर की ओर बढ़ने लगते।

इस बीच आमदनी से सलमान चाचा के शरीर का रिश्ता कुछ इतना गहरा गया था कि दोनों के सूखने का अनुपात लगभग बराबर चल रहा था।

एक दिन सलमान चाचा परेशान हो गए। उन्होंने स्कूल के गेट से उचक-उचक कर देखा और सोचा कि रज़िया ने शायद अब तक उन्हें देखा नहीं है। इसलिए पहले शरीर को पूरी ऊंचाई तक ताना और फिर एड़ियों के बल उठकर भीड़ से ऊपर हो गए और हाथ हिलाने लगे। रज़िया फिर भी धीमी गति से चली आ रही थी – रोज़ की भांति भागती

हुई नहीं। सलमान चाचा ज़ोर-ज़ोर से हाथ हिलाने लगे, परन्तु आज रज़िया नहीं भागी। सलमान चाचा घबरा गए। क्या हुआ रज़िया को? तबीयत तो खराब नहीं हो गई उसकी।

रज़िया के पास आते ही सलमान चाचा ने उसके माथे पर हाथ रखा, गाल छुए, फिर रज़िया को गोद में उठा लिया। रज़िया कुछ देर चुप रही, फिर गोद से उतर गई।

'क्या हुआ बेटी?' सलमान चाचा के लिए रज़िया का यह व्यवहार अप्रत्याशित था।

'...' रज़िया कुछ नहीं बोली। छिटक कर गोद से उतरी और सड़क के किनारे-किनारे चलने लगी।

आसमान बादलों से पटा हुआ था और मौसम बहुत ठंडा हो गया था। सलमान चाचा ने पहाड़ की चोटी पर घिरे आते बादलों को देखा और सोचा – आज बर्फ पड़ जाएगी।

पर रज़िया को क्या हुआ?

उन्होंने फिर बेचैन होकर रज़िया को गोद में लेने की चेष्टा की, परन्तु रज़िया दूर छिटक गई। सलमान चाचा उसे मनाने के लिए मनुहार करने लगे। क्यों रूठ गई आज बिटिया? परन्तु रज़िया मौन।

घर पहुंचकर रज़िया सामान्य हो गई थी और खेलने लगी थी। सलमान चाचा के खोए हुए प्राण वापस आ गए थे।

मौसम निरन्तर ठंडा होता जा रहा था और बारिश की रिमझिम आरम्भ हो गई थी। आज बर्फ पड़कर रहेगी – सलमान चाचा ने सोचा और रज़िया के लिए हलवा बनाने को सूजी भूनने लगे।

रात को खाने से निबटकर बिस्तर में घुसते हुए सलमान चाचा ने रज़िया को गोद में बिठा लिया। उनके मन में दोपहर से चुभी हुई फांस रह-रहकर पीड़ा कर रही थी। आज स्कूल में उन्हें देखकर भी रज़िया भागकर क्यों नहीं आई?

'बेटे! एक बात पूछें – बतलाओगी?' उन्होंने रज़िया को फुसलाने का प्रयत्न किया।

'क्या अब्बू?'

'आज स्कूल में मुझे देखकर, तुम दौड़कर मुझसे चिपटी क्यों नहीं?'

...रज़िया चुप रही।

'बतलाओ न बेटे! सलमान चाचा ने अपनी दोनों हथेलियों के बीच रज़िया का फूल-सा चेहरा समेट लिया।

'अब्बू हमारे साथ के बच्चे कहते हैं...' रज़िया चुप हो गई और अपनी बात कहने, न कहने की दुविधा में सलमान चाचा का मुंह ताकने लगी।

'क्या कहते हैं, बेटे?'

'कहते हैं कि आपके पास से बदबू आती है। आप नहाते नहीं... कपड़े नहीं धोते...' रज़िया आगे क्या कह रही थी, सलमान चाचा कुछ नहीं सुन रहे थे। उनके शरीर से बदबू आती है – इसी से रज़िया भागकर नहीं आई आज। ठीक ही कहते हैं बच्चे। महीनों हो गए उन्हें नहाए हुए, कपड़े धोए हुए...ज़रूर आती होगी बदबू।

उन्होंने रज़िया को गोद से उतार कर बिस्तर पर बिठा दिया और उसके चारों ओर रजाई की बुकल लगा दी। फिर बाहर सड़क के किनारे लगे नल की ओर बढ़ने लगे। वह अपने शरीर से एक-एक कपड़ा उतारते जाते और बुदबुदाते, 'मेरे जिस्म से बदबू आती है – बदबू।'

बाहर की तेज़ ठंडी हवाएं बारिश की महीन फुहार में रच-बसकर शरीर को जमा रही थी। सर्दी इतनी कि सड़क सूनी होकर जम चुकी थी। नल पर बैठकर सलमान चाचा कपड़े धोते जाते और बुदबुदाते जाते।

ठंड से उनके होंठ नीले पड़ने लगे थे और शरीर अकड़ने लगा था, परन्तु उनकी गति में कोई अन्तर नहीं आया। वे कपड़े धो-धोकर नल के साथ पड़ी सिल पर रखते जाते। कपड़े धुलने तक हाथों की उंगलियां ऐंठने लगी थीं और शरीर हिलते हुए सूखे पत्ते की भांति कांप-कांपकर नीला होने लगा था। सलमान चाचा ने जैसे ही नहाने के लिए शरीर पर पानी डाला – शरीर ऐंठ गया। उन्होंने अपनी पूरी ताक़त समेटकर उठने की चेष्टा की, परन्तु नहीं उठ सके। रज़िया को पुकारने के लिए सलमान चाचा ने कंठ खोला था शायद, परन्तु आवाज़ भी बर्फ के नरम रोयें की भांति जमकर वहीं गिर गई थी। बारिश तेज़ होती चली गई थी।

अन्दर लिहाफ़ में बैठी रज़िया स्कूल की पोएम याद कर रही थी – 'जानी-जानी...यस पापा। ईटिंग शूगर...नो पापा।'

# समुद्र, शंख और सीपियां

समुद्र की नन्ही-नन्ही लहरों पर थिरकती, किनारे फैली हुई रेत और नारियल के घने पत्तों से छनकर आती हुई सुबह की सुनहरी धूप, अपार्टमेंट की खिड़कियों पर दस्तक दे रही थी। चौधरी, सहाय, आयंगर और ओझा के फ्लैट्स की बालकनियों के दरवाज़े लगभग एक साथ खुले और हाथ में चाय या कॉफी के मग उठाए हुए चारों इकट्ठे बालकनी पर आ खड़े हुए। यह कोई संयोग नहीं था, दिनचर्या थी। पिछले लगभग ग्यारह वर्ष से सुबह के सूरज का यह चारों इसी प्रकार स्वागत करते थे। तभी ओझा की दृष्टि समुद्र की ओर से घूमकर लौट रहे प्रदीप मोरी पर पड़ी और उसका मुंह बिचक गया। प्रदीप मोरी के साथ उसके दोनों बच्चे भी थे जो किसी बात पर खिलखिला रहे थे और प्रदीप मोरी के चेहरे पर बच्चों की हंसी की छाया फैली हुई थी।

'ऊंह! देखो मोरी बाबू, 'मार्निंग वॉक' से लौट रहे हैं।' ओझा ने बाक़ी तीनों का ध्यान भी उसी ओर खींचा। तीनों ने एक बार मोरी की ओर देखा और व्यंग्य की धारा तीनों की पुतलियों में कौंध गई।

'इस आदमी के पास करने के लिए कोई काम नहीं है क्या? सुबह घूमना, शाम को घूमना, पिक्चर, सर्कस! जैसे ज़िंदगी ना हुई नुमाइश हो गई।' चौधरी का चेहरा शान्त और भाव रहित था, परन्तु उसकी आवाज़ तीखी थी।

'तुम ठीक बोला' आयंगर ने समर्थन में सिर हिला दिया।

'पटेल महाशय जाते-जाते इस अपार्टमेंट में किस घटिया आदमी को बसा गए। समझ नहीं आता, उन्होंने ऐसा क्यों किया?' सहाय ने कहा।

'बिल्कुल! पटेल को ऐसा नहीं करना चाहिए था। इस अपार्टमेंट में मोरी का आना बिल्कुल ऐसा है जैसे दूध में मक्खी।' ओझा ने समर्थन किया।

'कोई प्रोग्रैस हुआ?' आयंगर ने बात बदल दी।

तब तक मोरी अपने फ्लैट में चला गया था और उन चारों की दृष्टि से ओझल हो गया था।

'हां! लगता है अब बहुत दिन नहीं लगेंगे। जल्दी ही मैं प्रमाणित कर सकूंगा कि इस पृथ्वी पर करोड़ों साल पहले कैसे जीवन आया था। मेरी शोध विश्व में अनूठी होगी। आज तक की सारी मान्यताएं ध्वस्त हो जाएंगी।' सहाय के घनी दाढ़ी से भरे चेहरे पर दर्प की चमक खिल उठी।

'वैल! ऐसा होगा – ज़रूर होगा।' आयंगर ने समर्थन में सिर हिलाया और ओझा की तरफ़ देखकर धीमे से मुस्कुराया।

'आपका प्रोग्रैस कैसा चलता ओझा साहब।'

'बहुत बढ़िया! बहुत बढ़िया! मैं सहाय साहब से पीछे नहीं रहूंगा। जिस दिन सहाय दुनिया में ज़िंदगी के आरम्भ का पता लगा पाएंगे – शायद उससे भी पहले मैं दुनिया को उसका भविष्य बतला दूंगा। मैं दुनिया को बताऊंगा कि उसकी ज़िंदगी और कितनी है। कितने हज़ार साल बाद यह पृथ्वी फिर आग का गोला बन जाएगी या ज़लज़ले से नष्ट हो जाएगी या फिर कयामत या प्रलय जैसा कुछ होगा कि यहां कुछ भी शेष नहीं रह जाएगा। यूं कहिए, सांस लेने वाला एक भी जीव बाक़ी नहीं होगा उस दिन।' जितेन्द्र भारती ओझा की घोषणा के साथ ही उनकी गरदन तन गई थी।

'परन्तु मिस्टर ओझा! शायद तब भी पानी में सांस लेने वाले जीव बाक़ी रह जाएंगे। दुनिया अब वैसी कभी नहीं हो सकती जैसी करोड़ों साल पहले थी। यानी जीव नाम की वस्तु न रहे, यह अब मुमकिन नहीं है।' सहाय ने प्रतिवाद किया।

'नामुमकिन कुछ भी नहीं है सहाय साहब। क्या आज से करोड़ों वर्ष पहले कोई जानता था कि तुम और हम होंगे। यह अपार्टमेंट होगा। ये दुनिया होगी और हम इस प्रकार बालकनी में खड़े होकर चाय पीते हुए गप्प मारेंगे। इसी तरह करोड़ों वर्ष बाद क्या होगा, इसकी घोषणा सरल नहीं है। पर मैं यह करके दिखाऊंगा और दुनिया देखेगी कि मेरे शोध का एक-एक चरण सत्य साबित हो रहा है।' ओझा ने दृढ़ता से कहा और चाय का एक घूंट गले से नीचे उतार लिया।

'आपका काम कैसा चलता मिस्टर चौधरी।' आयंगर ने हल का जुआ चौधरी के कंधों पर टिका दिया।

'बहुत बढ़िया मिस्टर आयंगर। बहुत बढ़िया। मैं इन सितारों से भेजे गए सन्देशों को समझने लगा हूं। क़ैसी विचित्र बात है। हमारे सौर मंडल के अतिरिक्त भी हज़ारों ग्रह हमारी पृथ्वी को निरन्तर सन्देश भेज रहे हैं। दोस्ती और जानकारी के सन्देश, परन्तु हम उन्हें समझ नहीं पाते और इस अनजान अबूझे रहस्य में भटकते रहते हैं। जिस दिन यह पृथ्वी समाप्त होने वाली होगी – यही ग्रह हमें बचाएंगे। हमें अपने पास शरण देंगे।' नीवन कुमार चौधरी की आंखों में एक विशेष प्रकार की चमक कौंध गई।

'आप अपनी भी तो बतलाइए मिस्टर आयंगर।' सहाय ने आयंगर को भी टटोल लिया।

'हमारा खोज़ भी बढ़िया चलता। हम जल्दी खोजेगा कि दुनिया का वो पहला आदमी कौन था जो धर्म की बात बोला। ईश्वर का नाम लिया। हम दुनिया को उस फरिश्ते की बाबत बतलाएगा। बौत जल्दी हम सबको उसका नाम बताएगा।' आयंगर का सिर आत्म सन्तुष्टि के भाव से निरन्तर हिल रहा था।

'ओह नो! आज बात-चीत में कितनी देर हो गई।' ओझा घड़ी देखकर बुदबुदाया तो बाक़ी तीनों भी कलाई घड़ी देखते ही कुछ परेशान हो गए।

'सचमुच आज देर हो गई।' वह सब अपने-अपने कमरों में समा गए। कुछ देर बाद जब वह चारों तैयार होकर फ्लैट्स से निकले तो मोरी के फ्लैट के सामने पहुंचकर उन्होंने एक बार फिर हिक़ारत की दृष्टि से बन्द दरवाज़े को घूरा। अन्दर से रेडिया सिलोन पर बजते किसी गाने की धुन के साथ बच्चों का शोर उभर रहा था।

'ज़िंदगी जीने का कितना घटिया तरीका है मोरी का। ना कोई लक्ष्य, ना दुनिया को कुछ देने की चाह। गुमनामी में पैदा होना, गुमनामी में मर जाना।' ओझा फुसफुसाया।

'बिल्कुल विवेकहीन जानवरों का सा जीवन। खाना-पीना और मस्ताना। लाइक ए पिग।' चौधरी ने उत्तर दिया। बात शायद कुछ और चलती, परन्तु तभी बाहर खड़ी चारों कारों के ड्राइवर अपने मालिकों को आता देख हरक़त में आ गए थे और कारें स्टार्ट हो गई थीं।

वैसे भी बातों का आगे बढ़ना कोई सरल कार्य नहीं था, क्योंकि पिछले ग्यारह वर्षों से यह चारों घड़ी की सुइयों पर रोबोट की भांति हिलते-डुलते, चलते-फिरते, खाते-पीते और सोचते थे। मनोरंजन और सम्बन्धों के निर्वाह के नाम पर इन चारों के पास केवल सुबह के कुछ पल ही थे, जिन्हें वह चाय पीने और आपसी समझ बढ़ाने में प्रयोग करते। फिर काम और काम। शोध और केवल शोध।

आरम्भ में वह पांच थे। राजेश कुमार पटेल भी इनके साथ थे। पटेल खोज़ रहे थे कि विज्ञान मनुष्य को इतना आराम देने के क़ाबिल, कैसे और कब बन सकता है कि मनुष्य सोचने भर से कार्यों की पूर्ति कर ले। उसे स्विच तक दबाने की जहमत न उठानी पड़े, परन्तु एक दिन किसी को भी बिना बताए पटेल अचानक कहीं चले गए थे और उनके फ्लैट में आ गया था प्रदीप मोरी। चारों को मोरी का उस फ्लैट में आना नागवार गुज़रा था, परन्तु विवश थे। वह मानते थे कि मोरी का जीवन एक औसत आदमी का जीवन है। बिना किसी बड़े सोच और लक्ष्य के बीतता हुआ। उसके पास केवल दफ़्तर था। घर था, बीवी-बच्चे थे। समुद्र के किनारे की हवाख़ोरी, सिनेमा और बाज़ार की सैर थी। इसीलिए वह चारों उसे हेय दृष्ट से देखते।

कुछ दिन बाद वह चारों फिर उसी प्रकार बालकनी में इकट्ठा थे और बातें चल रही थीं। उनके पास बात करने के लिए अपने-अपने शोध विषय होते या फिर प्रदीप मोरी होता, क्योंकि इन दोनों के अतिरिक्त वह दुनिया की किसी तीसरी वस्तु से जुड़े हुए नहीं थे। आज फिर बच्चों के साथ सुबह की हवाखोरी से लौटते हुए प्रदीप मोरी को देखकर उन चारों में उसकी चर्चा चल पड़ी।

'कल मोरी की नन्ही बिटिया आई थी। कोई 'चैरिटी शो' है, उसके स्कूल में उसी के टिकट दे गई।' सहाय ने कहा।

'वह टिकट तो हमें भी दे गई है।' बाक़ी तीनों ने भी समर्थन किया।

'यह मोरी खुद तो बरबाद हो चुका है। अब बच्चों को भी फ़ालतू चीज़ों में लगा रहा है। फ़िल्म, चैरिटी शो, सैर-सपाटा इन्हीं में डालकर बच्चों का जीवन भी नष्ट कर देगा।' ओझा बुदबुदाया।

'ठीक बात है, बच्चों में अभी से अगर सिंसियरिटी नहीं आए, तो आगे चलकर बहुत दिक़्क़त होती है। वह दुनिया को कुछ भी देने के क़ाबिल नहीं रह जाते। बल्कि एक बोझ की भांति दुनिया में पड़े रहते हैं।' चौधरी ने समर्थन किया।

'बचपन ईश्वर है, ईश्वर का सबसे प्यारा उपहार है। आप लोग अपने बचपन को याद करें तो याद आएगा यह बहता पानी किसी बांध में नहीं बंधता।' आयंगर ने सामने फैले समुद्र की अतन्त जलराशि को देखते हुए कहा जो सूरज की किरणों में चांदी के वर्क-सी चमक रही थी।

'बचपन कभी लौटता क्यों नहीं?' सहाय बुदबुदाया।

'कैसी विचित्र बात है। जब हम छोटे होते हैं, तो जल्दी-जल्दी बड़ा होना चाहते हैं और बड़े होकर बचपन को जीवन का सबसे मूल्यवान उपहार मानते हैं।' चौधरी जैसे शून्य की परतों को पुतलियों के तटस्थ भाव से पढ़ने की चेष्टा कर रहा था।

'हम सब दुनिया को इतना बड़ा-बड़ा सत्य देने की बात बोलता। काश हममें से कोई बचपन लौटा लाने का खोज़ भी करता।' आयंगर धीमे स्वर में बोला।

'यदि ऐसा होगा तो ग़लत होगा। परिपक्व मस्तिष्क और परिपक्व सोच को अपरिपक्व बनाना प्रगति नहीं षड्यंत्र कहा जाएगा।' ओझा ने खीझकर कहा तो वह तीनों चुप हो गए। उन्हें लगा कि भावनाओं में बहकर वह ग़लत बयान करने लगे हैं।

जानता, बच्चा बनने का अंजाम क्या होता।' आयंगर ने हंसते हुए बात की दिशा बदलने की चेष्टा की।

'क्या?' वह तीनों आयंगर को देखने लगे।

'अच्छा भला आदमी राजेश कुमार पटेल बनकर एक दिन चुपचाप कहीं भाग जाता।' आयंगर की बात पर तीनों खिलखिला कर हंस पड़े।

घड़ी की सुइयों ने उन्हें फिर सचेत कर दिया था। वह अपने-अपने कमरों में चले गए।

वर्षों से निरन्तर चल रहा क्रम एक दिन बिखर गया। शाम को

लगभग 6 बजे चौधरी की प्रयोगशाला से आयंगर, सहाय और ओझा को सन्देश मिले थे और वह तीनों तुरन्त चौधरी के फ्लैट के लिए निकल पड़े थे। यह आश्चर्यजनक था। पिछले लगभग ग्यारह वर्षों से वह चारों, चौबीस घंटे में केवल एक बार मिलते थे। सुबह बालकनी में चाय सिप करते हुए। यह भी शायद इसलिए सम्भव था, क्योंकि उस समय उनके पास चाय पीने के अतिरिक्त और कोई काम नहीं होता था या फिर चाय पीते हुए वह कोई और काम कर नहीं सकते थे। इसलिए बातें करते उनका बाक़ी समय इतना व्यस्त रहता कि रात को सोने-खाने के लिए भी उन्हें समय चुराना पड़ता था।

'क्या बात है? इस प्रकार हमें क्यों बुलाया?' चौधरी के फ्लैट पर वह चारों जमा थे।

'आज रात...आज रात क़यामत आने वाली है। सुपर कम्प्यूटर के 'रिज़ल्ट्स' बता रहे हैं कि इस टापू के चारों ओर हवा का दबाव एकाएक बेहद कम हो गया है। किसी भी समय, किसी भी क्षण इस टापू पर ऐसा तूफ़ान आ सकता है, जो इस टापू के लिए इस सदी का सबसे खतरनाक तूफ़ान होगा। शायद, शायद यह टापू ही दुनिया के नक्शे से मिट जाए। चौधरी धीमे स्वर में बोला।

'ओह नो! आज रात तो मैं अपनी खोज़ के एक महत्त्वपूर्ण बिन्दु पर पहुंचने वाला था। मैं शायद इसी हफ्ते दुनिया को बतला देता कि उसका जीवन, उसका अस्तित्व और कितना है...और कितने हज़ार वर्ष तक यहां पर वह सब दोहराया जाता रहेगा, जो आज तक दोहराया जाता रहा है। पर यह खबर...' ओझा ने खीझ और गुस्से से हथेली भर मुक्का मारा।

'मैं...मैं भी अपनी खोज़ के अहम पड़ाव पर पहुंचने वाला था। पृथ्वी पर जीवन कब और कैसे शुरू हुआ, यह मैं मि. ओझा की मौत की खोज़ से पहले दुनिया को बतलाना चाहता था।' सहाय ने अपनी दोनों हथेलियों में सिर दे दिया।

आयंगर ने कोई प्रतिक्रिया प्रकट नहीं की और चुपचाप बैठा रहा, परन्तु ओझा को सहाय की बात अच्छी नहीं लगी थी।

'सहाय साहब, आप ऐसे शब्दों से मेरी खोज़ का अपमान कर रहे हैं।' ओझा बोला।

सहाय कुछ कहता कि इसी बीच चौधरी ने हस्तक्षेप कर दिया।

'अब इन बातों से क्या फायदा। सोचिए कि हमें क्या करना होगा?'

हम प्लेन से बाहर निकल जाते हैं। यह टापू ही छोड़ देते हैं।' सहाय ने सुझाव दिया।

'यही ठीक होगा।' ओझा और आयंगर भी उत्साहित हो गए।

'पर कैसे? शाम को तूफ़ान की चेतावनी के बाद विमान उड़ना बन्द हो गए हैं।' चौधरी की सूचना पर वह तीनों बुझ गए।

बाहर हवा तेज़ हो गई थी और खिड़कियों के बन्द कपाट खटखटाने लगे थे।

'तूफ़ान शुरू हो गया है।' ओझा बोला।

'हां! समुद्र की आवाज़ भी बदलने लगी है।' चौधरी ने समर्थन किया।

'लो! लाइट भी बुझ गई।' आयंगर बुदबुदाया।

चौधरी ने इमरजेंसी लाइट जला दी। बाहर समुद्र की आवाज़ें और तूफ़ान तेज़ होने लगा था।

'अच्छा! हम सब अगर आज रात को यहीं...इसी प्रकार बैठा-बैठा डूब गया। मर गया तो?' आयंगर का प्रश्न जैसे कमरे के बीचों-बीच अटक गया। बाक़ी तीनों ने उसे विचित्र दृष्टि से देखा, फिर नज़रें झुका लीं।

'तो कुछ नहीं! हम लोग बिना जीवन जिए मर जाएंगे।' ओझा भीगे स्वर में बुदबुदाया। सबने एक बार फिर सिर उठाकर ओझा की ओर देखा और फिर सिर झुका लिया। समुद्र की आवाज़ भयंकर होती जा रही थी।

'मैं सोचता था कि शोध से निपटकर पहाड़ों पर चला जाऊंगा, मुझे पहाड़ हमेशा आकर्षक लगते हैं। चुम्बक की तरह खींचते हैं मुझे। बस बाक़ी जीवन वहीं बिता देता। वहां के भोले-भाले लोगों के बीच केनवास और रंगों के साथ। मुझे बचपन में पेंटिंग्स का बहुत शौक था।' सहाय हताश स्वर में बोला।

'मैं यहां से निपटकर संगीत की दुनिया में जाना चाहता था। मैं सोचता था कि अपने बंगले में एक विशेष प्रकार का कमरा बनाऊंगा।

'स्पेशल साउंड अफैक्ट्स' के साथ और उसमें संगीत की गहराइयों को छूने का प्रयत्न करूंगा।' ओझा की तुरशी अब पिघल चुकी थी।

'मेरी कोई प्रतीक्षा कर रहा है। मैंने उससे कहा था कि शोध समाप्त होते ही उसके पास चला जाऊंगा, सीधा उसी के पास और फिर हम शादी कर लेते। पर आज तो...' चौधरी चुप हो गया।

आयंगर खामोश था।

बाहर हवा बेहद तेज़ हो चुकी थी और समुद्र का शोर डरावनी आवाज़ों के साथ चारों ओर फैला हुआ था। तूफ़ान सचमुच भयानक था।

लगभग चार घंटे बाद इमरजेंसी लाइट की बैटरी समाप्त होते ही कमरा गहरे अंधेरे में डूब गया। अब तक समुद्र की लहरों के अपार्टमेंट की दीवारों से टकराने की आवाज़ें बहुत साफ़ और भयंकर रूप से उभरने लगी थीं। अंधेरा और शोर दोनों भयानक थे। चौधरी ने अनुमान से लैम्प टटोलकर जला दिया।

'लगता है समुद्र की लहरें अपार्टमेंट की दीवारों तक पहुंच गई हैं।' चौधरी ने अनुमान लगाकर कहा।

'शायद।' सहाय बुदबुदाया।

'अब तो ईश्वर ही हमें बचा सकता है।' ओझा ने भर्राये हुए स्वर में कहा। इस वाक्य के साथ ही आयंगर की आंखों में अचानक चमक तैर गई। वह उत्साह से चिल्ला उठा, 'ईश्वर हमको बचाएगा, ज़रूर बचाएगा।' सबने आश्चर्य से आयंगर के चमकते हुए चेहरे को देखा, परन्तु बोला कोई कुछ नहीं।

सुबह पौ फटने से कुछ पहले ही समुद्र वापिस अपनी सीमाओं में लौट चुका था। तूफ़ान रुक गया था, परन्तु बाहर उसके अवशेष उपस्थित थे। बिजली के खम्भे और पेड़ टूट चुके थे। कारों के शीशे दरके हुए थे।

वह चारों बालकनी पर जाकर खड़े हो गए। तभी ओझा की दृष्टि बाहर अपार्टमेंट के साथ लगी सड़क पर पड़ी तो वह चौंक गया। सड़क गायब थी। वहां समुद्र की गीली रेत जमा थी और उन पर पांव के ताज़ा निशान छपे हुए थे। कोई अपार्टमेंट से बाहर गया था।

'मोरी आज भी बच्चों को लेकर घूमने गया है।' ओझा आश्चर्य से बोला। तब तक बाक़ी तीनों भी रेत पर बने पांव के निशानों को देख और समझ चुके थे।

‘मेरा एक सुझाव है।’ चौधरी हिचकते हुए बोला।

‘क्या?’

‘हम लोग भी घूमने चलें। हमें क्या अधिकार है, कि अपनी शोहरत और नाम कमाने की लालसा के पीछे पागल हुए कुदरत के करिश्मों की उपेक्षा करते रहें। ज़िंदगी जैसी नायाब चीज़ को केवल मशीन बनाकर छोड़ दें।’

बाक़ी तीनों ने अजनबी दृष्टि से चौधरी को देखा, परन्तु बोला कोई भी नहीं। मौत के डर ने शायद उन्हें ज़िंदगी के बारे में सोचने के लिए विवश कर दिया था।

‘जीवन में कुछ पाने के लिए कुछ खोना भी ज़रूरी होता है।’ ओझा धीमे स्वर में बोला।

‘परन्तु अगर बिना कुछ खोए हुए कुछ पाया जा सके, तो कुछ पाने का सुख और भी बढ़ जाता है। जो काम हम कर रहे हैं, वही काम क्या हम जीवन के साथ सन्तुलन रखते हुए नहीं कर सकते? तो फिर कुछ जल्दी पाने की उत्तेजना और लालसा में हम प्रकृति का, जीवन का और स्वयं अपनी इच्छाओं का अपमान करने के अधिकारी कैसे बन जाते हैं?’ चौधरी अपना विरोध होता न देख उत्साहित हो गया।

‘चौधरी साहब! आप जो कह रहे हैं वह शायद जीवन के सभी पहलुओं पर लागू नहीं होता। इस सबसे अलग और आगे भी जीवन है।’ ओझा ने प्रतिवाद किया।

‘पर जीवन है, हमारे लिए इतना सोचना काफ़ी है। अब घूमने का क्या विचार है।’ सहाय ने चौधरी का समर्थन किया।

‘जब तक नहीं सोचा था, नहीं गए। अब सोच लिया है तो चलो। द्वन्द्व में ज़िंदा रहना तो मरने से भी अधिक भयानक होता है।’ ओझा बोला।

वह चारों अपार्टमेंट से बाहर निकलकर गीले रेत पर धीरे-धीरे आगे बढ़ने लगे। उन्हें अपना चलना अपने को भी अजनबी लग रहा था। वर्षों हो गए थे। इस प्रकार बिना मक़सद घूमे हुए। तभी सहाय ने आयंगर की ओर देखते हुए कहा। ‘मि. आयंगर! आप बहुत चुप-चुप हैं, आज।’

‘हम आज बहुत खुश हैं, बहुत खुश। हमारा खोज़ पूरा हो गया। हम पता लगा लिया कि कौन सबसे पहले ईश्वर का बात बोला। अब हम रोज़ सुबह यहां आएगा। कैसा मीठा हवा है।’

‘क्या? आपकी खोज़ पूरी हो गई?’ वह तीनों चलते-चलते अचानक रुक गए और आश्चर्य से आयंगर को देखने लगे।

‘हां, पूरा हो गया।’ आयंगर मुस्कुराया। ‘हम खोज़ लिया कि ईश्वर का नाम लेने वाला दुनिया का पहला आदमी ‘मुसीबतज़दा’ था और दुनिया का आखिरी आदमी भी, जो ईश्वर का नाम बोलेगा वो ‘मुसीबतज़दा’ ही होगा।’ आयंगर ने हंसते हुए कहा।

तभी उन्होंने देखा सामने से मोरी अपने बच्चों के साथ वापस चला आ रहा था। बच्चे उन चारों को इस प्रकार देखकर चौंक गए।

‘पापा, पापा देखो रोबोट आ रहे हैं।’ छोटी लड़की ने मासूमियत से चिल्लाकर कहा।

उन चारों ने भी उस आवाज़ को सुना और फिर एक-दूसरे की ओर देखकर खिलखिला पड़े। उनके चेहरे पर अब एक विशेष चमक खिल गई थी और वह हंस रहे थे। वर्षों बाद वह भूल पाए थे कि वे कौन हैं?

# किरदार

शाह नफ़ीस अहमद! शाह साहब केवल नाम के ही नहीं, कलम के भी शाह थे। उनकी लिखी कहानियां किताबों के पन्नों पर तो खत्म हो जातीं। पर आदमी के जेहन में ज़ारी रहतीं। बढ़ई, राजमिस्त्री, मोची, धोबी, माली वगैरह-वगैरह पर लिखी गई। उनकी कहानियां लोगों को कई कारणों से हैरान किया करतीं। हैरानी का पहला सबब तो यही था कि शाह साहब की जीवन शैली नवाबों वाली थी। वह आम आदमी से न तो मिलते और न ही किसी हल्के रुतबे वाले की दावत ही कबूल करते। आलीशान हवेली में आज भी मुजरे होते, उम्दा अंगूरी के जाम छलकते, शहर भर के रईस और रईसज़ादों की महफ़िलें सजतीं। दिन भर ऊंघने वाली हवेली शाम होते-न-होते फिर जाग जाती।

जीवन की इसी धार के मध्य शाह साहब का साहित्यिक जहाज़ मजबूती से कहानियों के लंगर डाले हुए स्थिर खड़ा था। कहानियां भी ऐसी कि फटे हुए तिरपाल, उधड़े हुए फूस, मिट्टी की कान कटी हंडिया और पैबन्द लगे कपड़ों से ढके तन की पीड़ा उजागर हो जाती। पढ़ने वाले का दिल कई-कई बार हिलोरें लेता। भंवर में फंसी किश्ती की तरह घूम-घूमकर डूबता और डूबता ही चला जाता। पाठक पढ़कर पसीजता और लेखन से जुड़ा तबका शाह साहब की फितरत पर घुलता रहता। कुदरत ने कैसा हुनर ब्रख्शा है शाह साहब को। सोने की थाल में खाकर पत्तल के दर्द को परोसते हैं।

स्थानीय अखबार के लिए कॉलम लिखते-लिखते घिस चुकी कलम को रंजन मुंशी ने हिक़ारत से घूरा और डेस्क पर लुढ़का दिया। इस अखबारी नौकरी से रंजन मुंशी को कभी इत्तफाक नहीं रहा। मुंशी प्रेमचन्द बनने की इच्छा के साथ कलम उठाने वाले रंजन मुंशी जाती तौर पर शाह

नफ़ीस के घोर विरोधी थे। उन्हें शाह साहब की मालामाल माली हालत से घृणा थी। दरअसल, साहित्य में शाह साहब की नेकनामी ने उनके अन्दर ईर्ष्या का जो बीज बोया था, समय के साथ-साथ वो एक मजबूत तने वाले दरख़्त में तब्दील हो चुका था। अपनी भरपूर कसरतों के बावजूद रंजन मुंशी साहित्यिक बाज़ार का उतना खरा सिक्का नहीं बन पाए थे, जितना शाह साहब थे।

जवानी के दिनों में रंजन मुंशी शाह साहब की नेकनामी और कलम की बानी से जूझते रहे थे, परन्तु आयु के साथ-साथ यह सामर्थ्य भी जाती रही। अब तो बस मरे हुए सांप के शरीर में शेष रह गए विष से लोट-पोट होते और किलसते...किलसते और लोट-पोट होते, पर फंफुकार नहीं पाते और एक दिन अखबार के अंगूठाछाप मालिक ने उन्हें बुलाकर जो काम सौंपा था, उसका दंश उन्हें बहुत गहरे मथ गया था। रंजन मुंशी को शाह साहब का एक इंटरव्यू लेना था।

'किसी और को भेज दूं, इस काम पर?' रंजन मुंशी ने बचना चाहा।

'क्यों? आपको कोई ऐतराज है क्या?' चोपड़ा साहब की त्यौरी चढ़ गई। अंगूठाछाप हैं तो क्या? मालिकाना हक़ तो बदस्तूर है। रंजन मुंशी गड़बड़ा गए।

'नहीं, नहीं। मैं ही चला जाऊंगा... पर कुछ दूसरे कामों की वजह से...' रंजन मुंशी हकलाए।

'दूसरे कामों को मारिए गोली और शाह साहब की तारीफ़ में कसीदा पढ़ दीजिए। शायद अगले चुनाव में असेम्बली का टिकट पा जाएं। तब विज्ञापनों का ढेर यों ही नहीं मिल जाएगा।'

'जी...' रंजन मुंशी के हलक में कुछ अटक गया। एक अमीरज़ादा पैसे के सहारे सियासत की सीढ़ियां चढ़ रहा था, कलम के सहारे उनके मंसूबों को ढेर कर रहा था...और वे ज़मीन में कुछ इंच और नीचे धंसने के सिवा कुछ भी नहीं कर सकते थे।

एक वक़्त था कि रंजन मुंशी कलम की ताक़त के कायल थे। सोचते थे कि कलम से दुनिया का नक्शा बदला जा सकता है। फिर भला एक अदना-सा अमीरज़ादा इस बहाव में कहां टिक पाएगा। बेहतरीन कहानियां

लिखीं, नए-नए थीम ढूंढ़ कर लाए, ढ़ेरों प्रयोग किए, पर हाशिये की किल्ली पर टंगे-के-टंगे रह गए। शाह साहब साल में एक कहानी लिखते, कलमकारों को दावत देते, समीक्षकों को बोतलों और सम्पादकों को विज्ञापनों के ढक्कन पकड़ाते और बारह महीने चर्चा का आनन्द उठाते। आमन्त्रण रंजन मुंशी को भी आते थे, पर कभी हवेली की तरफ़ मुंह करके गहरी सांस भी नहीं ली। पता नहीं, क्या-क्या घुल कर अन्दर उतर जाए।

जब बेहद बोझिल मन और मरे हुए क़दमों के साथ रंजन मुंशी शाह साहब के दीवानखाने में घुसे तो वहां का जलवा देखकर ही चकरा गए। दिल बैठने लगा। इच्छा हुई कि लौट चलें। पर नौकर ने अदब के साथ बिठाया और शाह साहब को खबर करने चला गया।

दीवारों पर टंगे बारहसिंघे, शेर और चीते रंजन मुंशी को खूंखार और हैरान नज़रों से घूर रहे थे। रंजन मुंशी ने साहस के दामन पर पकड़ कुछ और कस ली। वे भी लेखक हैं, चिड़ीमार नहीं जो मुर्दा पुश्तैनी विरासत के जंगल से डरकर भाग जाएं। पर एक बात ने रंजन मुंशी को फिर परेशान कर दिया। आखिर इतनी नफ़ासत भरी ज़िंदगी जीने वाला यह शख्स माली, धोबी, नाई, मोची और मज़दूर जैसे किरदारों पर कैसे लिख लेता है। कम्बख़्त! लिखता भी ऐसा है कि उनकी आत्मा ही कागज़ पर उतर आती है।

धत्! रंजन मुंशी ने उंगली काट ली। वह क्यों शाह के लेखन के मुरीद हुए जा रहे हैं। अन्दर से आती पदचाप को सुनकर रंजन मुंशी सतर्क होकर बैठ गए। ज़ेहन में कई तरह के सवाल उमड़ने लगे। शाह साहब उन्हें यहां देखकर कैसी तीखी व्यंग्य की मुस्कराहट होंठों पर लाकर फिर छिपा लेंगे? आते ही किस अंदाज़ में बात करेंगे? कैसा लिबास होगा उनके भारी-भरकम जिस्म पर? उन्हें किस तरह मिलना चाहिए कि झुकने का एहसास न होने पाए?

परदा हिला। रंजन मुंशी का दिल खरगोश की मानिंद उछल पड़ा। धत्! कोई नौकर था। टेबल पर खस का शर्बत और काजू की बर्फी रखते हुए सलीके से आदाब बजाया और फिर अदब के साथ झुककर बोला, 'हुजूर आया चाहते हैं। जनाब शर्बत...'

'नहीं ठीक है।' रंजन मुंशी ने नौकर का वाक्य काट दिया। उन्हें आशा थी कि नौकर दोबारा शर्बत के लिए इसरार करेगा। पर वह बिना कुछ कहे दीवानखाने से निकल गया। हवेली से बाहर शाम जितनी गरम थी, रंजन मुंशी के अन्दर प्यास उतनी ही प्रबल थी। खस की भीनी-भीनी महक उन्हें बेचैन कर रही थी। खीझ और हसरत से एक बार शर्बत और बर्फी को ताक कर रंजन मुंशी ने नज़रें घुमा लीं।

कुछ ही देर बाद भारी क़दमों की चाप के साथ फिर परदा हटा। इस बार शाह साहब ही थे। लुंगी पर चिकन वाला मलमली कुर्ता रंजन मुंशी उठ खड़े हुए।

'हैरान हूं भाई! हैरान हूं! मुल्क का इतना बड़ा अफ़सानानिगार... और इस ख़ाकसार के गरीबखाने पर। सच! आज का दिन यादगार दिन है।' शाह साहब ने बांहें फैलाकर रंजन मुंशी के असमंजस को अंक में भर लिया। फिर गुदगुदे सोफे में धंसते हुए बोले, 'अरे! ये क्या? आपने शर्बत को छुआ भी नहीं। ये कम्बख़्त नौकर, मेहमान मेहमान का फर्क ही नहीं समझते। लीजिए-लीजिए।' अपने हाथ से उठाकर शाह साहब ने बर्फी वाली तश्तरी सामने की तो रंजन मुंशी के भीतर जमी हिमशिला पिघलने लगी। इस शख्स में कुछ तो है, जो खींचता है। इतना बड़ा आदमी और ग़रूर की छाया भी नहीं।

'आप भी कुछ लीजिए ना!' संकोच से दबे स्वर में रंजन मुंशी ने कहा...

'क्यों नहीं...क्यों नहीं। आपका साथ न दें, ऐसी गुस्ताखी हम नहीं कर सकते।' शाह साहब ने बर्फी का एक टुकड़ा उठा लिया। 'और हां! कहीं किसी से आज शाम को मिलना तय हो तो फोन करके मुल्तवी कर दें। आज हमसे आपका छुटकारा मुमकिन नहीं है।' शाह साहब के स्वर में अधिकार भी था—अपनत्व भी।

'पर मुझे तो अखबार में...' रंजन मुंशी अन्दर-ही-अन्दर किसी चीज़ से घबराहट महसूस कर रहे थे। सोच रहे थे कि इंटरव्यू खत्म होते ही भाग निकलेंगे।

'अरे छोड़िए अखबार-वखबार को। आपके मालिक जनाब चोपड़ा

साहब का फोन आया था। हमने कह दिया कि मुंशी साहब आ तो आपकी मर्ज़ी से रहे हैं, लौटेंगे हमारी मर्ज़ी से। मगर एक बात हमें सालती रहती है।' शाह साहब ने आवाज़ को धीमा कर लिया।

'क्या?' शर्बत की महक नथुनों में और ठंडक गले में भरते हुए रंजन मुंशी चौंके।

'हमने सुना है कि चोपड़ा साहब महज अनपढ़ ही नहीं, उजड्ड भी हैं। आप कैसे निभाते होंगे उनसे?' रंजन मुंशी को लगा कि शाह साहब की नज़रें उनके अन्दर गहरे तक उतरती जा रही हैं।

'कभी कोई दिक्कत नहीं हुई', वे शाह साहब की चतुराई ताड़कर टाल गए। पर उन्हें लगा कि जैसे सोफा कुछ और नीचे धंस गया है।

'ख़ैर छोड़िए, ये आपका जाती मामला है। पर भाई! कलम के रिश्ते से हम एक ही बिरादरी के हुए ना। इसीलिए पूछ बैठा। बताइए, इंटरव्यू में हमसे क्या कहलवाना चाहते हैं?' शाह साहब मुस्कुराकर सोफे पर पसर गए। रंजन मुंशी ने जल्दी-जल्दी शर्बत गटका और चमड़े के हैंडबैग से पैड और कलम निकालकर इंटरव्यू के लिए तैयार हो गए।

ज़ेब से पेन और बैग से पैड निकालने भर के अन्तराल में एक बार फिर रंजन मुंशी के दिल पर हथौड़ा-सा चल गया। क्या किस्मत लेकर पैदा हुए हैं। देश में लाखों लोग उनकी कहानियां पढ़ते हैं। हज़ारों लोग उन्हें जानते और पहचानते हैं और सैकड़ों पाठक उनके जवाब का इंतज़ार करते हैं...और वे हैं कि दो वक़्त के निवालों के लिए इस रईसजादे की चौखट पर खड़े जाहिल चोपड़ा का हुक्म अता फरमा रहे हैं।

इंटरव्यू लगभग डेढ़ घंटा चला। बात से बात निकलती गई। रंजन मुंशी ने चोपड़ा साहब के इशारे के मुताबिक सिर्फ वही सवाल पूछे, जो शाह साहब की शख़्सियत को उभार सकें। बात को सियासत के गलियारों तक ही सीमित रखा। साहित्य की नब्ज़ पर उंगली नहीं टिकाई। इंटरव्यू खत्म होते ही रंजन मुंशी उठ खड़े हुए। बाहर शाम का धुंधलका फैलने लगा था।

'क्या हुआ भाई! सोफे की कोई कील तो गुस्ताखी नहीं कर रही है?' उन्हें यों खड़ा होते देख शाह साहब ने हैरानी से सोफे को घूरा।

'नहीं...नहीं।' रंजन मुंशी हंसे। 'दरअसल मुझे अखबार के दफ़्तर पहुंचना है।'

'अरे हुजूर! हम चोपड़ा साहब को बतला चुके हैं कि आज आप यहां से जल्दी फारिग नहीं हो पाएंगे। बैठिए...बैठिए।' शाह साहब ने उनकी बांह पकड़कर उन्हें जबरन बिठा लिया।

'पर...' रंजन मुंशी ने प्रतिरोध करने की बेकार कोशिश की।

'अरे कोई है क्या?' सुना अनसुना करके शाह साहब ने नौकर को पुकारा। नौकर हाजिर हो गया।

'सुनो! हम स्टडी में हैं। अब किसी से मिलेंगे नहीं और आफताब से कहिए, बन्दोबस्त करें...।' फिर अपनत्व से रंजन मुंशी को बाहें पकड़कर उठाते हुए बोले, 'आइए आपको अपनी लाइब्रेरी दिखलाते हैं।'

दीवानखाने के साथ ही साफ़-सुथरी गैलरी से निकलकर वे लोग स्टडी में पहुंच गए। पूरा कमरा लकड़ी की महीन नक्काशी वाली शीशे की अलमारियों से सजा हुआ था। हर अलमारी में करीने से लगाई गई सैकड़ों किताबें थीं।

'आपकी लाइब्रेरी सचमुच शानदार है।' रंजन मुंशी इतनी किताबों को देखकर वैसे ही ठगे हुए खड़े थे। जैसे कुछ देर पहले दीवानखाने में घुसते हुए।

'इनमें आपकी लिखी हुई किताबें भी हैं। सच कहूं तो वही किताबें इस लाइब्रेरी की असली शान हैं। आइए दिखलाता हूं।' शाह साहब ने रंजन मुंशी को एक बड़ी-सी अलमारी का वह कोना दिखलाया जहां उनकी छपी हुई कुल जमा सातों किताबें करीने-से सजी हुई थीं। रंजन मुंशी गद्गद् हो गए।

'ये तो आपका बड़प्पन है शाह साहब। वरना मैं और मेरा लिखना, दोनों की क्या बिसात।' रंजन मुंशी चित हो गए, शाह साहब मुस्कुराए।

'अरे नहीं मुंशी जी। आपके बगलगीर होकर हमें भी कुछ इज़्ज़त नसीब हो, इसीलिए मैंने अपनी किताबों का जमावाड़ा बिल्कुल आपके साथ ही लगाया है। देखिए।' शाह साहब ने साथ वाली अलमारी की तरफ़ इशारा किया, जहां उनकी लिखी हुई किताबें सुनहरे वर्क में लिपटी हुई थीं।

एक नौकर चांदी की ट्रे में दो प्याले, सुराही, भुने हुए काजू और महक उड़ाते गोश्त के लज़ीज़ टुकड़े सजा लाया था। शाह साहब मुंशी जी के साथ सोफे पर लौट आए।

'हवेली का ये हिस्सा दिल के उस कोने की तरह है, जहां सिर्फ अपने ही पहुंच पाते हैं।' शाह साहब ने चांदी की सुराही से शराब, चांदी के प्यालों में उड़ेलते हुए कहा।

'ये तो आपका बड़प्पन है। पर इस सबकी क्या ज़रूरत थी।' रंजन मुंशी ने एक बार फिर माहौल की गिरफ्त से निकलने की कोशिश की, पर नाकामयाब रहे। उन्हें अपना ही स्वर बनावटी और थका हुआ लगा।

'कितना मुबारक दिन है कि आज आप यहां तशरीफ़ लाए हैं और कहते हैं कि इसकी क्या ज़रूरत है। बस क्या बतलाऊं मुंशी जी पुरानी चीज़ों और पुराने अंदाज़ का 'नॉस्टेल्जिया'-सा है मुझे। जो मज़ा सुराही से प्याले भरने में है, बोतल में नहीं', शाह साहब ने बर्फ के टुकड़े प्यालों में डालते हुए कहा।

'आपका अंदाज़ सचमुच शाही है', रंजन मुंशी मुस्कुराए। शाह साहब ने गौर से देखा। इस मुस्कुराहट में उपहास नहीं था – तारीफ़ थी। वे सन्तुष्ट हो गए। प्याले टकराए और धीरे-धीरे रीतने लगे।

'मैं तो आपकी कहानियों का मुरीद हूं, मुंशी जी, पर दुःख होता है, आपको चोपड़ा साहब की ताबेदारी करते देखकर।'

कुछ बढ़िया शराब का सरूर, कुछ माहौल का नशा और कुछ शाह साहब की बातों का खुमार! रंजन मुंशी के अन्दर पका हुआ फोड़ा फट गया।

'किस्मत का फेर है शाह साहब...सब किस्मत का फेर है। वरना ये दो कौड़ी का अखबारवाला क्या मेरी कलम को ख़रीद पाता?' रंजन मुंशी ने शराब के घूंट के साथ कबाब का एक टुकड़ा मुंह में डाल लिया और चबाने लगे।

'खालिस अंगूर की निकाली गई हैं घर पर, कैसा सरूर दे रही है?' शाह साहब ने बात को जर्क दिया।

'बहुत उम्दा शाह साहब – बहुत उम्दा।'

शाह साहब ने स्वर से ताड़ लिया कि मुंशी जी अब गहरे सरूर में हैं। मुस्कुराते हुए बोले, 'फिर भी पत्रकारिता में एक इज़्ज़त तो है मुंशी जी।' शाह साहब की उंगली मुंशी जी को दुःखती रग पर थी।

'ख़ाक इज़्ज़त है शाह साहब! अब तो इसमें ब्लैकमेलर और दलालों की संख्या बढ़ती जा रही है। अब ये हमारे चोपड़ा को ही लीजिए। अखबार के सहारे बड़े-बड़े लोगों में उठता-बैठता है, पर सगा किसी का नहीं। शहर कोतवाल का खास मुखबिर है। जहां बड़े लोगों में जुआ होते देखा, चुपके से कोतवाल को खबर कर दी। बस! वारे-न्यारे हो गए।' रंजन मुंशी के विवेक पर अंगूरी का खुमार हावी था।

'भाई! आपकी इस बात से हम इत्तफाक नहीं रखते। ये तो एक अच्छे शहरी का फर्ज अदा कर रहे हैं चोपड़ा साहब', शाह साहब ने हवा दी।

'कैसे शहरी? कैसा फर्ज?' रंजन मुंशी भड़क उठे, 'अरे साहब, चोपड़ा साहब को बाकायदा कमीशन मिलती है। कोतवाल छापा मारकर जब शहर के रईसों को जुआ खेलते हुए पकड़ता है, तो वे रुसवाई के डर से लाखों रु. की दक्षिणा चढ़ाकर अपना पिंड छुड़ाते हैं। कोतवाल चोपड़ा को भी हिस्सा देता है। पिछली दीवाली के आस-पास ही चोपड़ा ने नई मारुति ख़रीदी थी। आप ही सोचिए हज़ार-पंद्रह सौ अखबारें बेचकर कोई कार में चल सकता है क्या?'

'नहीं, बिल्कुल नहीं', शाह साहब ने समर्थन किया, 'भाई मुंशी जी आप तो मेरे लिए तिलिस्मी खबरों का दरवाज़ा खोल रहे हैं।'

'अरे शाह साहब, कहानी यहीं खत्म नहीं होती। पुलिस से छूटकर जब वो अपनी लम्बी-लम्बी कारों में घर पहुंचते हैं तो फोन घनघना उठता है। चोपड़ा साहब मासूमियत से बतलाते हैं – उनका एक संवाददाता छापे की खबर लाया है और छापने की ज़िद पर अड़ा है। चलिए, मैं तो आपका खैरख्वाह हूं। नहीं छापूंगा, पर अगर उसने ये खबर किसी दूसरे अखबार को दे दी तो मुसीबत हो जाएगी...बस! शहर कोतवाल से जेब खाली करवाकर लौटे रईसज़ादे अब एडीटर महोदय के चंगुल में फंस जाते हैं।' रंजन मुंशी हंसे।

'आप कुछ कीजिए ना।' शाह साहब ने कुरेदा।

'क्या करूं? कहीं लिख दिया तो नौकरी गई। अब इस उम्र में नई नौकरी तलाशने की हिम्मत नहीं रह गई है।'

'बस यही मजबूरियां तो आपकी कलम को खामोश किए हुए हैं, मुंशी जी! वरना आप जैसी शख़्सियत क्या इस छोटे-से ओहदे पर समझौता करती?' शाह साहब ने रंजन मुंशी का खाली गिलास फिर भर दिया।

'शाह साहब! लिखने पर उतारू हो जाऊं तो कितनों को हथकड़ियां लग जाएं।' रंजन मुंशी फूल कर कुप्पा हुए जा रहे थे। 'एक बार एक कोतवाल ने...' रंजन मुंशी का नया किस्सा शुरू हो गया।

शाह साहब की शह पर रंजन मुंशी ने कई किस्से सुना दिए। उन्होंने जिस समय हवेली की चौखट लांघकर सड़क पर क़दम रखा – रात का पहला पहर समाप्ति पर था।

'वाह, वाह साहब! कहानी मोची और बढ़ई पर लिखेंगे और चांदी के प्यालों के बिना शराब हलक से नीचे नहीं ढलती' रंजन मुंशी व्यंग्य से मुस्कुराए। उनके अन्दर का कहानीकार फिर सक्रिय हो गया। पर कम्बख़्त ऐसे किरदारों पर लिख कैसे लेता है? रंजन मुंशी सोच रहे थे कि शाह भी एक बढ़िया किरदार है। इस पर भी एक कहानी लिखी जा सकती है। पर अगर चोपड़ा नाराज़ हो गया तो?

रंजन मुंशी तो चोपड़ा के डर से कहानी नहीं लिख पाए, पर शाह साहब ने कहानी लिख भी दी और छपवा भी ली।

अखबार के दफ़्तर में पत्रिका के पन्ने उलटते-पलटते शाह साहब की कहानी पर रंजन मुंशी की नज़रें अटक गईं। कहानी पढ़ने से पहले उनके दिमाग़ में, शाह साहब के साथ बिताई यादगार गुलाबी शाम उभर आई। सोचा, कहानी पढ़कर शाह साहब को फोन करेंगे। हो सकता है, शाह साहब आज शाम को ही फिर बुला लें, पर कहानी खत्म होते-न-होते मुंशी का सिर चकराने लगा। सारी कहानी उन पर और उनके द्वारा दी गई जानकारियों पर ही थी। रंजन मुंशी ने चोपड़ा साहब के मां-बाप का शुक्रिया अदा किया, जिन्होंने चोपड़ा साहब को अंगूठाछाप ही रहने दिया था, वरना आज मुंशी जी का बोरिया-बिस्तर गोल हो जाता।

पर कोई दूसरा भी तो चोपड़ा साहब को इस कहानी की बाबत बतला सकता है। रंजन मुंशी घबराकर दफ़्तर से बाहर निकल आए। उनके अन्दर गुस्सा भरने लगा था। शाह दारू पिलाकर यूं रुसवा करेंगे, उन्होंने सोचा भी नहीं था। कम्बख़्त की सारी हेकड़ी निकाल दूंगा अब... बिलबिलाए हुए रंजन मुंशी हवेली की तरफ़ बढ़ गए।

हवेली के बड़े दरवाज़े पर ही मुंशी जी ठिठककर रुक गए। वहां एक छोटी-मोटी भीड़ जमा थी। लट्ठे का पाजामा, कुर्ता या धोती पहने हुए इनमें से कुछ लोगों को रंजन मुंशी पहचानते थे। एक उनकी गली का बरेठा था, दूसरा वो नुक्कड़ वाला मोची, जिससे जूते सिलवाते समय, मोल-भाव को लेकर मुंशी जी की अक़्सर तकरार हो जाती। बाक़ी लोग भी कुछ इसी तरह के थे, पर रंजन मंशी के लिए अपरिचित थे। मोची ने रंजन मुंशी को देखते ही खुशी से सलाम किया, 'जै राम जी की। आप भी शाह साहब से मिलने आए हैं क्या?'

'सो तो ज़ाहिर है, पर तुम सब लोग यहां क्यों इकट्ठा हो?'

'आज हुज़ूर का जन्मदिन है। सो सलाम करने चले आए हैं।' मोची ने श्रद्धा से कहा।

'शाह साहब अन्दर मौजूद हैं क्या?' रंजन मुंशी का मन तो था कि शाह को एक कड़वी-सी गाली दें पर झिझक गए।

'नमाज़ अता करने गए हैं। आते ही होंगे। पर बाबू जी! क्या फरिश्ता हैं हमारे हुज़ूर। जानते हें, एक शाम हमें बुलाकर दावत दी। दावत भी क्या, बाबू जी, चांदी की तश्तरियों में कबाब, काजू और...और हुज़ूर...' रंजन मुंशी के कान के पास मुंह लाकर वो धीमे-से बुदबुदाया, 'चांदी के प्यालों में उम्दा शराब। घंटों हमसे बतियाते रहे और...' वो अब भी कुछ बतला रहा था, पर रंजन मुंशी की श्रवण शक्ति जाती रही थी। उनके ज़ेहन में शाह साहब की एक बेहद चर्चित कहानी घूम रही थी, जिसका किरदार एक मोची था।

रंजन मुंशी मरे हुए क़दमों से लौट पड़े। उन्हें डर था कि मिलने पर उनका मातमी चेहरा शाह साहब की नई कहानी का मज़मून बन सकता है।

# दुर्दांत

खलील जिब्रान को पढ़ने के बाद उसका भेजा घूम गया है। कम-से-कम दुनिया ने यही समझा था। उसने तय किया कि अब वह अन्याय और अव्यवस्था के विरुद्ध लड़ेगा। उसे विश्वास था कि उसकी आवाज़ पर लाखों सोई हुई आत्माएं जाग उठेंगी और करोड़ों अलसाई आत्माओं की मुट्ठियां हवा को बींध देंगी। एक ऐसा झंझावात उठेगा जो इस गांव से उस गांव, इस कस्बे से उस कस्बे, एक शहर से दूसरे शहर होता हुआ एक दिन समुद्र की हदों को लांघ जाएगा। फिर आदमी साफ़ हवा में सांस ले पाएगा, शुद्ध अनाज खाएगा, खालिस दूध पीएगा और हर तरफ़ फैली अव्यवस्था और अराजकता से मुक्त हो जाएगा।

इस सोच के बाद उसे फूलों के रंग ज़्यादा शोख और चटख दिखने लगे थे। फूली हुई घास किसी सर्द और सब्ज अंगारे की तरह दहकने लगी थी। केक्टस की फुनगियों पर बुरांस खिल उठे थे। आसमान का नीलापन उचककर पकड़ लेने की हद तक झुक आया था और पहाड़ों की चोटियों पर अधखिले चांद उतर आए थे। इस खयाल ने उसके पोरों में होने वाली सूचनाओं की कसक को कम कर दिया था और अब कभी-कभी वह मुस्कुराने भी लगा था। यह शहर छोटा था और यहां के कलेक्टर की आमदनी कुछ लाख रुपया महीना थी। शहर छोटा था, इसलिए पुलिस कप्तान की आमदनी भी इससे बहुत फ़र्क नहीं थी। थानों की बार-बारी की गई नीलामी और माफिया के साथ बैठकों का भी कोई बहुत सकारात्मक प्रभाव नहीं हुआ था। पूरी कोशिशों के बाद भी माफिया की संख्या में वृद्धि नहीं हो पाई थी जिससे स्वस्थ प्रतिद्वंद्विता का अभाव था। यहां का सारा अधिकारी वर्ग यह अभाव झेल रहा था और कुर्सियां सस्ते में नीलाम हो रही थीं। पता नहीं लोग इस सच को जानते थे या नहीं, पर वह जानता था।

वह जानता था कि शहर की सारी बसें मिट्टी के तेल से चलती हैं। इसीलिए ढिबरी भर मिट्टी का तेल हासिल करने के लिए मज़दूर को कई गुना दाम चुकाने पड़ते हैं। ढिबरी बुझने से पहले ही उसे नींद आ जाए, इसलिए वह मिलावट वाली देसी शराब का पौवा पीता, सड़े हुए सरकारी गेहूं का काला आटा फांकता ओर सो जाता। रात को सोया हुआ मज़दूर जब सुबह उठता को खुदा का भेजा हुआ सफ़ेद दाढ़ी और नूरानी चेहरे वाला मौलवी मस्जिद की मीनार से उसे आवाज़ लगाता। भारी पेट और थुलथुल बदन वाला लिजलिजा पंडित घंटियां बजा-बजाकर उसे बुलाता। यह तब तक चलता जब तक उसकी ज़ेब की बची रह गई पिछले दिन की बकाया कमाई झटक न ली जाती। खाली ज़ेब और भूखे पेट के साथ एक भी दिन के आराम के बिना वह फिर कामगारों की पंक्ति में खड़ा पाया जाता।

वह जानता था कि ताज़ा बनी सड़कें क्यों एक बरसात भी नहीं झेल पातीं। लैंपपोस्ट के बल्ब आए दिन क्यों बुझे रहते हैं। क्यों शानदार बंगलों की घास गर्मियों में भी नहीं सूखती और म्यूनिसपैलिटी के नल सर्दियों में भी सूखे रहते हैं। पैदल चलता आदमी खादी पहनते ही कैसे शानदार गाड़ियों का मालिक हो जाता है और झंडा फहराकर भाषण देता अधिकारी कितना झूठ बोलता है। वह ऐसी बहुत-सी सच्चाईयां जानता था। उसका यह सब जान लेना अपराध नहीं था। पर सोचना एक हिमाक़त थी। उसकी यह हिमाक़त आज तक ढंकी-छिपी रही थी, पर आज वह शहर के बीचोंबीच उधड़ी हुई सीवन की तरह बेनकाब हो गया था। वह सोचता है, सोच सकता है। वह बोलता है, बोल सकता है। उसके अन्तस में ज्वालामुखी धधक रहा था और प्रशासन नहीं जान पाया। यह बात शायसन और प्रशासन दोनों को हैरान कर रही थी। सबसे ज़्यादा हैरानी उस अखबार के मालिक को थी जिसमें वह काम करता था। मालिक ने पिछले तीन सालों में उसे बैल की तरह जोता था, वह चुपचाप जुता रहा था। वह विज्ञापन लाता, तो मालिक पीठ थपथपाता। वह झूठ लिखता, तो मालिक खुश होकर छापता, पर जिस दिन उसने सच लिखने की कोशिश की थी, मालिक ने झिड़क दिया था। प्रशासन के आला हुक्मरानों की चिन्ता का कारण दूसरा भी था। अरबों रुपयों के खर्च पर खड़ा तन्त्र आज खोखला और बेमानी साबित हुआ था। इसी शहर का एक आदमी

लगातार सोचता रहा था और दसियों गुप्तचर एजेंसियां जान नहीं पाईं थीं। सूचना विभाग नाराज़ था कि भरपूर विज्ञापन देने के बावजूद वह अखबार अपने एक अदने से नौकर पर काबू नहीं रख पाया। शरीफों की सांसें भी गिन लेने का दावा करने वाली पुलिस जान भी नहीं पाई और वह शहर के बीचोंबीच घंटाघर पर चढ़ गया था। हद तो यह थी कि घंटाघर की भरपूर ऊंचाई के बावजूद शायद उसके हाथ में पकड़ा हुआ सच का पुलिन्दा लोगों को दिखलाई दे रहा था और लोग उस पुलिन्दे में बंधे सच को सुन लेना चाहते थे, पर विडंबना यह थी कि उसकी ऊंचाई इतनी अधिक थी कि उसकी आवाज़ ज़मीन तक नहीं पहुंच पा रही थी।

सच का यह पुलिन्दा उठाए-उठाए उसने कई दरवाज़ों पर दस्तक दी थी। दरवाज़े खुले भी थे, पर उसके पुलिन्दे की गांठ खुलने से पहले ही बन्द हो जाते थे। किसी के पास इतना समय नहीं था कि उसकी बासी बातों को, ऐसा वे लोग सोचते थे, सुन लेता। उसे खलील जिब्रान पढ़ाने का अफसोस मुझे उस दिन हुआ था जब उसने सरेबाज़ार मेरे गिरेबां में भी झांक लिया। दरअसल, हुआ यह था कि हम लोग एक खोखे में बैठकर चाय पी रहे थे। उसकी बातों से मैं प्रभावित था। उसकी तमाम नाकाम कोशिशों के बावजूद उसके हौसले में कोई कमी नहीं आई थी। उसे विश्वास था कि भले ही देर से सही, पर इस देश में क्रान्ति का जननायक वही होगा। जिस दिन उसकी आवाज़ आवाम तक पहुंचेगी, लोकतन्त्र के सारे सन्दर्भ बदल जाएंगे। खलील जिब्रान को मैंने भी पढ़ा था, पर अपने होशोहवास पर काबू रख कर। इसीलिए मैंने उसे समझाने के लिए एक कविता की कुछ पंक्तियां सुनाई थीं।

कविता सुनकर वह मुझे निस्पृह भाव से घूरता रहा था, फिर अचानक उसका चेहरा तमतमा गया। वह लगभग चीखते हुए स्वर में बोला, 'तुम साले लेखक अपने को तुर्रम खां समझते हो। जो तुमने कह दिया, वही सच हो गया। अरे तुम्हारे बड़े-बड़े आलोचक पैसा लेकर किताबों को अच्छा-बुरा कहते हैं। तुम्हारे जनवादी सम्पादक पैसे के लिए भगवा सरकार के विज्ञापन छापते हैं और तुम्हारे प्रगतिशील लेखक छपने और चर्चित होने के लिए इन्हीं सम्पादकों और आलोचकों की चप्पलें उठाते हैं।'

'तुम कुछ ज़्यादा ही बहक रहे हो', मैंने उसके आवेश को कम करने के लिए समझाने वाले स्वर में कहा।

'बहके हुए तो तुम लोग हो। डिब्बा बन्द मछली की तरह ठंडे और

बासी। आम आदमी पर फ़िल्म बनाते हो और पैसा कमाते हो, पर आम आदमी को क्या मिलता है? आम आदमी पर कविता-कहानी लिखकर वाह-वाही लूटते हो, उसे क्या मिलता है? नंगी-भूखी तस्वीरें बनाकर अन्तर्राष्ट्रीय हो जाते हो, आम आदमी को क्या मिलता है? अरे तुम लोग तो पैरासाइट हो, पैरासाइट।'

'पागल हो गए हो तुम, सोचते हो कि खलील जिब्रान पढ़कर समाज बदल दोगे? सनकी हो तुम, 'मुझे उसके व्यवहार पर गुस्सा आ गया था पर यह सच है कि यदि मैं जानता कि उसके पिटारे में हमारा सच भी छुपा है तो मैं यह चर्चा आरम्भ नहीं करता।

'खलील जिब्रान पढ़कर नहीं, खलील जिब्रान बनकर', तमतमाता हुआ उसका चेहरा अचानक हंसने लगा था, पर इसे अपमान की चुभन कहें या सच का नश्तर, मैं हंस नहीं सका था। मुझे पहली बार अफसोस हुआ था कि मैंने पढ़ने के लिए उसे खलील जिब्रान क्यों दिया था। दो वक़्त की रोटी कमाकर वह एक सीधी-सादी ज़िंदगी बिता रहा था, मैंने उससे रोटी भी छीन ली थी और ज़िंदगी भी। अब उसके पास बेचैनी, कुढ़न और क्रोध के सिवा और कुछ नहीं था। उससे सहानुभूति होते हुए भी अब मैं उससे कतराने लगा था।

इस घटना के बाद उसने और कितने सच इकट्ठे किए थे, मैं नहीं जान पाया, पर मैंने उसके झोले को एक गट्ठर में बदलते हुए देखा। उस गट्ठर को उठाए हुए वह इतना हांफ जाता कि रुककर सुस्ताने लगता था, पर गट्ठर नीचे ज़मीन पर नहीं रखता था। उससे कतराने के बावजूद मुझे उससे सहानुभूति थी। शायद इसीलिए मैं उस दिन उससे नज़र नहीं चुरा पाया।

'तुम गट्ठर नीचे क्यों नहीं रख देते?' मैंने आत्मीय होने की चेष्टा की तो वह हंसा, फिर कड़वाहट की हद तक व्यंग्य भरे स्वर में बोला, 'ताकि तुम इसे चुरा सको।'

'मैं क्या करूंगा तुम्हारा यह गट्ठर चुराकर?' मैंने खीजकर कहा था।

'तुम्हारे लिखने के लिए इसमें तैयारशुदा माल है।' उसकी यह निर्ममता मुझे अखर गई थी और मैंने उससे बोलना बन्द कर दिया था।

पर मैं देख रहा था कि उसके जिस्म पर टिके कपड़ों की सिलाई उधड़ने लगी थी। उसकी खिचड़ी दाढ़ी बढ़ने लगी थी और उसके बाल लम्बे होकर

बिखर गए थे। खलील जिब्रान पढ़ने से पहले तक झक काले उसके बाल अब आधे-अधूरे सफ़ेद हो चुके थे। उसका पूरा हुलिया एक बेतरतीब ज़िंदगी की नुमाइश बनकर रह गया था।

...और आज मैंने देखा कि वह घंटाघर पर चढ़ा हुआ खड़ा है और चिल्ला-चिल्ला कर लोगों को अपने पिटारे का सच बताने की कोशिश कर रहा है। उसकी आवाज़ शायद नीचे तक पहुंच भी जाती, पर नीचे लगातार बढ़ती हुई भीड़ का शोर उसकी आवाज़ को गुम कर रहा था। चीखने के कारण उसके गले की नसें फूलकर चमकने लगी थी। कनपटी पर तेज़ धड़कन के साथ मोटी नस फड़क रही थी। उत्तेजना के कारण चेहरा लाल हो चुका था। मेरे अलावा शायद ही कोई और समझ पाया हो कि वह खलील जिब्रान के एक उपन्यास में मठ से निकाले गए पात्र की तरह व्यवहार कर रहा था। वह भीड़ को आन्दोलित करना चाहता था। उसकी पूरी कोशिश थी कि उसकी आवाज़ किसी तरह भीड़ तक पहुंच जाए, पर भीड़ का सच उसके सच से अलग था। भीड़ उसके मक़्सद से अनजान, घंटाघर पर चढ़े हुए एक पुतले को देख-देखकर उत्तेजित और आह्लादित हो रही थी। पुतला गिरा तो क्या होगा, नहीं गिरा तो क्या होगा? भीड़ की जिज्ञासा इससे अधिक और कुछ नहीं थी, पर उसके लिए सन्दर्भ बिल्कुल बदले हुए थे। उसे लगा था कि नीचे भीड़ उसके आह्वान पर एकत्रित हुई है। जब वह एक हाथ उठाकर भीड़ को सम्बोधित करता तो भीड़ दोनों हाथ उठा देती। भीड़ समझती थी कि उसका हाथ उठाना, घंटाघर से कूदने की तैयारी है, इसलिए भीड़ उसे रोकने के लिए अपने दोनों हाथ उठा लेती।

वह खुशी से झूम उठा। उसे लगा कि भीड़ तक उसकी आवाज़ और मक़्सद पहुंच रहे हैं। अब उसने अपने पुलिन्दे की गांठ खोलनी शुरू कर दी थी और भीड़ के और करीब आने के लिए घंटाघर के छज्जे पर उतरने की कोशिश करने लगा था। तभी सामने से उसके ऊपर पानी की तेज़ बौछार हुई और वह पीछे हट गया। उसने दाईं ओर मुड़ने की कोशिश की तो उस ओर भी पानी की तेज़ बौछार थी। मैंने देखा कि दमकल की गाड़ियों ने घंटाघर को चारों ओर से घेर लिया था। वह जिस तरफ़ भी हिलता उसी ओर बौछार शुरू हो जाती। पानी की धार इतनी तेज़ थी कि

वह जब भी उससे टकराता, गिर पड़ता। फिर एकाएक चारों ओर से एक साथ पानी की तेज़ धार उस पर पड़ने लगी। मैंने देखा, सच के पुलिन्दे को पेट से चिपकाकर वह उकड़ूं बैठ गया है। वह उसे गीला होने से बचाना चाहता था। दमकल वालों के लिए इतना मौक़ा बहुत था। लम्बी सीढ़ियां घंटाघर पर छा गईं और बीसियों आदमियों ने उसे दबोच लिया।

अगली सुबह अखबार पढ़ते हुए मैं चौंक गया। पुलिस ने दावा किया था कि उसके पास से अनेक आपत्तिजनक दस्तावेज़ मिले थे। पुलिस को शक़ था कि उसके सम्बन्ध किसी नक्सलवादी गुट या पड़ोसी मुल्क से थे और वह देश में अशान्ति उत्पन्न करना चाहता था। सच्चाई जानने और उसके साथियों का पता लगाने के लिए पुलिस ने उसे पोटा में निरुद्ध कर दिया था। मेरा शरीर कांपने लगा। हाथ में पकड़ा चाय का गिलास मेज़ पर रखकर मैं धीरे-धीरे सिर को दबाने लगा। बात यहां तक पहुंच सकती है, इसका तो मुझे अंदाज़ ही नहीं था। मैं तो यही मानकर चल रहा था कि पुलिस उसे सुबह से शाम तक थाने में बिठाएगी, दो-चार झांपड़ रसीद करेगी और छोड़ देगी। किसी सिरफिरे के साथ और किया भी क्या जा सकता था, परन्तु यहां तो पूरा घटनाक्रम ही नाटकीय तरीक़े से बदला गया था।

उसे छुड़ाने के लिए मैं पूरा दिन अपने सम्पर्कों और सम्बन्धों को भुनाने की कोशिश करता रहा। पुलिस कप्तान से लेकर आईजी पुलिस तक से मिला। कलेक्टर और कमिश्नर को दुहाई दे-देकर सच समझाया। विधायक और सांसद को विश्वास में लेने की कोशिश की, पर सब बेकार। अब तो जनता भी पुलिस की बनाई कहानी पर चटखारे ले रही थी। रात गए मैं कमरे पर लौटा तो निढ़ाल हो चुका था। मैं समझ चुका था कि कहीं से भी मदद की कोई उम्मीद करना बेकार है, क्योंकि उसके पास सच का जो हमाम था उसमें नंगे खड़े लोग भला उसकी मदद कैसे कर सकते थे। हर ओर से हताश और निराश मैं बिजली बुझाकर पलंग पर लेट गया, पर तभी दरवाज़े पड़ती दस्तक ने तन्द्रा तोड़ दी। उठकर लाइट जलाई तो हक्का-बक्का रह गया। कमरे की हर खिड़की में संगीनें तनी थीं।

...पुलिस को उसके जिस साथी की तलाश थी, शायद वह उसे मिल गया था।

# अहसास

अक्टूबर का पहला सप्ताह!

तराई की बस्तियों में अभी भी उमस बाक़ी थी, पर पहाड़ी इलाकों में झुरझुरी वाली ठंड का आरम्भ हो चुका था। तुरतुरिया के ढलवा पहाड़ी गांव से हिमाचल की बर्फीली चोटियां दिखलाई देने लगी थीं। अन्य ऋतुओं में ये चोटियां धुंध से ढकीं रहती, पर इन दिनों बहुत साफ़ और बहुत करीब दिखलाई देतीं। तुरतुरिया से एक कोस के फासले पर बस्ती थी जहां सैलानियों की आवाज़ाही लगी रहती। इसी बस्ती में शाह की आरा मशीन थी और तुरतुरिया में सेब का बाग। इसी बाग के कोने में बालकू की झोंपड़ी थी। सेब के मौसम में बालकू बाग की रखवाली करता, जंगल से लकड़ियां काट कर बेचता और आलू की फसल उगाकर अपना गुजर-बसर करता। बालकू की सारी चेतना बाघ से अपने बचाव, बन्दरों से सेब की रक्षा और आलू की मनभर उपज पर केन्द्रित रहती। उस दिन भी बालकू लकड़ियों का गट्ठर उठाकर बस्ती की आरा मशीन पर बेचने ही गया था। आरे का मालिक चिरान में व्यस्त था। देर तक खाली बैठने से ऊबा हुआ बालकू कोयले से ईंट की दीवार पर चित्र बनाने लगा।... और हद हो गई जिस भंगिमा में कुत्ता शहतीरों पर लेटा हुआ था, ठीक उसी अंदाज़ में दीवार पर भी पसर गया। खूट से बंधी बकरी, पिंजरे में बन्द तोता और चिरान की लकड़ी लादने के लिए खड़ी घोड़ा गाड़ी-सब कुछ उसी रूप में दीवार पर अंकित थे। 'अरे बालकू रे। तूने तो मेरी दीवार का ही नाश कर दिया।' पता नहीं कब चिरान निपटाकर आरा मालिक बालकू के पीछे आ खड़ा हुआ था। बालकू सहम कर खड़ा हो गया। उसे समझ नहीं आया कि उसने ये सब कैसे कर दिया था।

'अभी पौंछ देता हूं।' डरे हुए बालकू ने लकड़ी लादने के लिए मूढ़ा बनाए गए अंगोछे को खोल लिया। 'रहने दे रे...रहने दे और सब काला कर देगा।' आरा मालिक हंसा। 'ग़लती हो गईं।' बालकू सिर झुका कर असमंजस में खड़ा रहा। 'डर मती रे। मैं तो यूं ही मज़ाक कर रहा था। तू तो बड़ा कलाकार है। किसी से सीखा था क्या?' 'नहीं।' 'फिर इतना सुन्दर कैसे बना लेता है रे? लगता है सब कुछ जी उठेगा।' आरा मालिक मुग्ध होकर चित्रों को निहार रहा था। 'अपने-आप बन जाता है।' बालकू ने उत्तर दिया। यही उसकी कला का सत्य भी था।

लकड़ी काटने और बेचने का सिलसिला यथावत चलता रहा था। पर आरा मालिक ने एक अतिरिक्त काम बालकू को सौंप दिया। कटान में बच गए लकड़ी के अनेक आकार-प्रकार के टुकड़ों पर बालकू तरह-तरह के चित्र बनाता और आरा मालिक उन्हें पहाड़ पर घूमने आए सैलानियों को बेचता। धीरे-धीरे चित्रों की मांग बढ़ने लगी। अब वह केवल चित्र बनाता-पहाड़ी ढलानों, चोटियों, देवदार और चीड़ के घने जंगलों, परिन्दों और जानवरों के चित्र। कई वर्ष ये सिलसिला चलता रहा, पर एक दिन बालकू इस सबसे ऊब गया। उसके अन्दर कुछ नया करने की इच्छा जन्म ले रही थी। बालकू चाहता था कि पहाड़ की बन्द दुनिया से आगे निकल कर फैली हुई ज़मीन को देखे। नए दृश्य, नई चीज़ों और नए लोगों के चित्र बनाए। लहराते हुए समुद्र, ठहाके लगाते जनसमूह और खिलखिलाती फसलों को आत्मसात करे। वह किसी ऐसी जगह जाना चाहता था। जहां दृष्टि के प्रवाह को पहाड़ों के बांध ना रोक पाएं। एक दिन बालकू ने अपनी ये इच्छा आरा मालिक को बताई। आरा मालिक सोच में पड़ गया। बालकू उसके लिए जीता जागता उद्योग बन गया था। वो नहीं चाहता था कि बालकु नाराज होकर कहीं चला जाए। सर्दियां आरम्भ हो रहीं थीं और सैलानियों की आवाज़ाही भी थम चुकी थी। इसलिए आरा मालिक ने बालकू को इसी शर्त पर जाने की अनुमति दी कि वह जल्द ही लौट आएगा और जो कुछ भी देखेगा-उसके चित्र बनाकर केवल आरा मालिक को ही देगा। तीन महीने तक बालकू घूमता रहा। तीन महीने बाद जब बालकू लौटा तो आरा मालिक ने गद्दी से उठकर उसका स्वागत किया।

आरा मालिक को विश्वास था कि बालकू अब जो भी चित्रित करेगा वह नया और अनुपम होगा। पर बालकू गुमसुम बैठा रहता। चित्र बनाना तो दूर वह एक रेखा भी नहीं खींचता। आरा मालिक को चिन्ता हुई, उसने एक दिन बालकू को बिठाकर समझाया।

'जीवन ऐसे ही नहीं चलता। कुछ ना कुछ करना पड़ता है।' 'क्या करूंगा आप ही बताइए।' बालकू ने हताश स्वर में कहा। 'कुछ भी कर, पर खाली मत बैठ। दोबारा चित्र बनाना शुरू कर दे। तीन महीने देस-परदेस घूमा है-कुछ तो देखा ही होगा। वही बना।' 'ठीक है! कोशिश करता हूं।' कहकर बालकू चला गया। अगले दिन आरा मालिक ने देखा बालकू सचमुच एक नया चित्र लाया है। हुलसता हुआ आरा मालिक पास पहुंचा तो हैरान रह गया। लकड़ी के एक बहुत बड़े चौकोर टुकड़े पर बालकू ने जो कुछ भी विचित्र किया था-वह अविश्वसनीय था। एक आकृति जो देखने में इंसान की लगती थी पर जिसकी उंगलियों की जगह धारदार नाखून थे, ओंठों की जगह लम्बे सूए की तरह पैने दांत थे और दिमाग़ की जगह नुकीले सींग थे। उस आकृति की आंखों के वहशीपन ने आरा मालिक को दहला दिया। वह कुछ देर अवाक खड़ा रह गया। फिर हंस कर बोला 'अरे बालकू रे। तू तो अन्तर्यामी हो गया रे। मैं अपने नए मकान पर टांगने के लिए तुझसे ये ही बनवाना चाहता था। दस लोगों की बुरी नज़र पड़ती है नई चीज़ पर। कल ही काली हंडिया के साथ इसे भी टंगवा दूंगा।' 'जी।' बालकू ने सहमति में सिर हिलाया। 'पर मेरी एक बात मान।' चतुर आरा मालिक बालकू की मनःस्थिति समझ गया। 'क्या?' 'सैलानियों को तेरे बनाए हुए पेड़, पहाड़, परिन्दे, तितलियां और नदी-नाले वाले चित्र बहुत लुभाते हैं। तू वही बना।' 'जी...।'

बालकू चला गया और कई दिन बाद एक चित्र के साथ लौटा। आरा मालिक ने चित्र देखा तो माथा ठोंक लिया। लकड़ी के बहुत बड़े चौकोर टुकड़े पर स्याह काले रंग का एक बड़ा वृत्त था। इस वृत्त के कई अन्तर वृत्त थे-एक दूसरे को स्पर्श करते और विस्तार देते हुए। आरा मालिक निराश भी हुआ और चिन्तित भी। बहुत सोच-विचार के बाद आरा मालिक ने बालकू का विवाह करवा दिया। बालकू ने चित्र बनाना तो आरम्भ नहीं किया पर लकड़ी काटना आरम्भ कर दिया। उसके सिर पर पहले की तरह कपड़े के मूढ़े पर लकड़ियों का गट्ठर लदने लगा।

लगभग डेढ़ बरस बाद एक दिन बालकू ने फिर ब्रश उठाया। डेढ़ बरस पहले अपने अन्तिम चित्र को ईंटों पर रखकर झोंपड़े की कच्ची दीवार के सहारे टिका दिया। फिर काले वृत्त के ठीक मध्य में एक सुनहरा बिन्दु अंकित किया जिससे फूटकर निकलती सुनहली किरणों ने वृत्त के रेशों को झिलमिला दिया।

झोंपड़े से आती नवजात शिशु के रोने की आवाज़ ने, असंख्य चिड़ियों की चहचहाट की तरह उसके अन्तस की गहरी वादियों के सन्नाटे को चीर दिया था।

बालकू फिर चित्र बनाने लगा। सैलानियों की भीड़ चित्रों पर मुग्ध होकर खड़ी रहती। पर बालकू ने काले वृत्त से झांकते सुनहले प्रकाश पुंज वाले चित्र को नहीं बेचा। अलबत्ता बालकू उसे रोज़ अपने साथ ले जाता और शाम को वापिस ले आता।

एक दिन एक अंग्रेज़ सैलानी उस चित्र को देखकर रुका तो रुका ही रह गया। वह चाहता था कि चित्र उसे बेच दिया जाए पर बालकू नहीं माना। सैलानी ने मोल-भाव और प्रलोभनों से बालकू को लुभाना चाहा पर बालकू टस से मस नहीं हुआ। आरा मालिक ने भी समझाने की कोशिश की, पर सब बेकार। पहली बार बालकू ने उस चित्र को टाट के टुकड़े में लपेटा और झोंपड़े की परछत्ती पर रख दिया।...पर अगली सुबह वह चित्र वहां नहीं मिला। हैरान-परेशान बालकू ने झोंपड़े की एक-एक चीज़ उलट-पलट दी, पर चित्र नहीं मिला। बालकू का अन्तस फट गया। उसने फिर चित्र बनाना बन्द कर दिया। वह जान गया था कि पैसे के लोभ में पत्नी ने वह चित्र आरा मालिक को बेचा है। वह लकड़ी काटने, आलू की फसल के लिए ज़मीन बनाने और सेब के बाग से बन्दरों की टोलियों को खदेड़ने में ही व्यस्त रहता। उसे कभी पता नहीं चला कि बालकराम के नाम से एक विदेशी चिट्ठी हफ्ता भर बस्ती में भटक कर लौट गई थी। किसी को याद नहीं थी कि बस्ती से कोस भर दूर तुरतुरिया में रहने वाला बालकू ही बालकराम है। खुद आरा मालिक भी भूल चुका था कि उसने अंग्रेज़ी सैलानी को बालकू का बना चित्र बेचते समय उसका नाम बालकराम ही बतलाया था। डाकिया भला कैसे चीन्हता-बालकराम के

नाम आने वाली ये पहली और अन्तिम चिट्ठी थी।...पर एक दिन वह अंग्रेज सैलानी लौट आया जो बालकू का 'प्रकाश पुंज' ले गया था। वह बालकू को एक बड़ी सफलता का समाचार देने आया था। लंदन की एक प्रदर्शनी में बालकू का चित्र दस हजार पौंड में बिका था। वह ईमानदार कला व्यापारी अपना कमीशन काटकर बचे लाखों रुपए बालकू को देना चाहता था और चाहता था कि बालकू उसके लिए और चित्र बनाए। आरा मालिक ने बालकू को ये खुशखबरी दी। पूरी बस्ती इस खबर के बाद बालकू को देखने उमड़ पड़ी। पर बालकू गुमसुम सा शहतीर पर बैठा रहा।

'तुम कुछ बोलते क्यों नहीं?' आरा मालिक ने खुशी के सदमे से उबारने के लिए बालकू को लगभग झिंझोड़ दिया। पर बालकू ने पहले की तरह सूनी आंखों से चैक को देखा और फिर जमे हुए स्वय में बोला, 'मेरी तस्वीर वापस ला दो।' 'उस तस्वीर के बदले तो तुम्हें ये लाखों रुपए मिल रहे हैं' आरा मालिक ने समझाना चाहा। 'मुझ रुपए नहीं-तस्वीर चाहिए।' बालकू उठ कर चला गया। इस बार भी पत्नी ने बालकू की इच्छा के बिना रुपया ले लिया। पत्नी ने उसकी कृति का अन्तिम मोल लगा दिया था।. ..अगली सुबह बालकू झोपड़े में नहीं था।...और कस्बे ने मान लिया कि बालकू फूटी किस्मत लेकर जन्मा था। फूटी किस्मत के साथ ही मर जाएगा। समय बीता। झोंपड़े की जगह आलीशान बंगले ने ले ली। बड़े हो चुके नन्हे की मां रोज़ खिड़की से बाहर देखती। जंगल से लौटते लकड़हारों के जत्थे में बालकू आज भी नहीं था।

## एक बंगला सबसे न्यारा

दिसंबर की गुनगुनी धूप से लदी-फदी एक खुशनुमा दोपहर को मैं घर लौट रहा था, साइकिल के कैरियर पर बेटी बैठी हुई थी और आगे हैंडल थाम कर बैठा हुआ बेटा एक के बाद एक सवालों के गोले दाग रहा था। साइकिल मामूली से ढलान पर थी, इसलिए खुद-ब-खुद लुढ़क रही थी। गद्दी पर इत्मिनान से जमा हुआ मैं खुश था। सड़क पर गड्ढे कम थे और आवाज़ाही तो थी ही नहीं। इसलिए गरदन घुमाकर दाएं-बाएं के नज़ारों को आंखों में भर रहा था।

सड़क के दोनों ओर युक्लिपटिस और सिलवर ओक के ऊंचे-ऊंचे पेड़ों की क़तारें थीं। कई-कई बीघा में फैले सुन्दर रख-रखाव वाले पुराने बंगले थे। बंगलों की मटमैली टीनों से चिपके हुए धूल-धक्कड़, मौसम और पेंट से चकते धूप में चमक रहे थे। ज़िंदगी का ये अंदाज़ रोमानी था। एक बंगले के सामने मैंने साइकिल धीमी कर दी।

'क्या हुआ पापा?' साइकिल धीमी होते देख बिटिया ने पूछा। उसे लगा कि साइकिल के आगे कोई ऐसी चीज़ आ गई है जो पीछे कैरियर पर होने कारण उसे दिखलाई नहीं दे रही।

'ये बंगला देखो। कितना सुन्दर है।' मैंने अपने बाईं ओर के बंगले की तरफ़ इशारा किया। दोनों बच्चों ने एक साथ गरदन घुमाकर देखा और चिंहुक उठे।

'आ...हा! बहुत सुन्दर है पापा।' लड़की बोली।

'पापा...पापा...उसमें कितनी सारी तितलियां हैं फूलों पर।' बेटा उछलने लगा।

'तुम्हें ख़रीद दूं?' मेरे मुंह से बेसाख्ता ये हंसोड़ा वाक्य निकल गया। बच्चे खिलखिलाकर हंसने लगे।

'अरे! हंसते क्यों हो? चलो रही बात। तुमको ये बंगला ख़रीद कर दूंगा।' मैंने अपनी बात को लफ़्फ़ाजी के दायरे से निकालकर पुख़्ता बनाने की चेष्टा की। बच्चे फिर भी हंसते रहे। साइकिल आगे निकल आई और दूसरे बंगले की हद शुरू हो गई।

'पापा, ये वाला भी ख़रीदोगे?' बेटे ने मासूमियत से दूसरे बंगले की तरफ़ इशारा करके पूछा। लड़की फिर ज़ोर से हंसी।

'नहीं। यह उतना सुन्दर नहीं है, पिछला वाला ही ख़रीदेंगे।' मेरे जवाब पर बच्चे फिर हंसने लगे। बच्चे इतने समझदार हो गए हैं, मुझे पहली बार अनुभव हुआ।

घर पहुंचकर बच्चों ने हंगामा बरपा दिया। मां को उछल-उछलकर बतलाया कि पापा ने उनके लिए बंगला पसन्द किया है और फिर हंस दिए। पत्नी ने चिढ़कर माथे पर हाथ मारा।

'इस मकान की टीन हवा में कितनी खड़खड़ाती है। इसकी मरम्मत तो आज तक हुई नहीं। बंगला क्या ख़रीदेंगे!'

'ताने मत मारो। वक्त बदलते पता नहीं लगता। उस बंगले को मैं रोज़ देखता हूं। आज बच्चों को भी दिखला दिया। एक दिन तुम भी देख लेना। सबको पसन्द होगा तो ख़रीद लेंगे।' मैं जिद्दी बालक की तरह झूठ के खिलौने से लिपट गया।

आपसे झूठ नहीं कहता। मैं चोर-इच्छाओं वाला व्यक्ति हूं। किसी मठ के विलासी महंत से लेकर भारत के राष्ट्रपति तक बनने की इच्छाएं मेरे अन्दर दफ़न हैं। एक आलीशान बंगला, बंगले में एक भरी-पूरी लाइब्रेरी और लाइब्रेरी में लेनिन के राइटिंग टेबल जैसा खूबसूरत टेबल-मेरा सपना है।

मैंने टालस्टाय की किताबों में उनके बंगले के चित्र देखे हैं। जिस बंगले को मैं ख़रीदना चाहता हूं-वो बहुत कुछ वैसा ही है। लगभग अठारह बीघा में फैला ये सुन्दर बंगला जितना सुन्दर है उतना ही सादा भी। चारों ओर पेड़ों का झुरमुट और सामने मखमली घास वाला लॉन। क्यारियों में खिले हुए मौसमी फूलों की क़तारें, लिपे-पुते गमले और क़रीने से लगी तिरछी ईंटों पर चमकती सफ़ेदी। बंगले के पिछले हिस्से से मेरा परिचय

बचपन से है। यहां लीची का बाग़ है जिसमें चोरी करके हम पचासों बार माली को दौड़ा चुके हैं। बंगले की लम्बी इमारत इस बग़ीचे को ढ़क लेती है और सड़क से लीची के पेड़ दिखलाई नहीं देते।

इस बंगले की एक ख़ासियत इसका निर्जन होना भी है। पिछले छब्बीस वर्षों से मैंने किसी को इस बंगले में रहते या आते-जाते नहीं देखा। इसके बावजूद ये बंगला हमेशा चमचमाता रहता है। सामने के बड़े-बड़े कमरों के आदमक़द पारदर्शी शीशों के पीछे लटकते हरे पर्दे कभी एक इंच भी इधर-उधर नहीं सरकते। दीवारें ताज़ा रोग़न में नहाई सी लगती हैं और लॉन की घास पर सूखे पत्तों का एक तिनका भी दिखलाई नहीं देता। बंगले पर नज़र पड़ते ही मन हरियाने और दृष्टि लहलहाने लगती है।

अपनी चोर-इच्छा के वशीभूत मैंने बंगले के बारे में बहुत सी जानकारियां भी हासिल की जैसे बंगले का मालिक एक बड़ा स्मगलर है। लंबे समय तक मैं इस स्मगलर का नाम जानने की चेष्टा करता रहा, पर सफल नहीं हुआ। बंगले के दो गेट में से एक के बाहर किसी महिला के नाम का पत्थर जड़ा था। मैं उस स्मगलर का नाम ता-उम्र नहीं जान पाता यदि वो दिल्ली में मन्त्री ना बन गया होता। बहरहाल अब मुझे यक़ीन हो गया था कि ये बंगला बिकेगा ज़रूर। जो मालिक, स्मगलर रहते हुए बंगले में रहने नहीं आ सका वो मन्त्री बनने के बाद क्या आएगा! मेरी उम्मीद फलने लगी।

दरअसल, एक दिन सुबह मैं दफ़्तर जा रहा था। सामने से आ रही एक कार धीरे-धीरे मेरे पास आकर रुक गई। मैं साइकिल से उतर गया। मुझे लगा कि कार वाला शायद कोई पता या रास्ता पूछना चाहता है। कार से सूट-बूट वाला एक रोबीला व्यक्तित्व बाहर आया। वो व्यक्ति मुझे देखकर मुस्कुरा रहा था-लगा कि इसे पहले भी कहीं देखा है। तपाक से हाथ आगे बढ़ाकर उसने मुझे अपने साथ लिपटा लिया।

'अबे! मुझे नहीं पहचाना? मैं-बोस।' हत्थड़ मारू। कालेज में कितना साथ रहे और अब पहचान भी नहीं सका।

'अरे तू! तू कहां है भाई? पिछले बारह साल से गुम है। आज अचानक। सुना है बड़ा अफ़सर हो गया है।' मैं जुमले जोड़-जोड़कर अपने

को अभिव्यक्त करने की चेष्टा कर रहा था। सत्य ये था कि उसके व्यक्तित्व के समक्ष मैं हतप्रभ खड़ा था।

'अब इसी शहर में आ गया हूं। आजकल इनकम टैक्स में डिप्टी कमीश्नर हूं और तू क्या कर रहा है?' उसने उसी गर्म जोशी से पूछ लिया, पर फिर मेरी साइकिल और शायद कपड़े देखकर उसने सब कुछ बिना कहे ही जान लिया था। बात बदलते हुए बोला।

'आ तेरी भाभी से मिलवाता हूं।' बोस उत्साह में हाथ पकड़कर मुझे खींच रहा था। साइकिल का स्टैंड कुछ ख़राब था इसलिए साइकिल पकड़े-पकड़े ही मैंने सड़क पार की और दूसरी ओर के बंगले की दीवार से टिका कर साइकिल खड़ी कर दी। बोस ने गर्म जोशी से मेरा परिचय अपनी पत्नी से करवाया। मैंने भरपूर खुशी के साथ नमस्ते की थी-पर खुशी जल्दी ही काफूर हो गई। बोस की पत्नी का चेहरा वितृष्णा से भरा हुआ था और मुझे हिक़ारत से देख रही थी। उसने एक बार साइकिल को देखा फिर मेरी तरफ मुंह करके धीरे से सिर हिला दिया। नमस्ते के लिए जुड़े हुए मेरे हाथ ना तो खुल पा रहे थे और ना ही बंधे हुए रह पाए। बहुत कठिन समय था मेरे लिए। अन्तस में उपजी हीनता को चेहरे पर आने से रोकना सरल नहीं होता। बोस का चेहरा भी एकाएक विकृत हो गया। आहत, पर सन्तुलित स्वर में मैंने निमन्त्रण दिया।

'किसी दिन भाभी जी को लेकर घर आना। घर वहीं है-जहां पहले था।'

'आऊंगा। तू किसी दिन दफ़्तर आना।' बोस ने घर आने के लिए नहीं कहा। दो एक औपचारिक बातों के बाद बोस चला गया। मैंने मरे हाथों से साइकिल उठाई और सिर घुमाया तो देखा कि एक बंगला मुझ पर हंस रहा है।

बोस की पत्नी की घृणा भरी दृष्टि मुझे अब भी बींध रही थी। पहली बार मुझे साइकिल के लिए हीन भावना उत्पन्न हुई। यदि पैदल होता तो शायद अपमान की दृष्टि इतनी पैनी नहीं होती। पैदल चलने के कई कारण हो सकते हैं-कई दलीलें हो सकती हैं। पर ख़राब स्टैंड वाली निहायत पुराने माडल की साइकिल पर चलना शौक़ नहीं होता-विपणता होती है। बोस की पत्नी की दृष्टि में मैं नहीं था-मेरी साइकिल थी।

बस उसी दिन निर्णय लिया कि इस बंगले को ख़रीद कर बोस को दावत पर बुलाऊंगा।

तब उन्हें समझ आएगा कि मैं महज़ एक बाबू नहीं हूं-लेखक हूं और लेखक किसी भी दिन बुलन्दियों को छू सकता है।

पर इस अपमान को धोने और बंगला ख़रीदने के लिए रुपया आएगा कहां से? साइकिल के पैडल मारते हुए मैं सोचने लगा। मेरा किसी भी किताब को कोई वज़नदार पुरस्कार मिल जाए तो समस्या का समाधान हो सकता है। साहित्य अकादमी वालों ने अगर पुरस्कार दिया भी तो किस काम का। उतने रुपए में तो इस बंगले की एक पुताई भी मुमकिन नहीं। हां! अलबत्ता ज्ञानपीठ की राशि से इस आलीशान बंगले की चौथाई बीघा ज़मीन बामुश्किल ख़रीदी जा सकती है। पर फिर रहने के लिए उस पर टैंट लगाना पड़ेगा।

बूकर जैसे पुरस्कार हिन्दी वालों के लिए हैं नहीं। अचानक मुझे सारे समीकरण समझ आने लगे। हिन्दी के लेखक को दरिद्र रखने की भयंकर साज़िशों पर से पर्दा उठ रहा था-साइकिल चढ़ाई पर थी। मैं हांफने लगा। जोड़-घटाव के आंकड़ों में उलझकर मैं निराश हो चला था कि आशा की एक किरण ने उत्साह भर दिया, यदि रविंद्र बाबू को नोबल मिल सकता है तो मुझे क्यों नहीं?

मन खिल उठा।

एक तरीक़ा और भी है। अगले चुनाव में सांसद के लिए खड़ा हुआ जा सकता है। निर्दलीय सांसद बन गए तो पौ बारह! सैंकड़ों सांसदों वाले राष्ट्रीय दल जुगाली करते पीछे-पीछे घूमेंगे। एक बैंच से दूसरी बैंच में जाने से ही चार-छह करोड़ तो मिल ही जाएंगे। फिर एक यही बंगला क्या, दो-चार और बंगले भी ख़रीदे जा सकते हैं। मन बेलगाम उड़ चला।

दफ़्तर पहुंचने में देर हो गई थी। साहब अटेंडेंस रजिस्टर पर क्रास लगाने ही वाले थे कि मुझे देख कर रुक गए। रोज़ की तरह कड़वी नसीहत पचाकर मैं अपनी कुर्सी पर आ जमा। बस कुछ दिन की ही बात है। एक इलेक्शन जीता नहीं कि इस जैसे कितने 'साहब' कार का दरवाज़ा खोलने को लपके चले आएंगे।

'चंदोला! मैं अगला चुनाव लड़ूंगा।' मेरे अचानक वार्तालाप आरम्भ कर देने से टाईप पर दौड़ती चंदोला की अंगुलियां ठहर गईं।

'ठीक कहता है तू! यूनियन में साले सब अफ़सर के चमचे घुसे हैं। दस मिनट देर हुई नहीं कि क्रास लगा देता है। कोई एक शब्द नहीं बोलता। तू आ जा यूनियन में फिर देखते हैं।' चंदोला उत्साह से बोला।

'अरे नहीं यार! यूनियन की बात नहीं कर रहा हूं।' मुझे उसकी कम अक्ली पर तरस आया।

'तो क्या राष्ट्रपति की बात कर रहा है?' चंदोला हंसने लगा।

'राष्ट्रपति क्या है? बेचारे को पूरे पांच साल तक एक कुर्सी से चिपक कर गुज़ारने पड़ते हैं। अरे मैं तो संसद में जाऊंगा। जब चाहा इस बैंच पर बैठ गए, जब चाहा दूसरी पर फुदक लिए।' मैंने पूरी ईमानदारी के साथ अपनी भावनाओं को प्रकट किया था, पर चंदोला ने अपनी दृष्टि घुमाकर टाइपराईटर पर जमा दी। एक-दो स्ट्रोक मारने के बाद फिर रुका और धीमे से बोला।

'साले! लगता है कहानी का प्लाट मिल गया है, उसे मुझ पर आज़मा रहा है।' वो फिर टाइप करने लगा। मुझे चंदोला के व्यवहार पर खीझ हुई, पर गुस्सा नहीं आया। ता-उम्र बाबू बने रहने का सपना देखने वाला ये बेचारा चंदोला मेरी बात को कैसे समझ सकता था। उसके पास बंगला नहीं था, पर बंगले का सपना भी नहीं था।

नए सालों के कई गुच्छे जनवरी में खिले और दिसंबर में मुरझा गए। वो बंगला उसी प्रकार शान्त तपस्वी सा मौन साधना में लीन रहा। मेरी चोर इच्छाएं मेरे अन्तस में हिलोरें लेती रही। माली हालात बेहतर नहीं हुए थे। पर दफ़्तरी लोन ने पैतृक मकान की टीन हटा कर लिंटर बिठा दिया था। ख़ाली समय में मैं अक़्सर मकान की क़ीमत जोड़ता-घटाता। मकान की क़ीमत ज्ञानपीठ को छूने लगी थी। पर बंगले की क़ीमत भी उसी अनुपात में आसमान के क़रीब-क़रीब जा पहुंची होगी।

बोस की पत्नी की दृष्टि से अपमानित होकर मैं साइकिल चलाना छोड़कर वर्षों तक पैदल चला। फिर सतरह साल पुराना एक स्कूटर ख़रीद लिया। स्कूटर पर बंगले के सामने से निकलता तो लगता जैसे कुछ छूट गया है। बंगले के

सामने की सड़क पर पैदल चलते हुए, बंगले के लॉन की घास पर चलने जैसा सुख मिलता था। पर स्कूटर में तो गरदन घुमाते ना घुमाते बंगला निकल जाता। ऊपर से किसी राहगीर से टकरा जाने का डर बना रहता। इसलिए कई शामें चहलकदमी करते हुए बंगले के सामने बिताने लगा।

एक दिन बंगले के बिकाऊ होने का इश्तहार पढ़ा तो मन उछलते लगा। स्कूटर को खूब रगड़-रगड़कर साफ़ किया, तिब्बती बाज़ार से ख़रीदी गई जैकेट पहनी, बूट पॉलिश किए, सिर पर ज्वैलथीफ़ वाले टोपी टिकाई, चश्मा क़ायदे से नाक पर रखा और ब्रोकर के यहां पहुंच गया। ध्यान रहा कि स्कूटर से उतर कर चलने में तेज़ी ना आए-चाल का ठसका बरकरार रहे, पर ब्रोकर के चमचमाते आफिस में प्रवेश करते ही मुझे अपने कपड़ों का रंग फीका लगने लगा।

'बताइए मैं आपके लिए क्या कर सकता हूं' ब्रोकर की नाक पर सोने के फ्रेम वाला चश्मा था। शब्द कुछ पल अटक गए। फिर संभल कर बोला।

'सुना है करजन रोड पर कुमार साहब का बंगला बिकाऊ है।'

'आपने ठीक सुना है।' ब्रोकर ने मुझमें जाने क्या देखा कि उत्साह नहीं दर्शाया।

'क्या क़ीमत मांग रहे हैं कुमार साहब।' मैंने गरदन को तान लिया। आवाज़ भारी हो गई।

'क्या आप भी ज़मीनों की ख़रीद फरोख्त का काम करते हैं? मुझसे बात करते हुए भी वो सड़क की तरफ़ देख रहा था। जहां मेरा पुराना स्कूटर खड़ा था।

'मैं समझा नहीं।' अनभिज्ञ बनते हुए मैंने कहा।

'यानी सब ब्रोकिंग। बहरहाल आप उस बंगले की बावत पूछ रहे हैं या बंगले की ज़मीन के बारे में।' वो बातों में उलझना नहीं चाहता था।

'ज़मीन अलग बेची जाएगी क्या?' मैं आहत हुआ।

'अगर सारे बंगले का एक ख़रीदार नहीं मिला तो ज़मीन के प्लॉट्स तो करने ही पड़ेंगे।' वो ऊब रहा था।

'क्या क़ीमत होगी सारे बंगले की।'

'क़रीब डेढ़ करोड़। व्हाईट-ब्लैक का लेन-देन पार्टी से मिल बैठकर तय हो जाएगा।' कम्बख़्त! मेरी सारी कोशिश के बाद भी मुझे पार्टी नहीं मान रहा था। मैं बिना दुआ सलाम के उठकर चल दिया। अन्दर जैसे कुछ टूट गया था-छन्नाक!

महानगरों में दो करोड़ का एक फ़्लैट भी हो सकता है, पर बर्फ़ानी हवाओं और रूमानी फ़िज़ाओं वाले इस छोटे से पहाड़ी शहर के एक रिहायशी बंगले की क़ीमत डेढ़ करोड़ अखर गई। लौटते हुए स्कूटर खड़ा करके उस बंगले के सामने रुक गया। सब कुछ पूर्ववत् था। क्यारियों में मौसमी फूलों के गुलदस्ते लहलहा रहे थे। सरु के पेड़ों की शाखाएं ठंडी हवा में सिहर-सिहर उठती। हर लॉन पर चिड़ियों के झुंड फुदक रहे थे। उड़ती हुई तितलियों के अक्स बंगले के शीशों पर तैर रहे थे। सब कुछ कितना सुन्दर था-कितना मोहक। यदि एक ख़रीदार नहीं मिला तो यहां छोटे-छोटे मकानों का जंगल उग आएगा। तब शीशों में तितलियों और फूलों के अक्स नहीं उभरेंगे-बालकोनियों में सूखते जांघिए और पेटीकोट दिखलाई देंगे।

मन जाने कैसा-कैसा हो गया। सारी रात बेचैनी होती रही। सुबह जल्दी उठकर घूमता हुआ बंगले के सामने पहुंच गया। बंगला यथावत् था-मन शान्त हो गया।

सालों निकल गए और बंगला नहीं बिका। इस दौरान कुछ कहानियां लिखीं कुछ किताबें भी छपकर आ गईं। पर नोबल प्राइज़ वाला लिंक नहीं मिल पाया। अलबत्ता अटैचियों में पड़े करोड़ों रुपए बिना इस्तेमाल के सरकारी क़ब्ज़े में चले गए। अरबों के घोटाले अख़बारी सुर्ख़ियों से रोटी पर हावी रहे और संसद में सांसदों की फुदका-फुदकी के सहारे सरकारें आती-जाती रहीं।

ब्रोकर से मिलने के बाद सपने बुनने की गुंजाइश नहीं रह गई थी। अब तो बंगला ही सपना बन गया था। दरकी हुई दीवारें और चटके हुए शीशे देखकर कई-कई बार नींद टूट जाती। सुबह जब तक बंगले को सही सलामत नहीं देख लेता, मन उचटा-उचटा रहता। ऐसी ही एक सुबह बंगले के सामने से निकला तो चौंक गया। बंगले के गेट पर अर्दली खड़ा

था। लॉन में चिड़ियों की जगह आदमी घूम रहे थे। पता चला कि बंगला एक शराब माफ़िया ने ख़रीदा था। लगा जैसे अपना कुछ छिन गया है। रात को बेचैन होकर कई बार करवट बदलती तो पत्नी ने टोक दिया।

'तबीयत ख़राब है क्या?'

'नहीं! वो बंगला बिक गया।' मैंने अपने अन्दर घुमड़ती अथाह पीड़ा को दबाने की असफल चेष्टा की।

'कौन सा बंगला?' पत्नी हैरान थी।

'जो मैं प्राची और नन्हें के लिए ख़रीदना चाहता था।'

मैंने डूबती आवाज़ में बताया। साथ के कमरे से हंसने की आवाज़ आई। शायद प्राची और नन्हें हमारी बात सुन रहे थे। छुरी की धार सी लगी उनकी हंसी।

'शेख़ चिल्लियों वाली बात मत किया करो। सो जाओ।' पत्नी ने शायद मेरी पीड़ा को भांप लिया था। उसकी झिड़की में चिड़चिड़ाहट नहीं थी-समझाने की चेष्टा की।

'ठंड कुछ ज़्यादा लग रही है। थोड़ी ब्रांडी ले लूं। मैंने झिझकते-झिझकते पूछा।

'आजकल हर दूसरे-तीसरे दिन आप'

'नहीं! कल नहीं लूंगा बस आज भर।' कहने के साथ ही उठकर मैं अलमारी की तरफ़ बढ़ गया।

सुबह बंगले के सामने से निकला तो लगा जैसे कुछ बदला-बदला है। स्कूटर खड़ा करके काफ़ी देर इधर-उधर टहलता रहा। एक-एक चीज़ को गौर से देखा। वही लान, वही दरवाज़ा, वही दरख़्त, वही क्यारियां, वही फूल पत्ते, पर दृष्टि अचानक ठहर गई। शीशों के पीछे आज सुफियाना रंग के हरे पर्दे नहीं थे। वहां निहायत चटक रंग के नीले पीले फूलों वाले पर्दे झूल रहे थे। लगा कि बंगले की तासीर बदलना आरम्भ हो गई है।

बंगले में जैसे-जैसे चीज़ें बदल रही थी मेरी चिड़िचिड़ाहट बढ़ती जा रही थी। रातों को बेवजह नींद टूट जाती। दफ़्तर में गलतियां होतीं। घर में बच्चों पर बरस पड़ता। मन था कि काबू ही नहीं हो रहा था। एक दिन देखा कि सड़क वाली दीवार ऊंची की जा रही है। यानी बंगले को अब

बापर्दा किया जा रहा था। कल तक दीवार इतनी ऊंची हो जाएगी कि मैं बंगले को देख भी नहीं पाऊंगा।

रात को सोने के लिए फिर ब्रांडी पी। पर सुबह के पहले पहर ही नींद खुल गई। कुछ देर लेटे-लेटे ही पहलू बदलता रहा। फिर उठ गया। सिर पर टोपी रखकर गाऊन पहना और सीलीपर फंसा कर दबे पांव मकान से बाहर निकल आया।

आसमान अभी तारों से भरा था। चुस्त-दुरुस्त बूढ़े छड़ियां घुमाते हुए सुबह की सैर के लिए सड़कों पर निकल आए थे। साइकिलों पर दूध की टंकियां ठक-ठकाते, गुनगुनाते और सर्द हवाओं को चीरते हुए दूध वाले चले जा रहे थे। मैं बंगले के सामने पहुंचकर रुक गया। इस सड़क पर आवाज़ाही नहीं थी। दीवार गरदन की ऊंचाई तक उठ चुकी थी। निश्चित था कि ईंटों की एक और कतार के बाद बंगला दिखना बन्द हो जाएगा।

मेरे कलेजे में कुछ जलने लगा। बिन्दास बंगले की शातिर सादगी मुंह चिढ़ा रही थी। मैं बोखला उठा। मुझे लगा कि सारा देश स्मगलरों और माफ़ियाओं की ज़ेब में गिरवी पड़ा है...और हमारे सपने महज़ सपने हैं जिन्हें कोई भी माफ़िया कभी भी ख़रीदकर तोड़ सकता है।

नहीं! मेरे सपनों को कोई नहीं तोड़ सकता। कोई नहीं। मैं सब कुछ तोड़ सकता हूं। वो सब कुछ जो मुझे छल सकता है, जो मेरे साथ खिलवाड़ कर सकता है, जो मुझे लुभा सकता है और मुझे भ्रमित कर सकता है।

उन्माद से मेरा शरीर कांपने लगा। छन्न...टूट कर बिखरे हुए कांच की किरचें तेरे अन्तस को छील गई। वर्षों के सम्बन्धों का ये अंज़ाम निश्चय ही सुखद नहीं था।

लौटकर सोया तो धूप चढ़े तक सोता रहा। मन फिर भी शान्त नहीं था। अलबत्ता मेरे दोनों ओर फैले धूप के चकते हौले-हौले मुस्कुरा रहे थे।

'जाग गए!' पत्नी चाय ले आई थी।

'हां! जगाया क्यों नहीं। इतनी देर हो गई है।'

'तुम सुबह-सवेरे उठकर कहीं चले गए थे। इसलिए नहीं जगाया।' ओह! तो पत्नी जानती थी कि मैं कहीं गया था।

'टहलने निकल गया था।' मैंने चाय सिप करते हुए कहा।

'आज सुबह मैं भी टहलने गई थी-प्राची और नन्हे को लेकर।' कहने के साथ ही पत्नी हंसने लगी।

'क्यों हंस रही हो?' मुझे आश्चर्य हुआ।

'प्राची और नन्हे ने वो बंगला दिखाया था जिसे तुम ख़रीदना चाहते थे।' पत्नी वाक्य पूरा करते ही खिलखिलाकर हंसने लगी। पत्नी को इतना खुलकर हंसते हुए मैंने बरसों बाद देखा था। सच कहूं तो मुझे याद ही नहीं कि पत्नी कभी ऐसे भी हंसी थी।

'इसमें दांत निकालने की क्या बात है?' मैं चिढ़ गया।

'किसी भूतहा खंडहर को ख़रीदना चहाते थे तुम! आस-पास ना आदमी ना आदमी की जात! रहने वाला भी पगला जाए।' पत्नी ने नाक सिकोड़ी।

'क्या फालतू बोलती हो।' मन टीस गया 'कितना सुन्दर लॉन है, घास है, पेड़ हैं और कितनी शान्ति है।' मैंने मरे हुए मन से जिरह की।

'झाड़ियों पर उगे हुए जंगली फूलों ने मोह लिया है तुम्हें! चारों तरफ़ पत्थर की तरह सख़्त और खुश्क ज़मीन है। घास कहां है वहां? रही दरख़्तों की बात, तो जंगल में झोपड़ा डाल लो दरख़्त ही दरख़्त मिलेंगे।' पत्नी ने उपेक्षा से कहा।

'तुमने कोई और बंगला देखा होगा।' मैंने अन्तिम बार बंगले का बचाव किया।

'नहीं! वही बंगला है। आज सुबह तो किसी ने उसके शीशे ही तोड़ दिए। अब कोई आबादी छोड़कर मसान पर घर बनाएगा तो उसमें आदमी तो बसेंगे नहीं। भूत-प्रेत ही तोड़ फोड़ करेंगे। अपना मोहल्ला देखो! क्या भरा पूरा है। रात-बिरात में भी दुख-दरद हो गया तो दसियों भागे चले आएं। वहां तो।' तभी रसोई में कुकर की सीटी बजने लगी थी और पत्नी चली गई थी।

अचानक जैसे मौसम की तासीर बदल गई।

उफ़! कितने वर्ष! कितने वर्ष ज़मीन के एक टुकड़े के तिलिस्म में क़ैद रहा हूं मैं। तन्हाई के क़ैदी की तरह कितना संताप झेला है मैंने। आज पत्नी ने एकाएक सब कुछ दरक दिया। यंत्रणा शिविर की अंधेरी कोठरी

में रोशनी के चकते बिखर गए! मुक्त हूं मैं! मैं मुक्त हो गया हूं। मैं जानता हूं कि बंगला एक ही है। बरसों से जिसे मैं देख रहा था उसे ही आज पत्नी ने भी देखा है। बस! अन्तर है तो दृष्टि का। मैं उस अबोध बच्चे की तरह था जो मेले की भीड़े में खोया हुआ था कि अचानक घर मिल गया। मुक्ति की कामना शायद मेरे अन्दर ही थी-बस नहीं था तो रास्ता।

'सुनते हो! घर की पुताई कराए हुए चार बरस हो गए! आजकल पुताई वाले सस्ते मिल जाएंगे। किसी से बात करना।' पत्नी किचन से ही बोल रही थी।

मैंने प्यार से अपने घर की दीवारों को छुआ। एक अरसे से मैं इन्हें भूला हुआ था। सीलन से जमी चूने की पपड़ी झर रही थी। कितनी उपेक्षा की है मैंने इनकी। मुझे लगा कि खुरदरी दीवारें, बदरंग दरवाज़े और खिड़कियां, बसंत की सब्ज दस्तक की प्रतीक्षा में मुस्तैद खड़े हैं-चाक-चौबन्द! अभाव है तो मुझसें-मेरी दृष्टि में, जो मैं ही इन्हें अब तक देख नहीं पाया।

धूप की मद्धम-मद्धम आंच में पिघलती बर्फ़ की खुशनुमा भाप से धीरे-धीरे सब कुछ ढक रहा था-और ढक रहा था क्रूर बंगले का विषाद जिसे मैं वर्षों सींचता रहा था।

# सर्वाधिकार सुरक्षित

दुधारी तलवार-सी चमकती दोपहर बेहद गर्म थी। उसने कनपटी से बह रहे पसीने को रूमाल से पोंछा और फिर रूमाल को कॉलर और गरदन के बीच लपेट दिया। पसीने से चिपचिपाते शरीर से चिपकी हुई गीली कमीज को अलग कर फुलाया और कुछ देर इसी प्रक्रिया को दोहराता रहा, पर गर्मी से किसी प्रकार की राहत नहीं मिली। बस-स्टॉप की उघड़ी हुई टीन तप रही थी, पर आस-पास इससे बेहतर जगह दूसरी नहीं थी। इसलिए बस आने तक यहीं सीमेंट की बेंच पर बैठना उसकी विवशता थी।

उसने कंधे पर लटकता हुआ कैमरा उतार कर बेंच पर रख दिया और दूर तक सुनसान पड़ी सड़क के, धूप से चिपचिपाए तारकोल को देखने लगा। गर्म तारकोल पानी का भ्रम उत्पन्न कर रहा था। उसका मन हुआ कि इस दृश्य की कुछ तस्वीरें उतार ले। क्या शीर्षक रखा जा सकता है इस चित्र का—सोचते हुए वह बेंच पर बैठ गया।

'इंडिया ऐट नून' बुदबुदाते हुए वह हंसा। जेब में हाथ डालकर उसने सिक्के निकाले। कुल मिलाकर साढ़े पांच रुपए थे। प्रेस क्लब तक पहुंचने का किराया डेढ़ रुपया खर्च होने पर भी चार रुपए बचते थे। कढ़ी-चावल की प्लेट के तीन रुपए और शाम को एक रुपया की चाय। बस! दिन निकल गया समझो। सुबह अखबार में छपी तस्वीरों का भुगतान होना निश्चिंत था। सुरक्षा की दृष्टि से उसने किराए का डेढ़ रुपया क़मीज की ज़ेब में रखा और चार रुपए पैंट की ज़ेब में। पूंजी दो जगह बंट गई थी – अब वह निश्चिंत था।

इस महीने उसे रुपयों की चिन्ता कम सता रही थी। उसे चिन्ता थी एक ऐसी तस्वीर की, जो उसका भाग्य बदल सकती।

दरअसल, एक अन्तर्राष्ट्रीय कम्पनी की हज़ारों डॉलर की फोटो प्रतियोगिता उसके सपनों में समा गई थी। दिन-रात सोते-जागते उसकी आंखों में लाखों रुपए का सपना तैर रहा था। वह एकाएक अमीर बनने के नशे में चूर था। उसे हर वस्तु एक ऐसी तस्वीर दिखलाई देती, जिसका सम्बन्ध उसके सपने से होता।

वह अचानक चौंक गया। कुछ उसकी टांगों से लिपट गया था। वह अचकचा कर उठ खड़ा हुआ। लिपटी हुई चीज़ अलग हो गई थी। उसने झुक कर देखा। बेंच के नीचे एक छोटा-सा-बच्चा घुटने-घुटने रिड़कता हुआ उसके पास पहुंच गया था। बेंच के पीछे एक मज़दूर औरत अपनी धोती के पल्लू से मुंह ढांप कर सो रही थी। बच्चा शायद उसी का था और अभी नींद से जाग गया था। उसे अपने ऊपर आश्चर्य हुआ! इतनी देर में एक बार भी उसकी दृष्टि उन पर नहीं गई थी।

बच्चा छोटा, पर सेहत की दृष्टि से गोल-मटोल था। फूले हुए सांवले गालों पर मिट्टी और धूल के धब्बे लगे हुए थे। कपड़े चीथड़े नहीं थे, पर साबुत भी नहीं थे। केश ऊपर करके ठीक बीच में छोटी-सी चुटिया बंधी थी। बच्चे की पूरी भंगिमा किसी तस्वीर में छपी कृष्ण की मुद्राओं से मिलती थी। बच्चे की पनीली आंखों में अजनबी के लिए जिज्ञासा की मासूम धमक थी। बच्चा इतना आकर्षक था कि वह अपने को रोक नहीं सका। उसने कैमरे के लेंस का कवर हटाया और बच्चे से कुछ दूर हटकर, तस्वीर उतार ली। वह दूसरी तस्वीर उतारने की तैयारी में था, बच्चा घुटने-घुटने चलते हुए फुटपाथ से सड़क के किनारे तक पहुंच चुका था।

उसने सड़क के बीचों-बीच बैठ कर बच्चे के साथ-साथ बेंच के पीछे सो रही मजदूर औरत का भी फोटो खींच लिया। इस पूरी प्रक्रिया में बच्चा उससे कैमरा या कुछ भी पाने की ललक में सड़क के ठीक बीच तक पहुंच चुका था। तीसरा फोटो लेने की जल्दी में वह पीछे हटते-हटते दूसरी ओर फुटपाथ पर चढ़ गया। उसका मन हुलसने लगा।

'रियल कृष्ण' कैमरा क्लिक करते हुए वह बड़बड़ाया। उसे बच्चे की मुद्राओं ने सम्मोहित कर लिया था। इस सम्मोहन के साथ जुड़ा उसका सपना उसकी चेतना को बेसुध कर रहा था। उसे अनुभव हुआ कि जिन तस्वीरों की खोज में वह इतने दिनों से भटक रहा है – वह आज अचानक

ही मिल गई है, पर उसी समय उसका तिलस्म टूट गया। कार के तेज़ ब्रेक से वह कांप उठा। कार सड़क के बीचों-बीच रिड़क रहे बच्चे से कुछ दूरी पर आकर रुक गई थी। इसी बीच आदतन उसकी उंगलियां एक बार और क्लिक कर गईं।

शायद कार का ब्रेक लगने की तेज़ आवाज़ से, सो रही औरत जाग गई थी। वह भागती हुई सड़क के बीचों-बीच आई और बच्चे को उठा लिया। कार वाले ने बन्द शीशा आधा खोलकर बुरा-भला कहा और कार धूल के गुबार उड़ाती हुई निकल गई। अब सड़क की एक ओर कैमरा पकड़े हुए वह खड़ा था और दूसरी ओर बच्चा उठाए हुए वह मज़दूर औरत। अचानक घटी इस घटना से वह हतप्रभ था, वह औरत सचेत थी। वह सड़क पार करके उसकी ओर चली आई।

'मेरे बच्चे को खलास करवाने का था क्या? साला-मवाली!' औरत ने अपनी बांह कुछ इस अंदाज़ में झटका, मानो दूसरी बार में गिरेबान पकड़ लेगी। वह सहम कर पीछे हट गया—बोला कुछ नहीं।

'अब गूंगा हो गया क्या?' औरत की खनकती आवाज़ निर्जन सड़क पर दूर तक फैल गई।

'मैं तो फोटो...' उसने कुछ कहना चाहा।

'कितने फोटो खींचे हैं तूने इसके?' औरत ने उसकी बात बीच में काट दी। विषय बदलते ही उसने राहत की सांस ली।

'एक-दो...बस।' उसके हड़बड़ाहट में जवाब दिया।

'झूठे कहीं के! तेरी इस डिबिया के टिकटिकाने की आवाज़ तीन बार तो मैंने ही सुनी थी।' औरत ने बिन्दास अंदाज़ में हाथ बढ़ाकर उसके कैमरे का कवर पकड़ लिया, जो खुले कैमरे से अलग झूल रहा था। वह समझ गया कि यह औरत जो भी थी, पर मज़दूर नहीं थी।

'तुम कैमरा छोड़ो...कैमरा छोड़ो।' उसने डपटने की चेष्टा की, पर औरत ने कैमरा नहीं छोड़ा।

'पहले रोकड़ा निकाल – तीन तस्वीर का रोकड़ा।' औरत को शायद कार रुकने के समय खिंच गए चौथे फोटो की जानकारी नहीं थी।

'देता हूं...पहले कैमरा छोड़।' अब तक वह भी कुछ संभल चुका था और औरत की चतुराई को अनुभव कर रहा था। औरत ने कैमरा छोड़ दिया। रुपए

उसके पास थे नहीं और दूर-दूर तक बस का पता नहीं था। भागने से स्थिति बिगड़ भी सकती थी। उसका दिमाग़ बचने की युक्ति ढूंढ़ रहा था।

'कितने रुपए बनते हैं तुम्हारे?' उसने पासा फेंका।

'सौ रुपए तस्वीर लगाओ, तो तीन सौ रुपए।' औरत अब सौदा करने की मुद्रा में आ गई थी।

'ज़्यादा मत बोल! मैं भी तस्वीरों का धंधा करता हूं। तस्वीर खिंचने का इतना रुपया कोई नहीं देता।' उसने गम्भीरता से हिसाब-किताब आरम्भ कर दिया था।

'कड़का लगता है।' औरत अचानक हंसी, 'कितना देगा, बोल?'

'तीनों के पचास रुपए – इससे ज़्यादा एक पैसा नहीं।' वह बात को लम्बा करना चाहता था।

'पचास तीन के नहीं – एक के मान लूंगी।' औरत ने असहमति जतलाई।

दूर से आती बस से उड़ते धूल के गुबार उसे दिखलाई देने लगे थे। उसने सतर्कता से अपने शरीर को तान लिया।

'चल! पचहत्तर रुपए। ना तेरी बात रही, ना मेरी। जल्दी बोल, मेरी बस आ रही है।' उसने ज़ेब में कुछ ऐसे अंदाज़ से हाथ डाला, जैसे बस पकड़ने से पहले औरत को रुपए देना चाहता हो। दूसरे हाथ से बस को रुकने का इशारा करने लगा।

'चल, दे।' औरत ने समझौता कर लिया। बस पास आकर बहुत धीमी हो गई थी।

उसने झटके से ज़ेब से हाथ निकाला और बस की तरफ छलांग लगा दी। औरत उसकी नीयत भांप गई। उसे पकड़ने के लिए औरत का बढ़ा हुआ हाथ कमीज़ की ज़ेब में फंस गया। ज़ेब फट कर लटक गई। कमीज़ की ज़ेब में किराए के लिए रखा हुआ डेढ़ रुपया सड़क पर गिर गया, पर वह अपनी पूरी शक्ति के बल पर बस के फुटबोर्ड पर चढ़ गया था। गति पकड़ती बस के धूल भरे पिछले शीशे से उसने देखा कि औरत कुछ बोलती हुई – शायद गालियां बकती हुई, ज़मीन से डेढ़ रुपए उठा रही थी। उसने गरदन में लिपटा रूमाल निकालकर माथे से चुचुआता पसीना पोंछ लिया।

'क्या लफड़ा था?' कंडक्टर उसी फट कर झूलती ज़ेब को घूर रहा था। वह टिकट लेकर बिना उत्तर दिए आगे बढ़ गया। पैंट की ज़ेब में पड़े चार रुपए

बच गए थे, वरना यहां कंडक्टर के धक्के खाने पड़ते। उसने जो किया, वह कितना ठीक था – सोचते हुए उसमें अपराध-बोध भरने लगा था।

फोटो सचमुच अच्छे आए थे। बच्चा देखने में जितना मोहक था, फोटो में भी उतना ही मोहक आया था। अचानक खिंच गई चौथी तस्वीर में कार का टायर बिल्कुल बच्चे के शरीर से छूता प्रतीत हो रहा था। लगता था कि जैसे अभी-अभी टायर बच्चे के ऊपर से निकल जाएगा।

उसने अपनी पूरी समझ से विश्लेषण किया। पहली तीनों तस्वीरें 'रियल कृष्ण' शीर्षक पर खरी उतरती थी। चौथी तस्वीर का उसे कोई औचित्य दिखलाई नहीं दिया। उसकी दृष्टि में वह केवल एक उत्तेजक अखबारी फोटो था। पहली तीनों तस्वीरों का नामकरण करके प्रतियोगिता के लिए भेजने के बाद उसे अनुभव हुआ, जैसे जीत की पहली सीढ़ी उसने चढ़ ली थी। हज़ारों डॉलर का सपना उसकी आंखों में जी उठा।

वह जिस समय अखबार के दफ़्तर पहुंचा, दोपहर के तीन बज रहे थे। दफ़्तर में गहमागहमी थी। वह सीधा बूढ़े आर्ट एडीटर के केबिन में चला गया।

'कुछ नया लाया क्या?' चक्रवर्ती उसे देख कर मुस्कुराया।

उसने कई फोटो चक्रवर्ती के टेबुल पर बिछा दिए। उनमें वह चौथी तस्वीर भी थी। चक्रवर्ती ने कुछ तस्वीरें अखबार के लिए छांट ली। चौथी तस्वीर को उठाकर बहुत ध्यान से देखता रहा, फिर उसकी ओर देख कर बोला, 'खूब भूखा-नंगा को 'क्लिक' किया है तुम। तुमको आस्कर ज़रूर मिलना मांगता।' चक्रवर्ती बंगाली हिन्दी में चटकारा लेते हुए हंसा।

'आपको यह फोटो पंसद आया?' उसने उत्साहित होकर पूछा।

'इसका निगेटिव भी हमको दे दो, हम पांच सौ रुपया तुमको देगा।'

'पांच सौ...' वह खुशी से उछल पड़ा। चक्रवर्ती उससे कभी-कभार अलग से फोटो खरीदता था, परन्तु उनका क्या करता था, वह नहीं जानता। उसने निगेटिव छांट कर चक्रवर्ती को पकड़ा दिया और रुपए ले लिए।

'अब इसका कॉपी राईट हमारा।' चक्रवर्ती ने उसको भेदने वाली दृष्टि से देखा, पर उसने परवाह नहीं की।

'नो प्रॉब्लम दादा, नो प्रॉब्लम।' वह खिल उठा था। उसे अपनी किसी भी तस्वीर की यह सबसे बड़ी कीमत मिली थी, पर उसके दिमाग़

में एक प्रश्न सिर उठा रहा था कि आखिर दादा इस फोटों को इतना महंगा ख़रीद कर क्या करेगा। उसने अपने विचार से बचने के लिए सिर झटका और केंटीन की तरफ बढ़ गया। वो आज जश्न के मूड में था। महज डेढ़ रुपए की लागत पर उसे पांच सौ रुपए मिल गए थे। बच्चा उठाए वह औरत क्षण भर के लिए दिमाग़ में उभरी और खो गई।

तीन महीने बीत चुके थे। इस बीच वह औरत उसे कई बार सड़क पर यहां-वहां मांगते हुए दिखलाई दी थी। उस औरत को दूर से देखते ही वह रास्ता बदल देता। वह अपराध-बोध से ग्रस्त था और औरत के बिन्दासपन से डरता भी था। अलबत्ता उस औरत को देख कर उसे हज़ारों डॉलर की वह प्रतियोगिता अवश्य याद आ जाती, जिसमें उसने 'रियल कृष्ण' शीर्षक की तस्वीरें भेजीं थीं। कभी-कभी तो उसका मन होता कि बच्चे को पास से देखे, पर हिम्मत नहीं जुटा पाता।

चौथा महीना शुरू होते ही उसकी रातों की नींद उड़ गई थी। प्रतियोगिता का परिणाम आने वाला था। कई बार वह किसी खटके पर दरवाज़ा खोल देता। उसे लगता कि डाकिया तार लाया है, पर तार कभी नहीं आया। उसे एहसास हो गया था कि उसकी खींची हुई तस्वीर प्रतियोगिता में कोई स्थान नहीं बना पाई है। वह निराश होने लगा था।

समय अपनी गति से बहता रहा। इस घटना को लगभग छः महीने बीत चुके थे। अपनी आदत के अनुसार एक दिन 'बुक स्टॉल' पर खड़ा वह एक फोटो-मैग्ज़ीन के पन्ने पलट रहा था कि चौंक उठा। उसकी शिराओं में बहता रक्त धमनियों को चीरने लगा। पत्रिका के बीच के दोनों पृष्ठों पर छपे एक चित्र के ऊपर कोने पर एक अन्तर्राष्ट्रीय कम्पनी के ट्रेड मार्क के साथ अंग्रेज़ी में छपा था—पांच हज़ार डॉलर का विजेता चित्र 'इक्कीसवीं सदी का भारत।'

और उसे लगा कि चित्र में रुकी हुई कार का टायर बच्चे को रौंदता हुआ निकल गया है और वह उस बिन्दास औरत के साथ असहाय-सा खड़ा है।

# दरीचे

अफ़ज़ल रहमान उर्फ मास्टर फ़ज़लू। अफ़ज़ल साहब कोई टेलर मास्टर नहीं थे और न ही रिंग में जानवरों को हिलाते-डुलाते थे। वे तो कस्बे के एकमात्र हाईस्कूल में इतिहास पढ़ाया करते थे। पर अगर स्कूल के लड़कों ने उनका नाम बिगाड़कर फजलू मास्टर रख दिया था तो बुरा मानने वाली क्या बात थी? अगर मास्टर लक्ष्मीचंद को भाड़ू और मसीह को अंडा कहा जाता था, तो क्या वो इतना ही बुरा मानते थे जितना अफ़ज़ल भाई मान बैठे थे? और फिर कहने वाले कौन मुंह पर कहते थे? मुंह पर तो सब अदब से आदाब ही किया करते थे। आज के समय में इतना भी क्या कम था?

पर अफ़ज़ल भाई को फजलू कहलाना अब नागवार गुजर रहा था। उनका फजलू नामकरण हुए बरसों बीत चुके थे। पर पिछले कुछ सालों से उन्हें अपने नाम का यह संक्षिप्तीकरण नुकीले कांटे की मानिन्द चुभने लगा था। या यूं कहें जब से दिल्ली में कमल क़ाबिज़ हुआ था वे खुश नहीं थे, और फिर एक सुबह तो क़स्बे के बाहरी नाले के कीचड़ में खिले हुए बीसियों कमल देखकर उन्हें किसी षड्यंत्र की ही बू आने लगी थी। अचानक उन्हें लगा था कि अब यह कस्बा भी उनके रहने के क़ाबिल नहीं रह गया है।

यह गांव जब नया-नया कस्बा बना था तो नालियां खुदी थीं। पहले उन नालियों में पानी खूब बहा – फिर रुकने लगा। फिर धीरे-धीरे रुका हुआ पानी गंधियाने भी लगा। अलबत्ता जिस दिन क्लिंटन साहब का जहाज़ कस्बे के ऊपर से गुज़रने की खबर आई थी – म्यूनिस्पैलिटी वालों ने पहली बार नालियां साफ़ करवाईं थीं। कूड़ाघरों के चारों तरफ चूना डाल

दिया गया था और एक कारिन्दे को हिदायत थी कि जिस समय जहाज़ ऊपर से गुज़रे – कोई जानवर कूड़ाघर में मुंह मारता हुआ दिखलाई न दे। क्या पता क्लिंटन साहब खिड़की से झांक रहे हों तो क्या सोचेंगे? यही ना कि हमारे यहां दूध और गोश्त कचरे की दया पर निर्भर हैं।

बहरहाल, कूड़ाघरों पर चूना पड़ते ही यह कस्बा वैश्वीकरण की चपेट में आ गया था। ज़ो कोई बात करता, अमेरिका की करता। उससे पहले किसी मुल्क पर जुबान अटकती ही नहीं थी। जबसे अमेरिका ने इराक़ पर हमला किया था, अफ़ज़ल भाई अमेरिका से ख़ार खाने लगे थे। खफ़ा तो वो हिन्दुस्तान से भी थे। इतिहास गवाह है कि हमेशा जांबाज़ी से जंग में शामिल रहनेवाला यह मुल्क इराक़ को पिटते हुए देख क्यों दुम दबा बैठा था। कश्मीर के मसले पर इराक़ हमेशा हिन्दुस्तान के साथ खड़ा रहा और आज यहां क्लिंटन के ख़ैर मक़द्दम में पलक-पांवड़े बिछाए जा रहे हैं।

पर भला अफ़ज़ल भाई के ख़ार खाने से क्या फ़र्क पड़ता था। वो कब चाहते थे कि स्कूल के मैदान में शाखा लगे? पर शाखा लगने लगी थी। फिर भला उनकी इच्छा-अनिच्छा से क्लिंटन के जहाज़ का रास्ता कैसे बदल जाता?...और जब नालियां बुहार कर चूना डाला गया तो उनका दिल धक् से रह गया। पहले उन्हें लगा कि कहीं क्लिंटन का जहाज़ यहीं पर न उतर जाए। पर इस सम्बन्ध में पूछताछ कर आश्वस्त होने के बाद उन्हें दूसरा विचार सताने लगा था। अफ़ज़ल भाई को लगा कि कहीं उन्हें चिढ़ाने के लिए शाखा वाले पांडे जी ने ही तो ये चूना नहीं डलवाया है।

जिस समय क्लिंटन साहब का जहाज़ कस्बे के ऊपर से गुज़र रहा था, अफ़ज़ल भाई नौग़जे पीर की मजार पर बैठे मन्नत मांग रहे थे। उन्हें काफ़ी देर तक उम्मीद बनी रही कि अभी एक धमाके के साथ जहाज़ के चीथड़े बिखर जाएंगे। पर धमाका नहीं सुनाई दिया। अलबत्ता लडके स्कूल छोड़कर जहाज़ के पीछे-पीछे भाग गए थे और मास्टर एक-दूसरे की आंख बचाते हुए जहाज़ को हाथ हिला रहे थे। सारा कस्बा क्लिंटनमय हो रहा था।

अफ़ज़ल भाई मायूस होकर घर लौट आए। उन्हें लगा कि आज वो इस मोर्चे पर बिल्कुल अकेले रह गए हैं।

'असलम भाईजान की चिट्ठी आई है पाकिस्तान से।' अभी उन्होंने

घर की दहलीज़ पार भी नहीं की थी कि बेगम की आवाज़ ने शोलों पर पानी छिड़क दिया।

'असलम की चिट्ठी?' उन्होंने हैरानी से दोहराया। मुद्दतों बाद जैसे असलम खुद आन खड़ा हुआ था।

'क्या लिखा है?' उन्होंने लपककर तयशुदा स्थान से लिफ़ाफ़ा उठा लिया, पर वो खबर को लिफ़ाफ़ा खोलने से पहले जान लेना चाहते थे।

'भाईजान के बरखुरदार का निकाह है! बुलाया है सबको।' बेगम पानी का गिलास ले आईं।

'रहमत मियां का?' उलसते हुए अफ़ज़ल भाई ने चिट्ठी पढ़ी और पानी का गिलास एक ही सांस में गटक गए।

सालों बाद आई थी असलम की चिट्ठी।

1947-48 के दिनों में दोनों सुख-दुख बांटा करते थे। तब दोनों की उम्र बामुश्किल चार-पांच साल रही होगी। फूफी के गांव में बलवाई घुस आए थे और फूफी नन्हें असलम को सीने से चिपकाए हुए रातोंरात चौदह कोस का फासला तय कर भाई के गांव पहुंच गई थीं। ये गांव बलवाईयों से महफूज़ था। हवा में तनाव ज़रूर था, पर ज़हर नहीं था। इसी दौरान नन्हें अफ़ज़ल की दोस्ती हमउम्र असलम से खुब परवान चढ़ी थी। फिर एक दिन फूफा आए थे और फूफी और असलम को लेकर दूसरे मुल्क चले गए थे। अब्बू ने रोकने की कोशिश की थी। पर बलवाइयों की लूट से तबाह फूफू नहीं माने थे। अफ़ज़ल भाई उस उम्र में जो अकेले हुए तो अकेलेपन का वो अहसास आज तक उनके अन्दर ज़िंदा था।

फजलू मास्साहब पाकिस्तान जा रहे हैं – ये ख़बर हवा के संग-संग उड़ चली। स्कूल से बाज़ार, बाज़ार से मोहल्ले और मोहल्ले से कस्बे में अफ़ज़ल भाई के पाकिस्तान जाने की चर्चा होने लगी।

'ससुरा कहीं पाकिस्तानी एजेंट तो नहीं।' शाखा वाले पांडे जी ने शिगूफा छोड़ने की चेष्टा की।

'पांडे जी आप अपना दिमाग़, झंडे, डंडे और निकर तक ही सीमित रखिए। अफ़ज़ल भाई रिटायरमेंट की दहलीज पर खड़े हैं और आप उन्हें पाकिस्तानी एजेंट क़रार देने पर तुले हैं।' मुंहफट रामधन बरस पड़े।

'बिलकुल। ये बात तो ग़लत है पांडे जी।' रामधन का सहारा पाकर दूसरे मास्टर भी बोल पड़े। शिगूफा उड़ने से पहले ही फिसफिसा गया।

'अरे भाई! आप लोग तो जुबान पकड़ लेते हैं। इतना पुराना साथ है हमारा, तो क्या मज़ाक करने का हक़ भी नहीं दीजिएगा।' पांडे जी ने खीसें निपोरीं।

'आपका मज़ाक हम भली-भांति समझते हैं पांडे जी।' रमाधन की आवाज़ की कड़वाहट परखकर पांडे जी ने चुप रहना ही बेहतर समझा।

बात अफ़ज़ल भाई के कान तक पहुंच ही गई। मन कसैला हो गया। रात बत्ती बुझाकर खाट पर लेटे तो लगा कि रोशनी में जिस बात को हज़ार बार सोचकर भी नहीं कह पाए – अंधेरे में कही जा सकती है।

बेगम अलफ़ाज ही पकड़ पाएंगी – चेहरा नहीं।

'बेगम, सुबह से मेरे मन में एक ख़्याल आ रहा है।' अफ़ज़ल भाई ने सिर के नीचे तकिया ठीक करते हुए कहा।

'भाईजान की चिट्ठी आने के बाद आपके दिल में एक ही ख़्याल आ सकता है – कोई और नहीं।' बेगम हंसी।

'बताओ क्या ख़्याल है?' अफ़ज़ल भाई ने जैसे पहेली बुझाई।

'पाकिस्तान जाने का।'

'हां! फिलहाल तो महज जाने का ही ख़्याल है, पर अगर कोई जरिया बना तो रिटायरमेंट के बाद चलकर वहीं बस जाएंगे।' अफ़ज़ल भाई ने धीमे से कहा।

'तौबा-तौबा! कैसी बात करते हैं? गैर मुल्क की खाक़ के सुपुर्द कीजिएगा हमें।' अफ़ज़ल भाई ने अनुभव किया कि आदतन बेगम ने कानों को हाथ लगाया होगा।

'तुम कुछ समझती तो हो नहीं। इस मुल्क के सियासती हालात अब हमारे हक़ में नहीं हैं। गोली कश्मीर में चलती है और धमक कस्बे के बाज़ार में सुनाई देती है। मानो हम ही किसी को मार आए हैं।' उन्होंने डूबे हुए स्वर में कहा।

'मुआ पाकिस्तान ही तो इस फ़साद की जड़ है और आप हैं कि वहीं जाकर बसने की बात करने लगे हैं।' बेगम के शिकायती स्वर ने अफ़ज़ल भाई को चुप करवा दिया।

पर अफ़ज़ल भाई सोए नहीं। देर रात तक इसी उधेड़बुन में लगे रहे कि अगर वाकई हालात मुनासिब रहे तो पाकिस्तान में बसने में हर्ज़ ही क्या है? वहां तो सभी लोग अपने हैं। अफ़ज़ल भाई वीजा के लिए दिल्ली गए और बैरंग लौट आए।

दरअसल हुआ यूं कि पाकिस्तानी दूतावास के बाहर वीजा लेने आए लोगों की लाइन बहुत लम्बी थी। अफ़ज़ल भाई ने तो इस भीड़ को देखते ही लौट चलने का इरादा बना लिया था। पर आ ही गए थे तो कोशिश करना फर्ज़ बनता था। लिहाजा अफ़ज़ल भाई प्रतीक्षा करते रहे और पसीजते हाथों को पैंट, कमीज, रूमाल और कंधे पर लटकते झोले से, जब जैसा मौका मिला, पोंछते रहे। इसी बीच कई-कई बार पासपोर्ट को उंगलियों से टटोला। पर लोहे का बड़ा गेट खुलते ही ऐसी अफ़रा-तफ़री मची कि अफ़ज़ल भाई की हिम्मत जवाब दे गई। उन्होंने अपनी ही तरह पीछे छूट गए दूसरे आदमी से पूछा—'जनाब! क्या रोज़ यही हाल रहता है?'

'ज़ाहिर है!...कभी-कभी तो इससे भी बदतर।'

उसने बेरुखी से जवाब दिया और वीजा की खिड़की पर सिरे से टूट गई लाइन के अन्दर घुसने की कोशिश करने लगा। अब अफ़ज़ल भाई के पास लौटने के सिवा और कोई चारा न था। वापस लौटकर अफ़ज़ल भाई ने पासपोर्ट और यैलो कार्ड दूतावास के नाम रजिस्ट्री कर दिया। सोचा, अगर वीजा दर्ज हुआ तो ठीक वरना क्या करेंगे पासपोर्ट का। पाकिस्तान ही न जा सके तो किसी और मुल्क में क्या जाएंगे! अलबत्ता बेगम ने कई बार हज करने की ख्वाहिश ज़ाहिर की है। सो अच्छा हो कि पासपोर्ट ही खो जाए तो कम-से-कम बेगम को माक़ूल जवाब तो दे सकेंगे।

पर ग्यारहवें दिन डाक से आया लिफ़ाफ़ा अफ़ज़ल भाई ने खोला तो दिल बेकाबू होकर हलक तक आ पहुंचा। पासपोर्ट और वीजा लौट आए थे। पाकिस्तानी हाकिमों की दानिशमंदी ने अफ़ज़ल भाई का मन मोह लिया था।

'वाह! देखा बेगम! क्या नेकदिल लोग हैं! घर बैठे भिजवा दिया!. ..और एक हमारे हाकिम हैं कि झाडू लिए हुए क्लिंटन के रास्ते बुहार रहे

हैं। अरे, इन कम्बख्तों का तो बस नहीं चला वरना आसमान को भी झाड़ू से बुहार आते।' अफ़ज़ल भाई बोलते जा रहे थे और ट्रंक से तह किए कपड़े निकाल-निकालकर चारपाई पर फैलाते जा रहे थे।

वाघा सीमा के हिन्दुस्तानी नाके पर काग़ज़ात देखते हुए सरदार इंस्पेक्टर ने पूछा, 'क्या करते हो?'

'नौकरी!' अफ़ज़ल भाई ने कहा।

'ओए नौकरी तो ठीक है, क्या हो? मन्त्री या सन्तरी।' हंसते हुए सरदार ने पंजाबी मिश्रित हिन्दी में कहा।

'जी, मास्टर हूं।' अफ़ज़ल भाई को सरदार का हंसना अच्छा नहीं लगा।

'ओ लै सुख्या। अैते मास्टर है! आ की एन्ट्री देऊगा। दर्ज कर ते बगा अग्गे नूं।' सरदार ने काग़ज़ अगले आदमी को पकड़ा दिए। हर एक से बीस रुपए ले रहे दूसरे आदमी ने अफ़ज़ल भाई से कुछ नहीं मांगा और रजिस्टर में कुछ लिखकर पासपोर्ट लौटा दिया। अफ़ज़ल भाई ने मुट्ठी में पकड़े हुए बीस रुपए धीरे से ज़ेब में खिसका लिए।

अफ़ज़ल भाई के पास सामान के नाम पर पहनने वाले कपड़ों का एक सूटकेस, पान की दो छोटी-छोटी टोकरियों और फौजी सामान बेचने वाले एक दुकानदार से खरीदा गया खासा मोटा फौजी कम्बल था। पान की टोकरियों को लेकर अफ़ज़ल भाई चिन्तित थे। अगर असलम ने पान लाने की ताकीद ना की होती तो इन टोकरियों को ढोने का जिस्मानी और जेहानी तनाव बरदाश्त ना करते। उन्हें तो समझाया गया था कि एक-आध टोकरी और ले आएं तो खर्च निकालने लायक कीमत मिल ही जाएगी। पर अफ़ज़ल भाई को निकाह के नाम पर तिजारत मंजूर नहीं थी।

कुली को सामान उठवाकर अफ़ज़ल भाई पीछे-पीछे चल दिए। 'नो मैंस लैंड' पार करते हुए उन्हें अजीब अनुभूति हुई। मन हुआ कि यहीं एक टैंट गाड़कर रह जाएं। क्या ज़रूरत है किसी भी मुल्क का बाशिन्दा बनने की। पर कुली पूरी तेज़ी से चला जा रहा था। लिहाजा उनके पास भी पीछे-पीछे लपकने के सिवा कोई और चारा नहीं था।

पाकिस्तानी नाके पर अफ़ज़ल भाई का सामान खुल गया। बाबू था कि कुर्ता-पायजामा और जैकेट तक का हिसाब जोड़ रहा था। फिर उसने

पान की टोकरियों वाले थैले में हाथ डालकर उसे टटोला और झटके से पान की एक टोकरी निकालकर अपनी कुर्सी के पीछे फेंक दी। टोकरी निकालने का अंदाज़ ऐसा था जैसे बाबू के लिए ही लाई गई हो। कुर्सी के पीछे पहले ही टोकरियों का खासा ढेर जमा था।

'अरे! क्या करते हैं जनाब?' चलते समय अफ़ज़ल भाई को समझाया गया था कि ऐसा ही होगा। चुप्पी साधे रहना। पर कम्बख्त मास्टरों की आदत, टोक ही दिया।

'अच्छा!' बाबू ने खूंखार नज़रों से अफ़ज़ल भाई को घूरा। 'तुम्हारे सारे सामान पर साढ़े चार हज़ार की देनदारी बैठती है – कहो तो रसीद काट दूं। इस धमकी से अफ़ज़ल भाई पिलपिला गए। आवाज़ गिलगिलाने लगी। कातर स्वर में बोले–

'क्या कह रहे हैं जनाब! शादी ब्याह का मामला है – आप नहीं चाहे तो वापस चला जाऊंगा।'

मुर्गी कुड़क होते देख बाबू कुर्सी से उठा–

'साहब से बात कर लूं – आप ठहरिए।' महज दिखाने भर के लिए बाबू पीछे एक दरवाज़े से घुसा और दूसरे से निकल आया। फिर रजिस्टर पर कुछ दर्ज करते हुए बोला।

'साहब ने रहम किया है। तीन सौ रुपए दीजिए और सुनिए, फालतू जिरह मत कीजिएगा।'

और कोई समय होता तो अफ़ज़ल भाई को तीन सौ रुपए देने से तीन दिन तक़रार करना ज़्यादा सहूलियत भरा लगता। पर उन्हें पहली बार अनजान मुल्क में अनजान लोगों के बीच अपनी वास्तविक स्थिति का अहसास हुआ। उन्होंने रुपए निकालने के लिए ज़ेब में हाथ डाला ही था कि नज़रें झुकाए-झुकाए ही बाबू बेहद सतर्क आवाज़ में बोला–

'यहां नहीं...यहां नहीं। ज़ेब से हाथ निकाल लो। जो कुली सामान उठा रहा है, उसे ही दे देना। ला बे! अपना बिल्ला दे दे।' बाबू ने कुली की बांह पर बंधा हुआ बिल्ला उतरवाकर मेज़ की खुली हुई दराज़ में सरका दिया। अफ़ज़ल भाई चुपचाप आगे बढ़ गए।

लाहौर जाने वाली एक छोटी-सी बस में सवारियां जानवरों की तरह

भर गईं। बस के कैरियर पर सामान का पहाड़ जमा हो गया। अफ़ज़ल भाई को अपने मुल्क में भी ऐसे सफ़र की आदत थी। पर पाकिस्तान में भी यूं ही लदना पड़ेगा, उन्होंने नहीं सोचा था। एक-डेढ़ घंटे बाद जब बस लाहौर पहुंची तो अफ़ज़ल भाई एक नई मुसीबत में फंस गए। उन्हें कई लोगों ने घेर लिया था। हर कोई किसी भी क़ीमत पर पान की टोकरी बिकवाने को तैयार था – मुसाफिरों के साथ जिस अंदाज़ में झपटा-झपटी और खींचातानी हो रही थी – अफ़ज़ल भाई को लगा कि कहीं वो पान की खातिर कत्ल ना हो जाएं, पर खुदा-खुदा करते वो किसी तरह इस भीड़ से बच निकले। अलबत्ता निकलने में उन्हें खासी मशक़्क़त करनी पड़ी। जिस्म दुखने लगा। उन्होंने उस घड़ी को कोसा, जब असलम की बात मानकर पान की टोकरी लाने का वायदा कर बैठे थे।

रिक्शा पर बैठते हुए उन्होंने एक बार फिर थैले में हाथ डालकर देखा। टोकरी को मौजूद पाकर उन्होंने एक लम्बी सांस ली और जिस्म को ढीला छोड़ दिया। इतिहास में रचा-बसा शहर लाहौर उनकी आंखों में भरने लगा और देखते-देखते ही स्टेशन आ गया।

करांची जाने वाली ट्रेन अभी प्लेटफार्म पर नहीं लगी थी। अफ़ज़ल भाई स्टेशन की भीड़ को देखकर सोचने लगे कि अभी कहीं से असलम निकल आएगा और उन्हें लिपटा लेगा या फिर भीड़ में से निकलकर बेगम ही उन्हें हैरान कर देगी। बेगम का ख्याल आते ही मन घर की तरफ लपक चला। बेगम को खबर भी नहीं होगी कि वे इस समय कहां पहुंच गए हैं, कहां खड़े हैं और क्या कर रहे हैं? हो सकता है बेगम को ठीक इसी समय हिचकी आई हो।

प्लेटफार्म पर भीड़ बढ़ती जा रही थी। अगर इस कदर भीड़ बढ़ गई तो शायद गाड़ी पर चढ़ना ही मुश्किल हो जाए। अफ़ज़ल भाई को लगा कि जैसे प्लेटफार्म भीड़ से दबा जा रहा है। ठंड के बावजूद उनके माथे पर पसीने की नन्हीं-नन्हीं बूंदें उभर आईं। अफ़ज़ल भाई ने फिसलती हिम्मत को काबू करने की कोशिश की, पर कामयाब नहीं हुए। अट्ठारह-बीस घंटे का सफर खड़े-खड़े तो हो नहीं सकता। लिहाजा बैठने का कोई ज़रिया ढूंढ़ना पड़ेगा। भीड़ की दहशत दिमाग़ में घुसी तो

असलम और बेगम दोनों खो गए। उन्हें अब हिम्मत की नहीं, कुली की आवश्यकता अनुभव हुई। कुली को बुलाकर बर्थ दिलवाने को कहा तो चिहुंक उठे, 'दो सौ रुपए? भाई बर्थ पर सोना है, उखाड़कर घर नहीं ले जानी है।'

'बाऊ! मैं सुलाने की ही क़ीमत मांग रहा हूं – रेल का सौदा नहीं कर रहा।' कुली ने गम्भीरता से कहा। अफ़ज़ल भाई ने दो-तीन और कुलियों से भी भाव-ताव किया, पर बात नहीं बनी। जैसे-जैसे गाड़ी का समय हो रहा था भीड़ बढ़ रही थी और बढ़ती भीड़ के साथ-साथ अफ़ज़ल भाई की हथेली पसीजती जा रही थी। उन्होंने एक बार अटैची को मजबूती से पकड़ने की चेष्टा की, पर प्लास्टिक का हैंडल फिसल गया। आखिर हार कर उन्होंने कुली को रोक ही लिया।

गाड़ी के प्लेटफार्म पर पहुंचते ही ऐसी अफ़रा-तफ़री मची कि अफ़ज़ल भाई को कुली के साथ-साथ भागना कठिन हो गया। पर अफ़ज़ल भाई हैरान थे कि सारी भीड़ एक तरफ़ भाग रही थी और कुली दूसरी तरफ़। एक बिल्कुल खाली डिब्बे में उन्हें ऊपर की बर्थ पर बिठाकर कुली चला गया। हैरान अफ़ज़ल भाई को समझ नहीं आया कि बाहर भागती भीड़ में से लोग इस डिब्बे में चढ़ क्यों नहीं रहे थे। पर उन्होंने दिमाग़ पर ज़ोर नहीं डाला। सामान को करीने से लगाया और लेट गए। सफर से थके हुए बदन पर मोटा फौजी कम्बल लपेटा और मुंह को कम्बल से बाहर रखकर प्लेटफार्म पर भागते क़दमों की आवाज़ सुनने लगे।

खाली पड़े डिब्बे में भी अब आवाज़ाही आरम्भ हो चुकी थी। एक तगड़ा या यूं कहें हिन्दी फिल्मों के खलनायक जैसा आदमी नीचे वाली सामने की सीट पर आकर पसर गया था। तभी गाड़ी ने सीटी दी और बाहर भागती, हड़बड़ाती हुई भीड़ में से किसी ने अपना सामान अन्दर फेंककर घुसने की कोशिश की। निचली सीट पर पसरे हुए आदमी ने फौरन सामान उठाकर खिड़की से बाहर फेंक दिया और लगभग चिल्लाते हुए कहा – 'ओए खोत्तेआ! दिस्सदा नईं आ मिलटरी दा डब्बा ऐ।'

अफ़ज़ल भाई का खून सूख गया। उन्हें लगा कि नीचे बैठा फौजी

उन्हें भी चलती गाड़ी से बाहर फेंक देगा। उन्होंने झटपट मुंह ढक लिया और सांस रोके पड़े रहे। कम्बल में घुटन होने लगी, पर उन्होंने मुंह बाहर नहीं निकाला। अलबत्ता उन्होंने एक बार फिर उस घड़ी को कोसा जिसमें असलम का दावतनामा क़बूल कर पैर घर से बाहर निकाला था।

पूरे अट्ठारह घंटे अफ़ज़ल भाई इसी प्रकार कम्बल ओढ़े हुए पड़े रहे। बीच-बीच में पत्नी द्वारा डाले गए पूड़े झोले से निकालकर इस तरह हिफ़ाजत से चबाते कि कम्बल के हिलने से सोए हुए आदमी के जागने का अहसास न हो। उन पर सामान बाहर फेंके जाने का भय इस क़दर तारी था कि पूरी कोशिश के बाद भी झपकी नहीं ले पा रहे थे। कान नीचे से आने वाली आवाज़ों को समेट रहे थे और वे मन-ही-मन सामान फेंक दिए जाने पर आगे अपनाई जाने वाली रणनीति के बिन्दुओं पर विचार कर रहे थे। कम्बख्त सफ़र न हुआ, जान की आफ़त हो गई।

'अच्छा ! चलते हैं। अपना स्टेशन तो आ गया। आधे घंटे बाद आपका कराची भी आ जाएगा।' गाड़ी किसी स्टेशन पर रुक गई थी।

'खुदा हाफ़िज।'

'खुदा हाफ़िज।' नीचे बैठे हुए कई लोग एक साथ उतर रहे थे।

सिर्फ आधे घंटे का सफर !

अफ़ज़ल भाई की हिम्मत लौट आई। उन्होंने गाड़ी के चलते ही कम्बल उतार फेंका और सीधे 'टायलट' की तरफ लपके। फटी जाती आंतों को कुछ राहत मिली। लौटकर कम्बल तह किया और अटैची के ऊपर रखकर नीचे की ही सीट पर बैठ गए।

'बुजुर्गवार आप इस डिब्बे में कैसे ?' फौजी ने पूछा तो उनकी हिम्मत फिर जवाब देने लगी।

'दरअसल हुआ यूं कि...।' अफ़ज़ल भाई ने घबराए हुए अंदाज़ में कुली को दो सौ रुपए देने से लेकर कम्बल में दुबके रहने की बात बेहद इमानदारी से बताते हुए कहा, 'यक़ीन मानिए अगर मुझे पता होता कि ये फौजी डिब्बा है तो मैं कतई इसमें चढ़ने की जुर्रत ना करता।'

फौजी ने अफ़ज़ल भाई की घबराहट पढ़ ली और हंसने लगा। 'घबराओ नहीं बाऊजी ! हिन्दुस्तान से आए हो ना ?'

'जी!' अफ़ज़ल भाई ने सहमे हुए स्वर में ही उत्तर दिया।

'बड़े अच्छे लोग हैं जी आपके मुल्क में। मैं इकहत्तर की जंग में वहां क़ैद था—मैं क्या पूरी पलटन ही क़ैद थी। पर हमारे साथ कभी किसी ने बदसलूकी नहीं की। बड़ी हिफ़ाज़त से रखा हमें। कई तो हमारे मित्र बन गए थे जी।'

अफ़ज़ल भाई का सीना कुछ फैल गया।

'यहां कैसे आना हुआ?' उसने हिन्दुस्तान प्रवास के कई हिस्से सुनाकर पूछा, 'निकाह है – हमारे फूफूजात भाई रहते हैं कराची में।' जब से घर छोड़ा था, अफ़ज़ल भाई पहली बार सामान्य हुए।

'कराची में रिक्शा वाले नम्बरी बदमाश हैं। कहां जाना है – रास्ता पता है?' फौजी ने पूछा।

'लालू खेत! चौक नं. 10, पर पहली बार आया हूं, इसलिए रास्ता नहीं जानता।' अफ़ज़ल भाई को अब रिक्शे वाले की चालाकी सताने लगी।

'फिक्र ना करो। मैं चढ़ाऊंगा रिक्शे पर।'

स्टेशन पास आ रहा था। गाड़ी धीमी होते-होते ठहर गई। अफ़ज़ल भाई अटैची उठाने को हुए कि फौजी ने लपककर अटैची उठा ली और अपने सामान के साथ ही लादकर बाहर की तरफ़ चल दिया।

'आओ, मेरे पीछे-पीछे चले आओ।' अफ़ज़ल भाई को लगा कि कहीं मीठी बातों की गोली देकर ये फौजी समान ही न ले उड़े। इसलिए अपनी पूरी ताक़त के साथ भीड़ में रास्ता बनाते हुए वे फौजी के साथ-साथ बढ़ते रहे।

स्टेशन से बाहर पहुंचकर फौजी ने एक रिक्शे वाले को बुलाया और उसे लगभग धमकाते हुए हिदायत दी–

'भाईजान को सीधे-सीधे ले जाकर इस पते पर उतार देना। तेरा नम्बर मेरे पास है। अगर कोई चालाकी की तो छोडूंगा नहीं।'

अफ़ज़ल भाई ने फौजी को गले लगाकर विदा ली। स्कूटर के आगे बढ़ते ही उन्हें अचानक ध्यान आया कि अपनी घबराहट में वे फौजी का नाम-पता तो पूछना ही भूल गए हैं। पर तब तक स्कूटर शहर की भीड़ में फंस चुका था।

अगले दिन अफ़ज़ल भाई असलम के साथ पास के थाने में अपना रजिस्ट्रेशन करवाने गए। थानेदार इतना मोटा था कि उसके पेट की लटक से उसकी बैल्ट ही छिप गई थी। थानेदार के बैठने के अंदाज़ से अफ़ज़ल भाई को मुग़लिया सल्तनत के कई शहंशाह याद हो आए।

'जनाब! रजिस्ट्रेशन करवाना है। भाईजान हिन्दुस्तान से आए हैं।' आदाब के बाद असलम ने अफ़ज़ल भाई का पासपोर्ट आगे बढ़ा दिया। अचानक थानेदार के तेवर बदल गए। उसने पासपोर्ट उठाते हुए दूसरी टेबल पर बैठे हवलदार को आवाज़ देकर कहा – 'ओए देख ओए! भैन...हिन्दुस्तान की मां दी...मारां। गिदड़ मुल्क मादर...चार-चार शेर लै के फिरदे नें।' वो पासपोर्ट पर छपे शेरों को अपने बड़े चौड़े अंगूठे से दबा रहा था।

हवलदार हंसते हुए अफ़ज़ल भाई को देखने लगा।

'इस भैन...हिन्दुस्तान दे ऊपर तां इक एटम बम सुट्टो...बस...।' थानेदान फिर गाली बकने लगा।

अफ़ज़ल भाई का सारा शरीर जैसे सुलगने लगा। आंखें लाल हो गईं, बेखास्ता बोल पड़े – 'पासपोर्ट लौटा दीजिए। आज ही वापस चला जाऊंगा।'

'ओए! मुसलमान हो के काफ़िरों का हिमायती बनता है। इन काफरां दे तो लाल मिर्ची लाके डंडा पाओ – फेर मरोड़ो...मादर...दे दिमाग़ ठकाने आ जाना।' अफ़ज़ल भाई के बोलने से थानेदार कुछ खिसिया गया था और अब खानापूरी में लगा हुआ बड़बड़ा रहा था। अफ़ज़ल भाई कुछ बोलते, इससे पहले ही असलम ने उनका हाथ दबा दिया। वे चुप तो हो गए, पर उनके दिमाग़ की नसें तनाव से फटने लगीं।

थाने से बाहर आने तक अफ़ज़ल भाई का चेहरा बेनूर हो चुका था। असलम ने चलते-चलते धीरे से उनके कंधे पर हाथ रखा तो वे फट पड़े।

'मेरा एक स्टूडेंट एयरफोर्स में है और मिलटरी में तो सैकड़ों हैं। कभी जंग लगी तो पहला बम्ब इसी थाने में डलवाऊंगा।' गुस्से से अफ़ज़ल भाई की आंखें उबल रही थीं।

'गुस्सा थूक दो अफ़ज़ल भाई! ये कम्बख़्त जाने किस नस्ल का है कि इंसानियत का नाम ही नहीं। मैं इसकी शिक़ायत करूंगा।' असलम ने संभालने की कोशिश की।

'मोहित है एयरफोर्स में। जब गांव आता है मेरे पैर छूता है। देखना एक दिन इस थाने पर बम्ब ज़रूर डालेगा। तब मेरी बात याद कर लेना।' अफ़ज़ल भाई अपनी ही रौ में भड़के चले जा रहे थे।

'पर एक काम ज़रूर करना अफ़ज़ल भाई' असलम ने अचानक रुकते हुए कहा।

'क्या?' अफ़ज़ल भाई भी रुक गए।

'मोहित को हमारे घर का फोटो ज़रूर दे देना। कहीं गफ़लत में हमारे घर में ही बम्ब न डाल जाए।' असलम ने हंसते हुए अफ़ज़ल भाई का हाथ थाम लिया।

बरबस अफ़ज़ल भाई भी हंस पड़े। फिर एक लम्बी सांस लेते हुए बोले, 'इस थानेदार का भी क्या कसूर असलम! एक बार हमारे मुल्क आया होता तो ऐसी भाषा न बोलता।'

और चलते हुए सोचने लगे कि क़ाश उस फौजी का नाम-पता ले लेते तो पाकिस्तान में खतो-किताबत के लिए असलम के अलावा भी कोई एक भला आदमी और होता।

# एक रात का तिलिस्म

ठिठुरन भरी बर्फानी रात। दूसरा पहर भी बीत चुका था। दूर किसी घर से आती बजर की मद्धम आवाज़ ने सन्नाटे की सीवन को उधेड़ा और फिर सिल दिया। हांफता हुआ मैं तिराहे की पुलिया पर बैठ जाता हूं।

कैसी विचित्र दौड़ है ये। सड़कें, गलियां, तिराहे, चौराहे, बार-बार मेरे पैरों के नीचे से फिसल जाते हैं। मैं इन्हें पार कर लेना चाहता हूं। पर नहीं कर पाता। ये फिर-फिर लौट आते हैं। अचीन्ही सड़कें, गुमनाम गलियां। कोहरे में टिमटिमाते लैम्पपोस्ट की रोशनी में सब कुछ निश्चेष्ट है। उदास, पीला और बीमार! इस पूरे परिदृश्य में एक भी कुत्ता खुलकर सामने नहीं आता। झबरे बाल, नुकीले दांत, रूह को थर्रा देने वाली गुर्राहट। सब खो चुके हैं। हद तो ये है कि घरों में बंधे हुए कुत्ते भी अब नहीं भौंकते। लगता है सब नियन्त्रित हैं-यन्त्रवत।

मैं किसी सूखी नदी के मुहाने पर बसी मलिन बस्ती से गुजर रहा हूं। ईंट के ऊबड़-खाबड़ खड़ंजे से पैर उलझ-उलझ जाते हैं। थकान, अनिश्चय और भय तीनों हावी हैं मुझ पर। दिशा भ्रम का ऐसा विकट अनुभव पहले कभी नहीं हुआ। किस ओर जाना है-नहीं जानता। मन हुआ कि भाग कर इस गली से निकल जाऊं। शायद सामने की सड़क, पुल या चौराहा मुझे पहचान ले। शायद मैं ही दिशा पहचान लूं। पर दौड़ नहीं पाता। पिछले दो पहर से सड़कों पर निरन्तर रगड़ खाते जूते अब विद्रोह कर चुके हैं। आगे से अंगूठा दबाते हैं, पीछे से टखना काटते हैं। इसके बावजूद मैं तेज़ चलना चाहता हूं।

दरवाज़ों पर झूलते तिरपाल, मलीन बस्ती की झोंपड़ियों को आबदार बना रहे हैं। पर्दे बनकर अन्धेरे की पैमाईश को रोकते हैं और दीवार बन कर सूखी नदी से आती बास को।

'कौन है?' किसी ने पूछा है। मैं ठहर जाता हूं किनारे बैठी हुई आकृति उठकर सामने आती है। इस समय वो अंधेरे का एक टुकड़ा भर दिखलाई दे रहा है। आड़ा-तिरछा कटा हुआ।

'मुझे बड़ी सड़क पर जाना है।'

वो मुझे हैरान नज़रों से घूरता है। फिर उसी दिशा की ओर इशारा करता है जिस ओर मैं पहले ही जा रहा हूं।

तो ये अभी जीवित है? मैं उसे पहचान लेता हूं। इसका एक बड़ा बंगला था। कार थी, शोफ़र था। नौकर-चाकर, माली, रसोइया बहुत लोग थे, इसकी चाकरी में। शहर के खानदानी रईसों में इसका शुमार हुआ करता था। बुरे दिनों में चीज़ें बिकनी आरम्भ हुई तो पहले दूर-दूर से नामी सुनार आने लगे, फिर पुरानी चीज़ों के व्यापारी आए और अन्त में कबाड़ी। जब बेघर हुआ तो उसी कबाड़ी की लड़की से शादी कर ली जो इसके घर का बहुत-सा सामान ले आया था। उसे फिर बना बनाया घर मिल गया। वहीं रहकर कांच और लोहा बीनने लगा। कुछ समय पहले सुना था कि टिटनेस से मर गया।

सूखी नदी का भूतिया पुल, फिर श्मशान की हदें।

श्मशान में अलाव जल रहा है। ऊंची दीवारों से भी ऊंची है रोशनी की लपटें। कौन है भीतर! भूत-प्रेत, डायन, अघोरी। जिस्म भय से ठिठुरने लगा। माथे पर ठंडे पसीने की एक सिहरन उभरी।

'सुख होवे वीर जी! आ जाओ! आ जाओ!'

मैंने हैरानी से अपने चारों ओर देखा। श्मशान की दीवारें ऊंची हैं। फिर कोई कहां से देख रहा है मुझे।

'जो शनि नूं मनावे सदा सुख पावे! आ जाओ-आ जाओ वीर जी।'

फिर वही आवाज़। पिछले सत्ताईस साल से मैं ये आवाज़ हर शनिवार को सुनता हूं-बिना नागा। शनिदान मांगने आता है। काले फटे चेहरे पर खिचड़ी दाढ़ी और बालों की लम्बी लटों वाला जोगी। तभी दूसरी आवाज़ आती है।

'जै जै बाबू जी! जै जै बाबू जी।' कम्बख्त यह भी यहीं बैठा हुआ। कैसा तिलिस्म है। भय से जमता खून नसें फाड़ने लगा। अनाथालय के नाम पर वर्षों से चंदा मांगने वाला ये लड़का मांगते-मांगते ही बच्चे से प्रौढ़ हो चुका है। पहचानता हूं मैं इसे।

आगे रास्ता बन्द है। पीछे अनजानी अपरिचत सड़कें। यदि कुछ परिचित है तो सिर्फ ये दो आवाज़ें।

डरा हुआ मैं श्मशान के बड़े गेट में घुस गया। सामने बहुत बड़े अलाव के चारों ओर भीड़ जमा है। अकेलेपन की दहशत जाती रही। सिर पर हाथ रखकर बैठे हुए कुछ निराश और हताश लोगों को मैं पहचानता हूं। हमारी सड़क से गुज़रने वाले और कुछ दूसरी सड़कों पर स्थायी रूप से मिल जाने वाले, बहुत-से लोग यहां इकट्ठा हैं। शनिदान वाले जोगी और अनाथालय वाले लड़के के अतिरिक्त और कई भिखमंगे भी यहां बैठे हैं। वो गूंगा-बहरा लड़का जो सुबह-सुबह मांगने आता है और अपने कटोरे में पड़े सिक्कों को हिलाकर इतनी कर्कश आवाज़ पैदा करता है कि नीदं खुल जाती है। लंगड़ा भिखमंगा जो अपनी बैसाखीनुमा डंडे से लोहे के गेट को ऐसे बजाता है, जैसे पठान वसूली पर आया हो। वो अंधे दम्पत्ति जिनमें औरत की आवाज़ इतनी भयानक रूप से करूण होती है कि दिल में बरछी-सी चुभने लगती है। इनके आलवा भी ऐसे ही दिखने वाले और बहुत-से लोग हैं, जिनके इलाके दूसरे हो सकते हैं—इसलिए मैं नहीं पहचानता।

अलाव के दूसरी ओर शहर की मुख्य सड़कों पर नियमित मिलने वाले कुछ लोग बैठे हैं। इनमें, गांधी पार्क के बाहर फुटपाथ पर बैठकर हाथ बांचने वाला पंडित, तोते से भाग्य बताने वाला स्याना, फटीचर मशीन से वजन नापने वाला अंधा हो चुका बूढ़ा शामिल है। इन्हीं के साथ पोस्ट ऑफिस की दीवार से सटकर रूमालों की फुटपाथी दुकान सजाने वाला पंजाबी, धूल की परतें चढ़ा पेठा बेचने वाला हकला और ठेली पर शराब और तली हुई मछली बेचने वाला खुंखार-सा आदमी भी बैठे हैं। ऐसे ही कई और लोग हैं, जिन्हें शायद मैं जानता हूं, पर अभी तुरन्त पहचान नहीं सकता। सभी उदास और मायूस हैं।

मैं बीच में रखी गई एक अजीबोगरीब लाश को देखता हूं और देखता ही रह जाता हूं।

सपाट पत्थरनुमा लाश।

लाश को पहचानने की कोशिश करता हूं। झुर्रियों से भरा चेहरा। झुर्रियां भी इतनी कि बन्द आंख भी एक बड़ी झुर्री दिखलाई देती है।

तराशी गई शिलाओं जैसे मटमैले बाल भी शरीर की ही तरह ऐंठे और जमे हुए हैं। पेशानी पर पड़ी गहरी लकीरें और सूख कर सफ़ेद पपड़ी जैसे अधखुले ओंठ, मरने वाले की अनकही व्यथा को प्रकट कर रहे हैं। लगता है वो जो कुछ कहना चाहता था, नहीं कह पाया। बिना कहे ही विदा हो गया। तभी मेरी दृष्टि उसके शरीर पर पड़ी और मैं कांप गया। पूरा शरीर गहरे घावों से छलनी है। घाव भी ऐसे विकृत कि मानो किसी धारदार चीज़ से शरीर गोदा गया हो। ओह! तो मामला कत्ल का है। इसीलिए रात को श्मशान पर फूंकने के लिए लाए हैं।

मैं भय से सिहर उठा। यहां से निकलना होगा।

मैं निकलने के लिए कोई उद्यम करता, उससे पहले ही श्मशान का बड़ा दरवाज़ा शोर से भर गया। मैंने घबरा कर देखा। कंजरों की भीड़ श्मशान में दाखिल हो रही है। सैकड़ों की तादाद में बड़े-बूढ़े, औरतें-बच्चे सब हांफते हुए चले आ रहे हैं। उन लोगों ने आते ही अलाव और लाश को घेर लिया। उनके साथ भयानक कुत्तों का एक झुंड भी है, जो बेवजह गुर्रा रहा है-चिंहुक रहा है। उनमें और पहले बैठे लोगों में मन्त्रणा शुरू हो गई।

एक बूढ़ा कंजर जो यहां उपस्थित लोगों में शायद सबसे बूढ़ा है और जिसके चेहरे पर वैसी ही झुर्रियों का सिलसिला बना हुआ है, जैसा लाश के चेहरे पर दिखलाई दे रहा है। अब आगे बढ़ कर लाश के पास बैठ गया है। ग़ौर से लाश को देखने के बाद उसने अपनी कमर में बंधे हुए दो सांप निकाले और लाश पर छोड़ दिए।

'क्या करता है बाबा।' शनिवाला भय से चिल्लाया। भीड़ सिहर उठी।

'फ़िक्र मत कर। ज़हर ही ज़हर को मारता है।' बूढ़ा कंजर हंसा। सांपों ने लाश को कई बार काटा पर लाश वैसे ही पड़ी रही-निष्प्राण।

'बाबा रे! कितना ज़हर घोला है। सांप भी बेअसर हो गया।' भीड़ में बैठी एक बूढ़ी औरत कराही।

बूढ़े ने सांपों को उठाकर कमर में लपेट लिया। फिर ज़ेब से एक डिबिया निकाली। डिबिया खुलते ही कई लोग चिंहुक उठे। एक भयानक बिच्छू सरसरा रहा था। बूढ़े ने दावा किया कि यह उसी नस्ल का बिच्छू है जो यदि पत्थर पर डंक मार दे तो वह भी खिलकर ज़हरीला हो जाए।

बूढ़े ने बिच्छू को लाश पर छोड़ दिया। पूंछ उठाए हुए बिच्छू ने लाश पर घूमते हुए कई डंक मारे। पर सब व्यर्थ लाश वैसी ही स्थिर थी।

क्या नाटक है यह सब। लाश के शरीर पर घाव के गहरे निशान साफ़ चमक रहे हैं और ये लोग ज़हर का इलाज कर रहे हैं। मुझे यह सब एक चालाक कोशिश भर लगी। बूढ़े कंजर ने बिच्छू को उठाकर फिर डिबिया में बन्द कर लिया।

'कुछ नहीं हो सकता। फूंक दो इसे।' एक जवान ने नाकाम कोशिशें और लगातार हो रही देर से ऊबकर कहा। तभी बहरे भिखमंगे ने हाथ में पकड़ी हुई लाठी उस युवक को मार दी। तकरार और कुनकुनाहट के बाद फिर सन्नाटा छा गया।

'तुम लोगों ने भी इसे जिलाने की कोशिश की थी या नहीं?' बूढ़ा कंजर वहां पहले से बैठे लोगों से पूछने लगा।

'की थी बाबा। इसके दम तोड़ने से पहले हमने इसे कई बोतल खून चढ़ाया। पर सारा खून सफ़ेद निकला। ले देख।' शनिवाले ने अपने पास पड़ी हुई आधा बोतल खून लोहे के उस पतरे पर उड़ेली जिसे वो शनि का प्रतिरूप बताकर लोगों से दान मांगता था। मैंने हैरानी से देखा कि सुर्ख-लाल खून उस पतरे पर गिरते ही सफ़ेद हो गया।

'ये खून किसका था?' किसी ने पूछा।

'मेयर का।'

'कमाल है।' कई आवाज़ें एक साथ उठीं। फिर कुछ देर सन्नाटा छाया रहा।

'बस अब एक ही आखिरी टोटका बचा है।' बूढ़े कंजर ने कुछ सोचते हुए कहा।

'क्या?' भीड़ चिल्लाई।

'हमें दो बूंद खरा लाल खून चाहिए और एक बूंद दूध।' बूढ़े कंजर ने रहस्य भरे स्वर में कहा।

'दूध तो मिल ही जाएगा। पर लाल खून कहां से लाए?' अनाथालय वाला फुसफुसाया।

'बड़े लोगों का खून तो लाल रहा नहीं। हम लोगों के जिस्म में खून है नहीं, फिर कहां से आएगा खून?' पंडित कराह कर बोला।

'बकवास बन्द करो।' बूढ़ा कंजर चिल्लाया। 'सुनो! खून का इंतज़ाम तो करना ही होगा। एक बूंद खून ऐसे बच्चे का चाहिए जिसने अभी बारह घंटे से ज़्यादा सांस ना ली हो और जिसके जिस्म में हवा का ज़हर न घुला हो और दूसरी बूंद कुत्ते के खून की चाहिए। दूध भी किसी जानवर का नहीं, औरत का होना चाहिए।'

भीड़ में खुसर-पुसर आरम्भ हो गई। कहां ढूंढ़ा जाए ये सब। तभी अंधा भिखारी बोला।

'मेरा बच्चा शाम को हुआ है। इसका खून ले लो।'

'तेरे बच्चे में मुश्किल से दो बूंद खून होगा। एक बूंद निकल गया तो बचेगा कैसे?' किसी ने कहा।

'कमज़ोर है। खून निकाला तो मर जाएगा।' अंधी भिखारिन ने कातर दृष्टि से पति की ओर देखा।

'नहीं निकाला तो सब मर जाएंगे। तू चिन्ता क्यों करती है। भिखारी का बेटा है बिना खून के भी जी लेगा।' अंधे भिखारी ने ढांढस देने की कोशिश की और चीथड़ों में लिपटे अपने बच्चे को प्यार से चूम लिया।

'सच कहता है सूरदास। शहर नहीं जिया तो हम सब भी मर जाएंगे। कोई नहीं जी पाएगा। तेरा बच्चा भी नहीं।' बूढ़ा कंजर हताश स्वर में बोला।

ओह! तो यह शहर की लाश है। मैं चौंक गया। इसीलिए अब तक दिशा भ्रम में भटक रहा था। मुर्दा शहर ही अपनी दिशाएं खोते हैं।

सब चुप हो गए। भिखारिन ने भीख मांगने वाले अल्यूमीनियम के पिचके हुए कटोरे में दूध की एक बूंद टपका दी। किसी ने उसकी गोद से बच्चा लेकर उसे बेर का तीखा कांटा चुभाया। बच्चा दर्द से चीखा। खून की बूंद भीख वाले कटोरे में टपककर दूध में मिल गई। दूध लाल हो गया। तभी एक युवा और बलिष्ट कंजर एक खूंखार कुत्ते को पकड़ कर ले आया। दूसरे ने कपड़े से उसका मुंह बांध दिया और उसके पैर के तले पर कांटा चुभाया गया। खून की बूंद को टपकने से पहले ही बूढ़े कंजर ने अपनी चौड़ी अंगुली पर रोक लिया।

'बाबा! रहने दे! कुत्ते का खून क्यों मिलाता है।' चोर अनुनय भरे स्वर में बोला।

‘तो इसे रात में कौन जगाएगा?’ बूढ़े ने लाश की ओर इशारा किया।

‘सोएगा तो भी क्या हर्ज है?’

‘तेरे इरादे सब जानते हैं। साला चोर एक ही रात में अमीर बनना चाहता है।’ तगड़े कंजर ने कुत्ते का मुंह खोलते हुए फटकारा। चोर चुप हो गया।

बूढ़े कंजर ने कुत्ते का खून भी अल्यूमीनियम के कटोरे में पड़े मिश्रण में मिलाया और फिर सारे मिश्रण को सावधानी से अंगुली पर उठाकर लाश के ओठों से भीतर धकेल दिया। जैसे-जैसे मिश्रण शरीर में घुलता गया, लाश में हरकत होने लगी। सभी खुशी से उछल पड़े। अलाव के चारों ओर बेतरतीब नाच आरम्भ हो गया। लोग उछलने-कूदने और चिल्लाने लगे थे।

...तभी चिड़ियों की चहचहाट से वातावरण चहक उठा। सुबह की धूप के ठंडे और अलसाए हुए टुकड़े परदे पर आकर चिपक गए। अजीब-गरीब शोर से अजीज आकर मैंने खिड़की से बाहर झांका। कंजरों का एक बड़ा झुंड गाता-बजाता हुआ चला जा रहा था। यह दल अभी मोड़ तक ही पहुंचा था कि शनिदान वाला दरवाज़े पर आकर ठहर गया। ओह! आज शनिवार है। मुझे जैसे भूली हुई बात याद आई। वो शनिवाला बेसब्र आवाज़ में लगातार चिल्ला रहा था।

‘सुख होवे। जो शनि नूं मनावे सदा सुख पावे।’ हमेशा की तरह आज भी उसे जल्दी थी।

हाथ में एक रुपए का सिक्का लेकर मैं बाहर निकला। तभी एक भयानक क्रंदन ने दहला दिया। दूर कहीं कोई औरत तड़प रही थी।

‘क्या हुआ?’ एक रुपए का सिक्का तेल भरे कटोरे में रखी हुई लोहे की प्रतिमा पर डालते हुए मैंने पूछा। यह वहीं प्रतिमा थी जिस पर रात को डाला गया खून सफ़ेद हो गया था।

‘अंधी भिखारन का बच्चा चल बसा।’ शनि वाले ने रहस्यमयी फुसफुसाहट में कहा और आगे बढ़ गया।

मैं वहीं ठगा-सा खड़ा रह गया।

शहर तो जी उठा था बच्च...।

# आतंक

उसको होश आने के साथ ही, देह में उठती पीड़ा की तीव्र लहरों का अनुभव होने लगा था। उसने ज़मीन पर हथेलियां टिकाकर उठने का प्रयत्न किया, परन्तु तभी शरीर में कुछ स्थानों से दर्द का एक सैलाब उठा और उसकी हिम्मत पस्त हो गई। उसे लगा कि शरीर छलनी हो चुका है और सुराखों में कोई तेज़ धारदार चीज़ निरन्तर चुभ रही है।

परन्तु यह हुआ कैसे? वह तो आतंकवादियों की कार रुकने से पहले ही बस से कूद चुका था। फिर उसके शरीर में गोलियां कैसे लग गईं। दर्द था कि बढ़ता ही जा रहा था। उसकी इच्छा हुई कि सहायता के लिए पुकारे, परन्तु फिर सहसा ही सहम कर चुप हो गया। यदि आतंकवादी अब तक गए नहीं होंगे तो उसका पुकारना मौत को दावत देना साबित होगा।

मध्य दिसम्बर की ठंडी रात और उस पार बारिश की नन्हीं-नन्हीं बूंदें, देह को बर्फ कर रहीं थीं। उसने करवट बदलने की चेष्टा की, परन्तु जैसे कुछ धारधार चीज़ों ने उसके समूचे बदन को जकड़ रखा था। वह जिस ओर करवट लेने की चेष्टा करता, उसी ओर से देह छिलने लगती। उसे अनुभव हो रहा था कि जैसे शरीर में कुछ सुराख हो गए हैं और इन सुराखों में कोई तीखी नोकवाली चीज़ चुभकर पीड़ा को बढ़ा रही है, परन्तु अब उसमें इतनी भी शक्ति शेष नहीं थी कि वह एक बार अपने शरीर या उसमें चुभने वाली वस्तु को टटोल ही ले। उसने समाप्त होती शरीर की शक्ति को एक बार पुनः एकत्रित करके उठने का प्रयत्न किया, परन्तु तभी ऊपर सड़क की ओर से टॉर्च का प्रकाश ढलान पर फेंका जाने लगा था। कुछ अपुष्ट स्वर उसके कानों से टकराए थे और वह सहमकर अपने स्थान पर और अधिक सिमट गया था। आतंकवादियों को उसके बच

जाने का आभास हो गया है। तभी ढलान पर उसे खोजा जा रहा है – उसने सोचा। आतंकवादी अपने खिलाफ़ कोई सबूत नहीं छोड़ते। शायद इसी कारण उसको भी, कत्ल कर दी गई बस के जीवित बचे एकमात्र प्रत्यक्षदर्शी के रूप में शेष रहने देना नहीं चाहते। इस विचार के साथ ही शरीर में उठती तेज़ झुरझुरी के साथ उसने शरीर को पसीने से भीगता हुआ अनुभव किया।

परन्तु—परन्तु उसने तो कुछ नहीं देखा! किसी को कत्ल करते नहीं देखा – किसी को कत्ल होते नहीं देखा। वह तो बस रुकने से पहले ही कूदकर ढलान पर लुढ़क गया था, पर शायद वह दरिन्दे इस बात का यकीन नहीं करेंगे। सड़क से टॉर्च की रोशनी और अपुष्ट स्वर ठंड में गड्ड-मड्ड होकर उसके चारों तरफ बिखर रहे थे। उसे अपनी स्थिति पर सन्तोष हुआ कि जहां वह पड़ा है, वहां टॉर्च का प्रकाश नहीं पहुंच पा रहा था।

घर से चलते समय सबने समझाया था कि हालात को देखते हुए रात का सफ़र करना ठीक नहीं है। सबने उसे रोकना भी चाहा था, परन्तु वह अपने को भयभीत दिखाना नहीं चाहता था। इसलिए सफर के अपने निर्णय पर टिका रहा था। कुछ मजबूरियां भी थीं। कई दिनों तक दिल्ली में उसकी दुकान वाले क्षेत्र में कर्फ्यू रहने के कारण वह माल की डिलीवरी नहीं दे सका। ऑर्डर ज़्यादा रोके रहने से पार्टी टूटने का खतरा उत्पन्न हो गया था। दोबारा कर्फ्यू कब लग जाए – इस सम्भावना को भी टाला नहीं जा सकता था। अतः वह चाहता था कि रात का सफर करने से दिन का जो समय बचता, उसका उपयोग व्यापार के लिए किया जा सकता था। अगली रात ही वह वापस लौट आना चाहता था, जिससे छोटे के जन्म-दिन पर घर रह सके।

'जो होगा, देखा जाएगा।' की तर्ज पर वह रात के सफ़र के लिए निकल पड़ा था। उसे ज़िद नहीं करनी चाहिए थी, उसने सोचा। मां ने उसकी ज़िद पर चुप्पी लगा ली थी, परन्तु मां की आंखों में अजीब-सा भाव था जो शायद उसके स्कूटर-रिक्शा पर बैठने तक उसे रोक लेना चाहता था। पत्नी ने भी समझाया था, परन्तु वह पत्नी की बात को वैसे ही टाल गया था, जैसे अक़्सर पत्नी की मांगों को हंसकर टाल दिया

करता था। दोनों बच्चे उसको घेरे फरमाइशों की फहरिस्त में जोड़-घटाव करते रहते थे। एकाएक घर की याद आने से उसके कलेजे में कुछ ऐसा उफान आया जो उसकी शारीरिक पीड़ा से भी भयंकर था। रह-रहकर बच्चों की सूरत ज़ेहन में उभरने लगी। अब क्या बच्चों तक पहुंच पाएगा? वह ठीक हो जाएगा! ज़रूर ठीक हो जाएगा। सुबह होते ही शायद सुबह से पहले ही पुलिस उस तक पहुंच जाएगी और फिर वह अस्पताल के सफ़ेद लक-दक बिछौने पर नर्म लिहाफ ओढ़े हुए आने-जाने वालों को इस भयंकर हादसे की कहानी सुनाएगा। बड़े-बड़े लोग उससे मिलने आएंगे और उसके स्वास्थ्य की कामना करेंगे। अखबार और टी. वी. वाले उसका फोटो लेंगे और अगले दिन बच्चे अपने स्कूल में गर्व से कहेंगे कि पापा आतंकवादियों से लड़े थे।

विचारों की उष्णता से उसे कुछ पल आराम मिला। वह भी घर पहुंचकर बताएगा कि वह स्टेनगन लिए हुए एक आदमी से कैसे भिड़ गया था और यदि ठोकर खाकर वह फिसल नहीं जाता तो उस आतंकवादी को बचकर निकलने नहीं देता।

विचारों की यह उष्णता शरीर के कष्ट के अनुपात में पर्याप्त नहीं थी। समूचे बदन में पीड़ा की लहरें उठ रहीं थीं जो सर्दी की अधिकता के कारण अंगों को बर्फ की शिला की भांति जमा रही थी। उसने चाहा कि उसका ध्यान किसी प्रकार पीड़ा से हट जाए।

परसों छोटे का जन्मदिन है। वह चाहता था कि कल देहरादून का काम समाप्त करके रात की बस से वापस दिल्ली लौट जाए। इसी कारण अन्दर से आतंकित होने के बावजूद उसने रात के सफ़र का निर्णय लिया था। होनी को प्रबल और भाग्य को सबल मानकर वह घर से निकल पड़ा था। अब उसे अनुभव हो रहा था कि भाग्य और होनी ने मिलकर उसके साथ षड्यन्त्र किया है। अब तो शायद वह छोटे के जन्मदिन पर भी नहीं पहुंच पाएगा। छोटे ने बहुत उम्मीदों से फरमाइशें याद करवाईं थीं। अब वह बेचारा बहुत निराश होगा। उसके ज़ेहन में छोटे का निरीह, मासूम चेहरा उभर आया। वह अस्पताल से छोटे को जन्मदिन की बधाई का तार दे ही देगा, उसने सोचा! इस सोच से उसे राहत अनुभव हुई।

अस्पताल! सफ़ेद, नर्म, गुदगुदे और गर्म बिछौनों का ध्यान आते ही

उसको पुनः शरीर की पीड़ा असहनीय प्रतीत होने लगी। तभी उसके दिमाग़ में एक विचार कौंधा और पीड़ा की अधिकता से विकृत चेहरे पर लाली उभर आई। वह आए दिन अखबार में पढ़ता था कि ऐसे हादसों में गम्भीर रूप से घायल व्यक्तियों को दस-दस हज़ार रुपए तक की सहायता दी जाती थी। उसने शरीर की पीड़ा का जायजा लिया। निश्चय ही शरीर की इस असहनीय पीड़ा का कारण गोलियों के घाव ही हैं। इस हाल में उसको गम्भीर रूप से घायल ही माना जाएगा।

दस हज़ार! उसे लगा कि उसके जीवन में कहीं कोई परिवर्तन होने वाला है। उसकी नज़र काफ़ी समय से शाह साहब के स्कूटर पर थी। सेकेंड-हैंड होने पर भी उस स्कूटर की हालत बेहतर थी। शाह साहब स्कूटर को छ हज़ार रुपए से कम में बेचने को तैयार नहीं थे और वह भरपूर कोशिश के बाद भी पांच हज़ार से ऊपर नहीं जुटा पाया था। अब तो वह नया स्कूटर भी ख़रीद सकता है, वह रोमांचित हो उठा।

अचानक वह अपने को सौभाग्यशाली अनुभव करने लगा। फिर उसे गर्व हुआ कि उसने सतर्कता बरती थी अन्यथा वह भी बस के दूसरे यात्रियों की भांति कत्ल कर दिया जाता। उस बेचारी बुढ़िया और उसके नाती का क्या हुआ होगा? बस स्टैंड पर बुढ़िया ने उससे आधा गिलास गर्म पानी मंगवाया था, दवाई खाने के लिए। पानी का गिलास पकड़कर आशीषें देते हुए बुढ़िया ने कहा था, 'बेटा शरीर तो इज़ाज़त नहीं देता मगर हठ करके जा रही हूं, अपनी बेटी को देखने। उसके घर पहला बच्चा हुआ है ना...' बुढ़िया के साथ एक सात-आठ वर्ष का मासूम बालक भी बैठा था। उस समय बच्चे को देखकर उसे बड़के की याद आई थी। अब पता नहीं वह जीवित भी है या दरिन्दों ने उन्हें भी गोलियों से भून दिया।

...और वह नौजवान लड़का जो रास्ते भर उससे बतियाता आया था। वह जाने किस स्थिति में होगा। वैसे भी वह बेचारा घोर निराशा के दौर से गुज़र रहा था। वह किसी कॉलेज में लैक्चरर के पद के लिए इंटरव्यू देकर लौट रहा था और जो सवाल उससे पूछे गए थे, उससे स्पष्ट था कि उसका इंटरव्यू महज एक खानापूरी था। नियुक्ति तो शायद पहले ही निश्चित थी। 'अब आप बताइए साहब कि रसायन शास्त्र का लैक्चरर नियुक्त होने के लिए आर्यसमाज के नियमों को जानना क्या ज़रूरी है?

मज़ा तो यह देखिए कि उन्होंने विषय पर एक भी प्रश्न नहीं पूछा। मन तो हुआ कि उनके मुंह पर तमाचा रसीद कर दूं। मगर हर इंटरव्यू के समय और कुछ बाद तक उम्मीद की झूठी दिलासा तो बनी ही रहती है न!'

वह तो ज़रूर ही मारा गया होगा। बस से कूदते समय उसने चाहा था कि वह लड़का भी छलांग लगा दे, परन्तु वह केवल फटी-फटी आंखों से उसे घूरता रहा था। बाद में लड़के ने ज़रूर सोचा होगा कि काश वह भी बस से कूद जाता तो शायद बच ही जाता। अभागा! उसने निश्वास ली।

बस में और भी बहुत से यात्री थे। कुछ के चेहरे उसके जेहन में उभरे और मिट गए। बस में चढ़ते समय ही वह सतर्कता से बस के पिछले दरवाज़े से सटकर बैठ गया था। वह इस बात के लिए तैयार था कि यदि संयोगवश उग्रवादी बस को घेरेंगे तो भी वह पिछले दरवाज़े से कूदकर भाग निकलेगा। यूं तो यह क्षेत्र सुरक्षित था, परन्तु पिछले कुछ हादसों से यह साबित हो चुका था कि आतंकवादियों की मारक शक्ति सरकार की सुरक्षा और अनुमान दोनों से परे थी। अतः सतर्क रहना उसका स्वभाव ही हो गया था।

और वही सतर्कता उसके काम आई थी। मोहन्ड का पहाड़ी रास्ता शुरू होते ही बस की गति स्वाभाविक रूप से कम हो गई थी। ऐसे में वह और भी अधिक सर्तक हो गया था। अचानक उसने देखा कि एक कार ओवरटेक करके बस के आगे आ गई थी और ड्राइवर को पहाड़ के उस तेज़ घूम पर एकाएक ब्रेक लगाने पड़े थे। बस की गति कम होते ही वह फुर्ती से दरवाज़ा खोलकर नीचे कूद गया था और ढलान पर लुढ़कता चला गया था। पीछे से कई आवाज़ें एक साथ उभरी थीं और वह चेतना शून्य हो गया था। जब होश आया तो शरीर का एक-एक अंग जैसे गोलियों से बंधा हुआ था।

परन्तु यह सब हुआ कैसे? वह तो गोली चलने से पहले ही बस से कूद गया था। वह दिमाग़ पर कुछ और ज़ोर देता, परन्तु इससे पूर्व ही उसे अनुभव हुआ कि कुछ लोग टार्चें लिए हुए ढलान पर उतर रहे हैं।

बोलने की आवाज़ें और पदचाप निरन्तर समीप होती जा रही थीं। उसने एक बार फिर हथेलियां टिकाकर उठने की चेष्टा की, परन्तु समूची देह और सिर भयंकर पीड़ा से जैसे फटे पड़ रहे थे। वह निढाल होकर गिर पड़ा। उसे अनुभव हुआ कि हत्यारे अब धीमे कदमों से उसके पास पहुंच रहे हैं...अब वह भी नहीं बच पाएगा। डर और पीड़ा से उसकी चेतना खोने लगी। कानों में पड़ती पदचाप की ध्वनि भी चेतना के साथ खो गई।

'वह ! उधर देखा, बेर की झाड़ में फंसा है।' आने वालों में से एक की नज़र उस पर पड़ गई थी और वह लगभग चीख उठा था। सब तेज़ी से उसी तरफ बढ़ने लगे थे।

'पर अज़ीब बात है। मेरे साथ बातें करते-करते मोड़ पर इसने अचानक दरवाज़ा खोला और कूद पड़ा।'

'शायद आत्महत्या करना चाहता था।'

'शायद ! मगर बातों से ऐसा नहीं लगता था।'

'बड़ा अजीब ज़माना आ गया है, भाई ! बातों से किसी का कुछ भी पता नहीं चलता।'

अब तक वह लोग उसके पास पहुंच चुके थे और उसके शरीर को टटोल रहे थे। उन्होंने बड़े जतन से उसके शरीर को जंगली बेर के लम्बे-लम्बे कांटों की झाड़ी से निकाला और फिर उठा लिया।

'बेहोश है।'

'सारा जिस्म बुरी तरह छिल गया है। सिर भी फट गया है।'

'इतने ऊपर से लुढ़का है। ज़रूर हड्डियां भी टूटी होंगी।'

'शायद ही बच सके।' एक साथ कई निश्वास निकले। भार उठाकर चढ़ाई चढ़ने से सांसें फूलने लगी थीं, इसलिए बातें बन्द हो गईं।

अगले दिन ! पोस्टमार्टम के बाद क्षत-विक्षत लाश रोते-बिलखते घर वालों के हवाले कर दी गई। पुलिस ने पंचनामा भरवाकर आत्महत्या का मामला दर्ज कर लिया था, परन्तु घरवालों को उसकी लाश से हत्या की बू आ रही थी। आखिर वह आत्महत्या करता भी तो क्यों ?

# लौट आओ मोहन

उस दिन मोहन मुंह फुलाए दुकान के बाहर बैठा था। दुकान के आगे वाला थड़ा, जिस पर वो किताबों वाले स्टैंड रखता था, टूटा हुआ था। साफ़-सुथरे पक्के थड़े के स्थान पर उखड़ा हुआ फर्श और बिखरा हुआ कंकरीट दिखलाई दे रहा था। स्टैंड, दुकान के भीतर ही रख देने से जगह तंग हो गई थी, इसलिए बैठने के लिए स्टूल दुकान से बाहर रखे हुए थे।

'ये क्या हुआ मोहन?' उसकी दुकान के उजड़े हालात देखते हुए पूछकर मैंने ग़लती नहीं की थी, पर वो भभक उठा।

'दो दिन पहले हो चुका ये सब! दो दिन मतलब अड़तालिस घंटे पहले और तुम...साले लेखक की औलाद अब आ रहे हो पूछने।' मोहन का मूड बहुत ही खराब था, वरना इस लहजे में वो पहले कभी नहीं बोला था। उसकी आंखें लाल और सूजी हुई थीं। लगता था कि रात भर जागा है।

'मैं बाहर गया था यार! कल रात ही लौटा हूं।' मैंने सफाई दी।

'तुम बाहर गए थे, पर इस शहर में तो साले बीसियों झोले लटकाए घूमते हैं। अपने को निराला और प्रेमचंद की औलाद बताते हैं, पर एक भी नहीं आया यहां। आज भी किसी की सूरत नहीं दिखलाई दी', मोहन के सामने ही खाली स्टूल पड़ा था, पर उसने मुझे बैठने को नहीं कहा। मैं उसके गुस्से को भांपते हुए बैठ गया।

'संयोग ही है कि कोई नहीं आया, पर तुम साफ़-साफ़ बतलाओ कि आखिर हुआ क्या है?' मैंने मोहन को समझाने की चेष्टा की, पर वो शान्त नहीं हुआ।

'परसों आते तो देखते कि क्या हुआ। वहां...वहां नाली में पड़े थे प्रेमचंद और वहां...वहां सड़क पर निराला।' मोहन ने हाथ हिला-हिलाकर अंगुली के इशारों से वे सारे ऐतिहासिक स्थल दिखलाए, जहां बकौल

उसके प्रेमचंद और निराला पड़े थे और वो उन्हें उठाकर वापस दुकान में लाया था।

'ओऽहोऽ! मोहन, यार सारी बात साफ़-साफ़ बताओ।' मेरे अनुनय के बाद भी वो काफ़ी देर तक मुंह घुमाकर चुप बैठा रहा। फिर जो कुछ मोहन ने बतलाया उसका सार संक्षेप में इतना ही था कि नगर में अतिक्रमण हटाने वाला जत्था आया था और उसकी दुकान के बाहर बढ़े हुए थड़े को तोड़ गया था। इसलिए उसके किताबों वाले स्टैंड उठाकर थड़े के नीचे फेंक दिए गए थे।

'मोहन! भाई इसमें नाराज़ होने की क्या बात है! सारे शहर में अतिक्रमण हटाया जा रहा है। तुम्हें पहले ही नोटिस मिला होगा। थड़ा अचानक तो तोड़ा नहीं गया होगा। अरे लोगों के तो आधे-आधे मकान टूट गए, तुम्हारा तो...'

'थड़ा कौन-सा मेरे बाप का था, मकान मालिक का था टूट गया। पर उन्होंने मेरे किताबों वाले स्टैंड उठाकर नीचे क्यों फेंके? बोलो! एक पत्थर रखकर धूप-बत्ती कर देता तो सालों की हिम्मत नहीं पड़ती इधर झांकने की। पर किताबें तो जैसे रद्दी का ढेर हैं। वहां...वहां नाली में पड़े थे प्रेमचंद और वहां...वहां सड़क पर निराला, ना उठाता तो रात भर पड़े रहते सड़क पर। ऊपर से लीद करती घोड़ागाड़ी निकल जाती और सुबह जमादारन सबको कनस्तर में भरकर ले जाती और तुम...तुम साले लेखक, एक नहीं आया पूछने।'

क्या हो गया मोहन को! उसका ऐसा रूप मैंने पहले कभी नहीं देखा था। वो तो सुबह अखबार बांटने वाला और दिन भर पत्र-पत्रिकाएं और किताबें बेचने वाला एक सीधा-सादा युवक था। उसकी साहित्यिक अभिरुचियों और भलमनसाहत से ही प्रभावित होकर शहर के लिखने वालों का जमघट उसकी दुकान पर लगने लगा था। बड़े मुनाफे के बावजूद उसने दुकान पर भड़कीली फिल्मी पत्रिकाएं बेचना बहुत कम कर दिया था और कई ऐसी साहित्यिक पत्रिकाएं भी मंगवाने लगा था जिनमें धेले भर का मुनाफा भी नहीं था। समय के साथ-साथ सम्बन्ध दोस्ताना होते गए थे। अब मोहन हमारे लिए केवल एक दुकानदार ही नहीं रह गया था, बल्कि हमारे जमावड़े का एक ज़रूरी हिस्सा भी हो गया था।

'अरे यार! ये थड़ा तोड़ने वाले मज़दूर ही तो होंगे! वे अनपढ़ बेचारे

क्या जानें कि उन किताबों में क्या दर्ज है। अगर इन्हें इतनी समझ होती तो क्या सब्बल और घन ही चलाते।' मैंने मोहन को समझाने की एक और कोशिश की।

'चलो! मानी तुम्हारी बात! मजदूरों को कुछ पता नहीं है, पर बाक़ी जो पूरा अमला साथ था वो भी क्या अनपढ़ और जाहिल था। साथ में जिले का कलेक्टर था, पुलिस का कप्तान था। पैंट कोट और टाई सूट वाले तो साले बीसियों थे तो क्या वे सब उल्लू के पट्टे थे, जाहिल थे!...जो उन्हें किताबों की कद्र ही मालूम नहीं थी। उन्हीं के सामने उठा-उठाकर स्टैंड फेंके गए।' मोहन मेरी बात से सहमत होने के लिए तैयार नहीं था।

'इसी...इसी व्यवस्था के खिलाफ तो हम सब एकजुट हैं। कलम की लड़ाई लड़ रहे हैं। देखना हम एक दिन ऐसी व्यवस्था कायम करेंगे कि लोगों को शब्द की सत्ता स्वीकारनी ही पड़ेगी।' मैंने मोहन को शब्दजाल में उलझाने की चेष्टा की। उसने चुभती नज़रों से मुझे देखा और अचानक हंस पड़ा।

'तुम और तुम्हारी कलम! तुममे जान होती तो वो साले दो-दो कौड़ी के हाकिम तुम्हारे पूर्वजों को सड़कों पर फेंकने की हिमाकत नहीं करते। तुममें से एक भी साला पूछने नहीं आया कि क्या हुआ।' मोहन का स्वर अब कुछ शान्त था। उसके अन्दर का गुस्सा निकल चुका था। दो दिन तक दबा हुआ आक्रोश मुझ पर फटा था। यदि कोई दूसरा होता तो उसकी भी यही गति होती।

'अच्छा! चलता हूं! दफ़्तर पहुंचना है।' मोहन को शान्त होता देख मैं उठ खड़ा हुआ।

'बैठ जाओ! चाय पिएंगे।' मैं मना करता उससे पहले ही मोहन ने चाय की दुकान वाले को आवाज़ दे दी।

'यार देर हो जाएगी।' मैंने घड़ी देखी।

'तुम लोग घड़ी देखते-देखते ही मर जाओगे।' वह फिर हंसा, 'पर ये ध्यान रहे कि आज सब लोग मिलकर कलेक्टर की ऐसी-तैसी कर दो, नहीं तो मैं तुम लोगों का इस सड़क पर से निकलना बन्द कर दूंगा।' अब उसकी धमकी में उग्रता नहीं थी।

'क्या करोगे?' मैंने चुहल की।

'तुम्हारे ये जो बाप-दादा यहां विराजमान हैं ना...' उसने किताबों की तरफ इशारा किया, 'इन्हें उठा-उठाकर तुम पर फेंकूंगा।'

मोहन की धमकी का ही असर था कि अगले दिन हम सब लिखने वालों ने कलेक्टर को ज्ञापन दिया था और साहित्य को सड़क पर फेंके जाने पर विरोध दर्ज किया था।

उस शाम मोहन बहुत खुश था।

मोहन ज़िंदगी के छोटे-छोटे मज़ाक को बेहद पसन्द करता। वो हमारी आपस की चुहलबाजियों पर हंसता और इतना हंसता कि आंखों से पानी बह निकलता। कई-कई दिन उन्हीं बातों को दोहराता। हम लोग उसकी दुकान पर एकत्रित होते तो गुलाब की तरह खिल उठता और कहता, 'सारा दिन सज्जन ही सज्जन आते रहे, साले दुर्जन तो अब आना शुरू हुए हैं।' फिर वो दिन भर की अपनी कारस्तानी सुनाना शुरू कर देता, इनमें कुछ पुर्जियां भी होतीं जिन पर वो सारा दिन कविता जैसी चीज़ लिखा करता था।

एक दिन सुबह मोहन घंटाघर के चौराहे पर मिल गया। अखबार बांटने के बाद वो रोज़ एजेंसी जाता, बची हुई अखबारें वापस करता और दुकान के लिए नई पत्रिकाएं लाता। मुझे देखकर दूर से ही पुकार लगा ली।

'आज सुबह-सुबह इधर कहां?'

'फोटो की दुकान तक जा रहा हूं। कुछ फोटो दिए थे बनने को, वही लाने हैं।' मोहन का इस प्रकार अचानक वहां मिल जाना मुझे अच्छा ही लगा था।

'किसी कहानी के साथ भेजने हैं क्या?'

'नहीं यार! दफ़्तर का कार्ड खो गया था, वही बनवाना है। तुम कौन-सी पत्रिकाएं ले आए?' उसकी साइकिल पर पत्रिकाओं का गट्ठर देखकर मैंने पूछ लिया।

'आज का भारत।'

'आज का भारत, नई पत्रिका है क्या?' नया नाम सुनकर मैं चौंक गया।

'बहुत पुरानी है, लो देखो।' उसने बंडल से निकालकर एक पत्रिका मेरे हाथ में रख दी। ये 'इंडिया टुडे' थी। मैं हंस पड़ा।

'वैसे एक बात है यार! अगर इसका नाम आज का भारत कर दें तो बिक्री आधी रह जाएगी।' मोहन रहस्य भरी आवाज़ में बोला।

'वो भला क्यों?' मैंने पत्रिका पलटते हुए पूछा।

'जो मज़ा अंग्रेज़ी के नाम में है, हिन्दी के नाम में कहां?' वो व्यंग्य से हंसा और ज़ोर से पुकार उठा?, 'अरे अनवर साहब...अनवर साहब।' अनवर साहब साइकिल पर कुछ गुनगुनाते हुए चले जा रहे थे। आवाज़ सुनकर वापस लौट आए।

'मोहन भाई! आज क्या घंटाघर पर कोई जलसा है, जो सब लोग यूं जुट रहे हैं।' अनवर साहब खनकती आवाज़ में हंसते हुए बोले।

'बस! पंडित 'बेचैन' जी का इंतज़ार है, फिर जलसा शुरू करते हैं।' मैंने अनवर साहब की चुटकी ली।

'ऊं हूं!' अनवर साहब ने कड़वा-सा मुंह बनाकर पान की पीक थूकी, 'सुबह-सुबह किस कम्बख्त का नाम ले दिया। दोज़ख में भी जगह नहीं मिलेगी। वैसे मैं ढूंढ़ उसी को रहा हूं। खबर मिली है कि हज़रत हनुमान मन्दिर की तरफ गए हैं, सो वहीं जा रहा था।'

'बेचैन' हास्य कवि थे और कर्मकांडी पंडित। अनवर साहब शायर थे और पांच वक़्त के नमाजी। पर दोनों की दोस्ती अटूट थी। अलबत्ता वे दोनों खुलकर एक-दूसरे पर फ़ब्तियां कसते और एक-दूसरे को बुज़ुर्गियत में सठियाने का ताना देते।

'कोई खास बात लगती है जो आप सुबह-सबेरे ही 'बेचैन' साहब की खोज़ में निकले हैं।' मैंने अनवर साहब के अदांज़ से समझ लिया कि आज वो 'बेचैन' जी की खिंचाई के मूड में हैं।

'उस कम्बख़्त को दिखलाना चाहता हूं कि बुरी आदतें कैसे-कैसे नुकसान पहुंचाती हैं। पहले दूसरों के इबादतगाह तोड़ती हैं, फिर अपनों के मकान-दुकान तोड़ने पर उतारू हो जाती हैं।' अनवर साहब ने गम्भीरता का लबादा ओढ़ लिया।

'ज़रा खुलासा कीजिए अनवर साहब।' मैंने हवा दी।

'अरे वो कम्बख़्त पंडित! जिस दिन अयोध्या कांड हुआ रात मेरे पास आया और मायूस होकर बोला, 'अनवर भाई! आज तो मैंने रोटी का एक कौर भी हलक से नीचे नहीं डाला। बस ये समझो, रोटी खाई ही नहीं

गई।' मैंने उसकी बात संज़ीदगी से लेते हुए कहा, 'यार! ये तो सियासती झगड़े हैं, तुम्हारा-हमारा इससे क्या वास्ता। अगर कहो तो दो टिक्कर सेंक देता हूं, खा लो।' अनवर साहब ने खंखार कर गला साफ़ किया तो हमें बात के महत्त्व का अंदाज़ हो गया। अपनी बात में भरपूर रस घोलने के लिए अनवर साहब आवाज़ को बहुत साफ़ और तीखी बनाया करते थे।

'जानते हो उस कम्बख़्त पंडित ने क्या जवाब दिया?' अनवर साहब ने आसमान की तरफ देखकर दुआ के अंदाज़ में पूछा।

'क्या कहा 'बेचैन' जी ने।' मैंने देखा मोहन के चेहरे पर बात के अधूरा रह जाने से तनाव उभर आया है और वो एकटक अनवर साहब को घूर रहा है।

'कम्बख़्त बोला, मुल्ले मैंने रोटी नहीं खाई, बर्फी खाई है बर्फी, पेट भरकर बर्फी खाई है। बस! मेरा तो कलेजा छलनी हो गया। उस दिन से उसके लिए माकूल जवाब तलाश रहा था।' अनवर साहब ने सिद्धहस्त किस्सागो की तरह अभी भी एक रहस्य दबा लिया था। पर मोहन हंसते-हंसते दोहरा हो गया। अनवर साहब ने मोहन की हंसी का पूरा लुत्फ लेते हुए उसे टोक दिया। 'अमां! मोहन मियां! हमारे हालात पर बहुत हंस लिए, अब जो पंडित के हाल होंगे, उनके लिए भी कुछ हंसी बचा रखो। तो भाई! मुझे पता चला है कि पंडित के मकान की बाहरी दीवार पर भी म्युनिसपैलिटी वालों ने तोड़ा-फोड़ी वाला लाल निशान लगाया है। कम्बख्त बरसों से छः इंच सरकारी ज़मीन दबाए बैठा था, पकड़ा गया। अब दीवार टूटेगी तो पूछूंगा बड़े खुश हुए थे अपनों की बुरी आदत पर। अब तुम्हारे ही तुम्हारी तोड़ रहे हैं तो बर्फी क्यों नहीं बांटते।'

अनवर साहब गम्भीर थे और हम उनके अंदाज़ पर हंसते-हंसते दोहरे हो गए थे। काश उस समय बेचैन जी भी वहां होते। पर मोहन के लिए तो ये हंसने-हंसाने का मसाला हो गया। वो दुकान पर आने वाले हर एक को पूरी एकाग्रता के साथ ये किस्सा सुनाता और फिर स्वयं हंसते-हंसते बेहाल हो जाता। एक शाम मुझसे कहने लगा–

'क्या सभी लोग अनवर साहब और 'बेचैन' जैसे नहीं हो सकते? मजहबी रहते हुए भी मजहब से ऊपर।'

बातों को इस भावुकता से स्वीकारने की मोहन की आदत ने तब पहली बार मुझे चिन्तित किया था। वह जैसे बातों में अपनी एक अलग दुनिया बसा लेता था।

'सुनो मोहन! हर बात पर इतना गंभीर होने की ज़रूरत नहीं है। अगर हर आदमी की सोच और स्वभाव एक जैसा होता तो ये दुनिया या तो स्वर्ग होती या फिर नरक। इसीलिए ऊपर वाले ने हरेक को अलग-अलग मिट्टी से गढ़ा है।' मोहन ने मेरी बात को शायद पसन्द नहीं किया। उसकी अप्रसन्न दृष्टि शून्य में कुछ ढूंढ़ रही थी।

मोहन में निरन्तर आता परिवर्तन लक्षित होने लगा। कभी-कभी वो साहित्य के पात्रों को प्रत्यक्ष देखने की चेष्टा करता, पहले मैं इसे मोहन का मज़ाक समझकर टालता रहा, पर शीघ्र ही मुझे अपने ग़लत होने का अहसास हो गया था। वह इस सन्दर्भ में सचमुच गम्भीर था। एक दिन बोला—'आज मैंने लाल को देखा था।'

'कौन लाल?' बिना सन्दर्भ के इस नाम से मैं नहीं जुड़ पाया।

'अरे यार, रेखा वाले लाल को। तुमने पढ़ा तो है कि रेखा के बाप ने रेखा को फांसी पर चढ़ा दिया था, पर लाल तो अभी जिंदा है। आज सामने फुटपाथ पर आकर बैठ गया।' उसने हाथ के इशारे से फुटपाथ पर वो स्थान दिखलाया जहां एक टूटा हुआ कुल्हड़ पड़ा था। बात मेरी समझ में आ गई। इस समय वो कुशवाह कांत की किताब लाल-रेखा के पात्रों से घिर हुआ था।

'वो लाल ही था।' उसने हठी बालक की तरह कहा, 'वैसा ही छरहरा बदन, चौड़ा मस्तक, बड़ी-बड़ी आंखें, हां, रंग काला हो गया है और बदन पर चीथड़े भी झूल रहे थे। बाल और दाढ़ी भी खिचड़ी जैसे हो गए हैं। उमर भी उस हिसाब से ठीक ही बैठती है, सत्तर-पचहत्तर के आसपास।' मोहन अपने अनुमान से इतना सन्तुष्ट था कि संशय की गुंजाइश ही नहीं रह गई।

'पर तुमने पहचाना कैसे?' मैंने मोहन को टटोला।

'जब मुझे उसका हुलिया देखकर कुछ शक़ हुआ तो मैंने ज़ोर से पुकारकर कहा 'वंदे मातरम्', बस, उसने जलती आंखों से मुझे देखा और पहचान लिए जाने से नाराज़ होकर अपने हाथ में पकड़ा कुल्हड़ ज़मीन पर पटककर चलता बना।'

मोहन की बातों को असत्य सिद्ध करने के लिए ढेरों तर्क हो सकते थे। उसने जो हुलिया बतलाया वो निश्चय ही किसी पागल का था। पर मोहन इस सबसे सहमत नहीं था।

बहुत दिन सामान्य रहने के बाद एक दिन अचानक बोला, 'यार कल रात दुकान बन्द कर रहा था तो घीसू-माधो दिखलाई दिए। इतना पिए हुए थे कि सालों को अपना नाम भी याद नहीं था। मैंने झिंझोड़कर पूछा कि उस अभागी की लाश कहां फेंक आए हो, तो डर गए और माफियां मांगते हुए भाग गए।' मोहन आज भी गम्भीर था और दुखी भी। उसने बतलाया कि कैसे आयु के आधार पर उसने उन दोनों को पहचाना था। ये तो शुक्र हुआ कि उन्होंने अपनी ग़लती मान ली, वरना मोहन तो उन्हें थाने तक घसीटने के मूड में था।

'अच्छा हुआ मैंने उन दोनों की असलियत पहले ही 'कफन' में पढ़ ली थी, नहीं तो साले मुझसे भी रुपया ठगकर शराब पी जाते।' उसे अपनी चतुराई पर खुशी भी थी।

हम सब मित्रों ने मोहन की इस हालत पर गम्भीर मंत्रणा की और एक दिन उसे फुसलाकर एक डॉक्टर के पास भी ले गए। पर वो हमारा इरादा भांपकर भड़क उठा।

'तुम सब साले मुझे पागल समझते हो क्या? इन किताबों में जो लिखा है, झूठ नहीं है। तुम क्या खाक़ लिखोगे, जब तुम्हें दूसरे के लिखे पर ही यक़ीन नहीं होता। ये सब किरदार आज भी ज़िंदा हैं। हमारे-तुम्हारे बीच में ही रहते हैं। फर्क यही है कि मैं पहचान लेता हूं, तुम नहीं पहचान पाते।'

मोहन ने एक समझदार आदमी की तरह हम सबको बुरी तरह झिड़क दिया था। हमसे जवाब देते नहीं बना।

मोहन की कविताओं में आश्चर्यजनक रूप से परिपक्वता आई थी। अब वो एक दुकानदार कम और कवि ज़्यादा हो गया था। जब किसी पत्रिका से उसकी कविता की स्वीकृति आती तो वो हर्षोन्माद में बहने लगता। पर इस सबका उसके व्यवसाय पर प्रतिकूल असर हो रहा था। वह अक्सर ग्राहकों की उपेक्षा कर देता। एक दिन तो किसी बात पर एजेंसी वाले से भी झगड़ा कर लिया। इससे मोहन का अखबार बांटने का काम रुक गया। वह लेखन के उस उन्माद में बहने लगा था जहां शिखर ही शिखर दिखलाई देते हैं, पर हकीकत ये थी कि वो अपने पैरों के नीचे की ज़मीन भी खोता जा रहा था। अखबारों का काम बन्द होने से मोहन

को निश्चय ही आर्थिक हानि हुई थी, परन्तु वो खुश था। अक़्सर कहता था, 'सुबह क्या होती है, दस साल से भूला हुआ था। बस अखबारों के अन्दर और बाहर लटके हुए चेहरे ही नज़र आते थे।'

एक दिन वो स्थानीय अखबार देखकर भड़क उठा। हिन्दी साहित्य समिति ने मेयर बनने पर एक मिठाई वाले का अभिनन्दन किया था और उसकी रिपोर्ट छपी हुई थी। वैसे भी मोहन हिन्दी साहित्य समिति वालों से घृणा करता था। इस घृणा के पीछे जितना समिति वालों के अनर्गल आयोजन थे, उतना ही अपनी उपेक्षा का दंश भी था, जिसे वो छिपाता नहीं था।

'चलो! हम लोग ही मिलकर तुम्हारा अभिनन्दन कर देते हैं और फोटो भी अखबार में छपवा देंगे।' मैंने शायदं उसके अंतस् की पीड़ा को छेड़ दिया था। वो चिहुंक उठा।

'साले, मुझे उल्लू समझ रखा है क्या, मैं तो ऐसा काम करूंगा कि उनके मुंह पर तमाचा पड़ जाए।' उसने मेरा मज़ाक ताड़ लिया था।

'क्या करोगे तुम?'

'यहां इतने बड़े-बड़े लोग रहते हैं, किसी एक का इतनी धूमधाम से अभिनन्दन करूंगा कि सारा शहर देखेगा। तब जल-भुन जाएंगे ये समिति वाले।' मोहन बोलने के साथ-साथ जैसे योजना भी बनाता जा रहा था। उसकी आंखें शून्य में उलझी हुईं थीं।

'हां ये ठीक है, पर होना कोई साहित्यकार ही चाहिए।' मैंने उसे गम्भीर देखकर बात को हवा में उड़ाना बन्द कर दिया।

'जेम्स बांड को ले आएंगे। उसका तो बहुत नाम है। अंग्रेज़ी में लिखता है तो क्या हुआ? है तो हमारे इलाके का साहित्यकार ही।' नाम खोज़ लेने की खुशी में मोहन के चेहरे पर चमक रही थी।

'जेम्स बांड।' मैं मोहन के चयन पर चौंका।

'हां, जेम्स बांड! पर तुम सबको मेरा साथ देना होगा।' उसे अपने चयन पर कोई दुविधा नहीं थी।

'साथ तो हम देंगे ही, पर तुम जेम्स बांड को लाओगे कहां से। वो तो जासूसी दुनिया का महज़ एक किरदार है।' मुझे लगा कि मोहन फिर उपन्यास के पात्रों को सत्य में जीने की चेष्टा कर रहा है।

'तुम लोग साले मुझे सचमुच का उल्लू समझते हो क्या, मैं जानता

हूं कि वो मसूरी में रहता है और अभी-अभी उसे कोई इनाम भी मिला है।

हम लोग हंसते-हंसते दोहरे हो गए। मोहन रस्किन बांड की चर्चा कर रहा था और नाम भूल गया था। अगले ही दिन तेज़ बारिश की परवाह किए बिना मोहन मसूरी चला गया। छाता होने के बावजूद वो पूरी तरह भीग गया था। पर दिन भर की कड़ी मशक़्क़त के बाद किसी तरह रस्किन के बंगले पर पहुंच ही गया था। रस्किन बांड नहीं मिले थे। मोहन किसी स्टाल से उनकी एक किताब ख़रीदकर लौट आया। रात को उसे तेज़ बुखार हो गया। अगले दिन हम लोग उसे देखने कमरे पर गए।

'रस्किन साहब कल सुबह ही दिल्ली चले गए हैं। अब पुरस्कार लेकर लौटेंगे।' मोहन ने सूचना दी थी।

'ठीक है! तब तक तुम भी आराम कर लो। तंदुरुस्त हो जाओगे तो फिर कार्यक्रम के बारे में सोचेंगे।' उसकी लाल-लाल आंखे और तपती हुई देह देखकर हम लोग चिन्तित थे। अनवर साहब आनन-फानन में जाकर उसके लिए दवाई ले आए और पंडित 'बेचैन' जी ने उसे डपटकर लिटा दिया। चुप रहने की हिदायतों के बाद भी मोहन बोल रहा था।

'नहीं! मैं आज रात की बस से ही दिल्ली जाऊंगा। रस्किन साहब कहां ठहरे हैं, मुझे पता है।' उसने ज़िद की।

'बेवकूफ़ों वाली बात मत करो। अभी तुम्हें तेज़ बुखार है।' मैंने शायद पहली बार मोहन को झिड़का था।

'बुखार रात तक उतर जाएगा। रस्किन साहब के पुरस्कार लेकर लौटने पर फौरन उनका अभिनन्दन होना चाहिए। तभी अभिनन्दन का मज़ा है। ये साले समिति वाले भी देखेंगे कि अभिनन्दन क्या होता है।' मोहन किसी की सलाह मानने को तैयार नहीं था। 'बेचैन' भी भड़क उठे।

'अबे कवि की औलाद! तू क्या सूअर का गोश्त खाता है जो तेरे दिमाग़ में कीड़ा कुलबुलाता रहता है। चुप करके लेट जा और खबरदार जो पैर बिस्तर से नीचे उतारा। अगर दिल्ली जाने की सोची भी तो तेरा हम ऐसा अभिनन्दन करेंगे कि औलाद भी गंजी पैदा होगी।'

मोहन हंसता रहा था। हम लोग शाम को उसके कमरे में गए। पर उसने अब अपने इरादे हमसे छुपा लिए थे। हम इस 'बेचैन' जी की डांट का असर मानकर सन्तुष्ट थे। पर अगली सुबह मोहन कमरे में नहीं था।

ताले और कुंडे के बीच एक काग़ज़ फंसा हुआ था, जिस पर अपने दिल्ली जाने की बात के साथ ही हमें हिदायत थी कि तैयारी रखें, वो रस्किन से मिलकर फौरन हमें फोन करेगा।

हम लोग सकते में आ गए। ये कैसा पागलपन तारी था मोहन पर। हम नहीं समझ पाए फिर भी हमने ज़रूरी तैयारियां कर ली थीं। तारीख और समय का कॉलम खाली छोड़कर बाकी पूरे निमन्त्रण कार्ड का प्रूफ उठवा लिया था। जगह पक्की कर ली थी। रस्किन बांड का जीवन परिचय भी लिख लिया था। अब हमें केवल फोन की प्रतीक्षा थी और फोन कभी भी आ सकता था।

दिन बीते, सप्ताह बीते...पर फोन नहीं आया। उसके बाद मोहन को तलाशने की कोशिशें भी की गईं, पर सब बेकार साबित हुईं। कहां चला गया मोहन ! कोई दुर्घटना हो गई क्या ? पुलिस की मार्फत पता करवाने पर वो किसी भी दुर्घटना का शिकार नहीं बतलाया गया था। अनुमान से खंगाले गए अस्पतालों में भी उसका अता-पता नहीं था।

हम सब ओर से मायूस होकर एक शाम जब पार्क में इकट्ठा हुए तो बेचैन साहब ने कहा, 'हमें मान लेना चाहिए कि मोहन अपने गांव लौट गया है या फिर उसकी स्मृति लुप्त हो गई है और जब भी स्मृति लौटेगी, मोहन लौट आएगा।'

'आमीन।' अनवर साहब ने दोनों हाथ आसमान की तरफ उठा दिए।

मोहन की प्रतीक्षा का शायद इससे बेहतर कोई और बहाना हो भी नहीं सकता था।

एक सुबह ऑफिस जाते हुए मैंने देखा कि मोहन की दुकान खुली हुई है। मैं चौंककर तेज़ कदमों से उस ओर बढ़ गया। पर मोहन वहां नहीं था। मालिक मकान सफ़ाई करवा रहा था और कबाड़ी तराजू के एक पल्ले पर बाट रखकर दूसरी ओर – बकौल मोहन, प्रेमचंद और निराला को चढ़ा रहा था।

# दहशतगर्द

दूर से चली आती किसी ट्रक की आवाज़ के साथ ही, मूंगफली चबाते-बतियाते और कुछ राष्ट्रीय समस्याओं को सुलझाते हुए, राजधानी की सीमाओं के प्रहरी सजग हो गए थे। बैरियर गिरा दिया गया और आने वाले ट्रक के रुकते ही उसे खाकी वर्दियों की एक पूरी जमात ने घेर लिया।

'क्या बात है भाई?' ड्राइवर के साथ सीट से एक सहमा हुआ स्वर उभरा।

'गाड़ी और माल के कागज चैक होंगे।' किसी खाकी वर्दी की धौंस भरी आवाज़ ट्रक के अंधेरे केबिन में घूम गई।

'अभी पीछे ही तो चैक करवाए थे।'

'पीछे कहां?'

'यहीं...पुल के पार।'

'पुल के उस पार हरियाणा है और अब दिल्ली शुरू हो गया है।'

अखंड भारत के नारे में छिपी दरारें, आधी रात के अंधेरे में कुछ अधिक स्पष्ट होकर नहीं उभरीं। दो आकृतियां ट्रक से उतर आईं। बिखरे हुए बाल, चेहरे पर उड़ती हुई हवाईयां और तराशों में छिपी परेशानी किसी तूफ़ान के रास्ते में सब-कुछ तहस-नहस हुए की गवाह थी।

'पहले इधर...पुलिस की जांच-चौकी में दर्ज करवाओ।' दो खाकी वर्दियां उन्हें घेरकर एक तम्बू में ले गईं, जहां कंधे पर चमकते सितारे सिगरेट के धुंओं से बनते-बिगड़ते छल्लों से खेल रहे थे।

'कहां से आ रहे हो?' सितारों ने सवाल किया।

'पंजाब से।'

'पंजाब से! तब तो तुम्हारे सामान की कड़ी जांच-पड़ताल करनी पड़ेगी। क्या माल लादा है ट्रक पर?' सितारों ने सतर्क होकर सिगरेट पैरों से कुचल दी।

'घरेलू सामान है जनाब! उजड़ कर चले आ रहे हैं...। दहशतगर्दों ने मेरे दो जवान लड़के मार दिए...मेरी आंखों के सामने और मैं बूढ़ा बच गया। ठोकरें खाने के लिए।' एक बूढ़ी आकृति राख की भांति बदरंग आवाज़ में बुदबुदाई।

'ओह! बहुत बुरा हुआ आपके साथ। फिर भी हम आपका माल तो चैक करेंगे ही। सामान चैक करवाइए।'

'जनाब यकीन कीजिए, घरेलू सामान, यानी कपड़े-लत्ते, बर्तन-भांडे के सिवा हमारे पास कुछ नहीं है। परसों रात मेरे दोनों लड़के कत्ल कर दिए गए और कल हमें भी चिट्ठी आ गई। गांव छोड़ने का हुक्मनामा था, नहीं तो कत्ल की धमकी। आज जैसे भी बन पड़ा हम लोग भाग निकले।' बूढ़ी आकृति परेशान थी और खाकी वर्दी पर चमकते फूलों की बातें उसे और भी परेशान कर रही थी।

'किसी के चेहरे पर नहीं लिखा होता कि कौन गुंडा है और कौन शरीफ़। क्या पता आप ट्रकों में बारूद और बिस्तरों में स्टेनगनें भरकर ले जा रहे हों! इसी तरह अगर सबको बिना चैक किए हुए जाने दें, फिर तो राजधानी की सुरक्षा हो चुकी।'

'आपको हम दहशतगर्द नज़र आते हैं क्या?' शायद बूढ़ा आहत हुआ था।

'बहस मत कीजिए और सामान चैक करवाईए।' सितारे चमके। कुछ क्षण पहले की सहानुभूति अब आवाज़ में घुल चुकी थी। प्रश्न राजधानी की सुरक्षा का था और उसे टाला नहीं जा सकता था। बूढ़ा सारे सामान को खोलने और बांधने के विचार से परेशान था, परन्तु ट्रक-ड्राइवर सड़क और सितारों की नब्ज पहचानता था। उसे बूढ़े को किनारे ले जाकर समझाया, 'बीस रुपए दो, 'एन्ट्री' करवानी होगी।'

'पीछे भी तो करवाई थी।' बूढ़ा शतरंज की बिसात के इन खानों से परिचित नहीं था, जो शैतान की आंत की भांति बढ़ते और उलझते जाते थे।

'वो हरियाणा था, अब दिल्ली की सीमा शुरू हो गई है।'

बूढ़े ने बीस रुपए थमा दिए तो 'जांच किए गए वाहनों की सूची में इस ट्रक का नम्बर भी दर्ज हो गया।

'अब क्या कहें आपसे...आप लोग जिन हालात से आ रहे हैं, उनमें

आपको और क्या परेशान किया जाए! फिर भी कोई ऐसा-वैसा माल तो नहीं है न आपके पास?' सितारों की आवाज़ से खो गई सहानुभूति फिर लौट आई, परन्तु सितारे कर्तव्यपरायण भी थे और राजधानी की सुरक्षा निश्चित कर लेना चाहते थे।

'नहीं...नहीं जनाब! बिल्कुल नहीं।'

'ठीक है, फिर जाइए आप लोग।' तम्बू से निकलकर वे लोग आगे बढ़े ही थे कि दो खाकी वर्दियों ने उन्हें फिर घेर लिया।

'गाड़ी के कागज़ चैक करवाइए।'

'अभी तो अन्दर करवाकर आ रहे हैं। उन्हें आश्चर्य हुआ कि जिन खाकी वर्दियों को वे तम्बू में 'एन्ट्री' करवाकर आए थे वे अब दूसरी ओर मुंह फेरे खड़े थे।

'यह तो पुलिस चौकी थी, उधर ट्रांसपोर्ट चैक-पोस्ट है।' और वे दूसरे तम्बू में समा गए।

'माल का वज़न कितना है?' मेज़ के उस पार बैठे रोबदार आदमी ने भभककर पूछा।

'घरेलू सामान है। इसका वज़न करवाना था जनाब!' ड्राइवर बोला।

'क्या पता ओवर-लोड हो!'

'ओवर-लोड कहां होगा? हल्का सामान है, घर के कपड़े वगैरह।'

'आदमी कितने बैठे हैं ट्रक में?

'नौ-दस आदमी हैं जनाब! पूरा कुनबा ही उजड़ कर आ गया है। मेरे दो जवान लड़के थे...मार दिए दहशतगर्दों ने।' बूढ़ा अपने हाल पर सहानुभूति चाहता था।

'ओह!' अधिकारी कुछ क्षण श्रद्धांजलि में मौन रहा, फिर बोला, 'मगर आप सात आदमी से अधिक नहीं ले-जा सकते ट्रक में। चालान करना पड़ेगा।...और हां! किसी धर्म-कांटे से ट्रक तुलवा भी लीजिए, जिससे लदे हुए सामान का वज़न पता चले।' मेज़ की दूसरी तरफ से आदेश उछलकर बूढ़े के चेहरे से थप्पड़ की भांति टकरा गया।

'जनाब, हम मुसीबत के मारे हैं। सुबह से रोटी का भी ठिकाना नहीं है। छोटे-छोटे बच्चे और जनानियां भूखे बैठे हैं। ऐसे में कहां धर्म-कांटा ढूंढ़ेंगे और कहां चालान भुगतते फिरेंगे।' बूढ़ा हाथ जोड़कर गिड़गिड़ाया।

'मैं आपकी परेशानी समझता हूं भाई! मगर कानून में मुसीबत के मारों के लिए कोई अलग धाराएं तो गढ़ी नहीं गई हैं। वैसे जाती तौर पर मुझे आपसे पूरी हमदर्दी है। अब देखिए, आप लोग पंजाब से उजड़कर चले आ रहे हैं...हमें आपकी मदद करनी चाहिए, मगर हमारे हाथ भी तो कानून से बंधे हैं भाई! हमारे ऊपर भी अधिकारी हैं।

'और फिर जिस काम की तनख्वाह सरकार देती है, वह तो पूरा करना ही होगा।' मेज़ के उस पार का स्वर कितना कर्तव्यपरायण था, ड्राइवर यह भली प्रकार समझता था। वह बूढ़े को फिर बाहर ले गया और लौट कर उसने पचास का एक नोट कानून की धाराओं में फंसा दिया। कानून को वाकई सहानुभूति हो आई, 'ठीक है जाइए, फिर आप लोग! आप लोगों की मज़बूरी देखकर इतना बड़ा रिस्क ले रहा हूं...वरना तो...।'

उन्होंने उस दयानिधान को हाथ जोड़े, जिसकी अपनी मजबूरी शायद उनकी मजबूरियों से कहीं अधिक बड़ी थी और तम्बू से बाहर निकल कर ट्रक की तरफ बढ़ने लगे। ठीक उसी समय ट्रक के चारों ओर चक्कर लगा रही दो अन्य खाकी आकृतियां अंधेरे से निकलकर उजाले में आ गईं। हर ओर खाकी आकृतियां...उन्हें भ्रम हुआ कि देव-दानवों के देश जैसा यह भी कोई खाकी आकृतियों का देश तो नहीं है।

'वहां...बिक्रीकर की चौकी में माल का विवरण दर्ज करवाइए।' एक खाकी आकृति ने आदेश दिया।

'कितनी जगह करवाएं? पुलिस वालों ने अभी तो माल चैक किया था।' ट्रक वाले एक ही प्रक्रिया से ऊब चुके थे।

'पुलिस वालों को माल चैक करने की क्या पावर है भला? माल तो हम चैक करेंगे।' वर्दी ऐंठ गई।

'क्या चैक करना चाहते हैं आप लोग?'

'माल...और क्या! हो सकता है आपके ट्रक में कोई नम्बर दो का माल हो। पूरा ट्रक 'अनलोड' करके चैक करना पड़ेगा।'

'घरेलू सामान है। पंजाब से उजड़कर आ रहे हैं। आप देख लीजिए थोड़ा-सा घरेलू सामान है, छोटे-छोटे बच्चे और जनाना सवारियां हैं ट्रक में।' बूढ़ा इस बार रट्टू तोते की भांति बोला।

'हमें सवारियों से नहीं, माल से मतलब है। आप माल ट्रक से नीचे उतरवाने का प्रबन्ध करवाइए, मैं साहब को खबर करता हूं।'

'साहब भी यही भाषा बोलेगा। ड्राइवर हंसा।

'क्या मतलब... ?'

'कुछ नहीं....यह रही आपकी एंट्री।' ड्राइवर ने वर्दी के हाथ में एक तुड़ा-मुड़ा नोट थमा दिया।

'आपका कोई लड़का-वड़का भी मारा गया है पंजाब में?' वर्दी को एकाएक सहानुभूति हो आई और उसका स्वर पिघल गया।

'...' कोई कुछ नहीं बोला।

'जब आप पुलिस वालों को बता रहे थे, तब मैंने सुना था। जाइए आप लोग। मैं साहब को समझा दूंगा। आपकी मदद करना तो हमारा फ़र्ज है जनाब! वर्दी एक तम्बू में समा गई।

वे लोग बुझे दिल और मरे क़दमों से ट्रक की तरफ बढ़ने लगे, परन्तु फिर एकाएक किसी आवाज़ से ठिठक गए। सड़क के दूसरी ओर से कोई हाथ हिला-हिलाकर बुला रहा था! बूढ़े ने वहां लटके बोर्ड को ग़ौर से पढ़ा–

'आबकारी जांच चौकी'

दहशत का एक और पड़ाव अभी बाकी था। बूढ़ा इस बार बड़ी विचित्र हंसी हंसा और ज़ेब से एक नोट निकालकर ड्राइवर को देते हुए गीले स्वर में बोला, 'जाओ, उन्हें भी बता दो कि मेरे दो जवान बेटों को दहशतगर्दों ने कत्ल कर दिया है...बाक़ी सब की तरह उन्हें भी हमसे हमदर्दी होगी।' बूढ़ा अचानक सिसक उठा। उसके लगा कि बाहर से न सही, परन्तु अन्दर से सारा देश पंजाब बन चुका है। मुल्क का हर हिस्सा दहशतगर्दों से भरा हो तो कोई भागकर कहां तक जा सकता है!

ड्राइवर लौट आया तो ट्रक पर बैठते हुए बूढ़ा बोला?, 'गाड़ी वापस मोड़ ले लच्छी! अपने गांव में मरेंगे तो चार जन कंधा तो देंगे। यहां तो लाश को चील-कौए ही नोचेंगे।'

ड्राइवर ने आश्चर्य से बूढ़े को देखा जो अपने कंधे पर लटकते पटले से आंखें पोंछ रहा था।

# उसके हिस्से का बाज़ार

भरा हुआ बाज़ार कई तरह से लुभाता है। बूढ़ों को बाज़ार में लाठियां-ही- लाठियां दिखलाई देती हैं तो बच्चों को खिलौने-ही-खिलौने। गृहिणियों को पूरा बाज़ार चकला-बेलन नज़र आता है तो युवाओं के लिए बलखाती युवतियों में बदल जाता है। सरमाएदारों के लिए बाज़ार पूनम-ही-पूनम होता है और कंगालों के लिए अमावस-ही-अमावस। पर आज इसी बाज़ार में खोया हुआ रामशरण परेशान है जिस दुकान की भी सीढ़ी चढ़ना चाहता है, उसकी चौंध आंखों को चौंधिया देती हैं। सहमकर ठिठक जाता है फिर सीढ़ी उतरकर वापस सड़क पर आता है और भीड़ में गुम जाता है। कोई पुकारकर नहीं रोकता। न दरबान, न दुकानदार। आज तो उसने कपड़े भी ठीक-ठाक पहने हैं। देखने से गंवार भी नहीं लगता फिर भी उसे रोक लेने में किसी की रुचि नहीं है।

बात अगर कस्बे की होती तो दुकानों पर बैठे लालाओं ने अब तक उसे लपक लिया होता, पर शहर में तो किसी को उसकी परवाह ही नहीं है। मानो वह ग्राहक न हुआ, भिखारी हो गया। कस्बे में तो किसी दुकान के सामने ठिठके नहीं कि राजा बने समझो। लाला कुर्सी झाड़कर बिठाएगा, पानी पिलाएगा, चाय पूछेगा, हकलाएगा, गिड़गिड़ाएगा, बस समझिए कि आपके सामने ज़मींदोज हो जाएगा। शहर के लाला तो...। पर शहर में लाला हैं ही कहां? सूट-बूट में कसे-कसाए तमाशबीन दिखलाई देते हैं। चेहरा यूं चमकता है मानो किसी रिश्वतखोर विभाग के चपरासी हों।

रामशरण ने भीड़ के बहाव से अलग होकर किनारे पर लंगर डाला। कुछ लम्बी-लम्बी सांसे खींची। ज़ेब से रूमाल निकालकर पहले चेहरे का पसीना पोंछा। फिर उसी रूमाल से जूतों पर जम आई धूल झाड़ी और

अपने चारों ओर फैली चमचमाती हुई दुकानों का जायजा लेने गया। उसे अफसोस हुआ कि वह पहले झटके में दुकान में क्यों नहीं घुस गया। अब तो साहस संजोना भी कठिन हो रहा है।

ऐसा नहीं कि वह पहली बार शहर आया हो। शहर तो वह कई-कई बार आया है, पर सिर्फ़ दफ़्तर के काम से। बाजार का ऐसा आतंक उस पर कभी हावी नहीं हुआ। दरअसल, तब उसे पता ही नहीं चलता था कि बाज़ार कब शुरू हुआ और कब खत्म हो गया, पर आज जब वह कुछ खरीदना चाहता है तो ये चमचमाती हुई दुकानें उसे डरा रही हैं। ठीक वही डर जो बाबू बन जाने के बाद उसे पहली बार अनुभव हुआ था। चपरासी से दफ़्तरी बना तो नहीं डरा। लगा, जैसे गांव के बाज़ार से कस्बे की हाट में आ गया है। बहुत अनुभव है कस्बे की हाट का। बचपन में उंगली पकड़कर चलने से शुरू हुई कस्बे की हाट कमोबेश आज भी वैसी ही है। सड़क पर फैला हुआ गुड़, दालें, मनिहारी, किराना और बेशुमार धूल। सब कुछ सहज, अपना-सा। पर शहर का बाज़ार उसे आतंकित कर रहा है।

हज़ारों आदमी चल रहे हैं, पर उड़ती हुई धूल दिखलाई नहीं देती। दुकानों के बाहर लगे बड़े-बड़े शीशे चमक रहे हैं, चौंधिया रहे हैं। फर्श की चिकनी टाइलें सीढ़ियां उतरकर सड़क को छू रही हैं। अन्दर की झिलमिल बाहर तक फिसल-फिसल आती है। रंगीन कपड़ों के खुले हुए सैकड़ों थान, चमचमाते बर्तन, रंग-बिरंगे, बुद्धूबक्सों में दौड़ते-भागते आदमी, कुलाचें भरते जानवर, उड़ते हुए पक्षी, गिरते हुए जहाज़, सिकते हुए ब्रेड-बिस्कुट की खुशबू, झूलती हुई दिलकश टोपियां, लटकी हुई पतलून-कमीजें, बलखाती पेटियां, कलाबाजी खाते खिलौने, साड़ियां ओढ़े हुए बेजान पुतले, सोना-चांदी, काजू-किशमिश-बादाम। सब कुछ ढ़ेरों-ढ़ेर हैं। पर सब कुछ संभला हुआ। हाट बाज़ार की तरह बिखरा हुआ कुछ भी नहीं।

बाबू बनकर पहली बार कुर्सी पर बैठते हुए ठीक ऐसे ही सहम गया था रामशरण। साफ़-सुथरी मेज़ पर चमचमाता हुआ शीशा, धुला हुआ मेज़पोश, कलमदान, फाइल और पेपरवेट। दफ़्तरी था तो सब कुछ

बिखरा-बिखरा रहता। धागे के गोले, सुआ, केंची, गत्ता, कपड़ा, रजिस्टर, पर बाबू बनकर मन में द्वन्द्व नहीं था। उसके जीवन का एक सपना पूरा हुआ था। इसमें आगे किसी बड़े सुख की न तो उसके पास कल्पना थी और न ही चाह। बाज़ार में सुख-ही-सुख था, पर उसके भय ने उसकी चाह को दबा दिया था।

एक बार फिर उसने अपनी जेब से पर्ची निकालकर देखी। बड़े का बूट और ब्लेजर, छोटे की टाई, मिनी की स्कर्ट, कमीज़ और हेयर पिन, पत्नी की हेयर डाई और अम्मां की खड़ाऊं। आदतन उसने फिर उसी जेब पर हाथ फेरा जिसमें बत्तीस सौ रुपए सहेजे हुए थे। मन में हिसाब दोहराया चार सौ का बूट...आठ सौ का ब्लेजर, दो-तीन सौ की स्कर्ट, टाई और कमीज़, पचास-सौ का हेयर डाई और बीस-तीस की खड़ाऊं। खर्च करके भी इतना रुपया तो बच ही जाएगा कि वह अपने लिए एक गर्म टोपी और मफ़लर ख़रीद सके। पत्नी को हैरान करने के लिए सैंडल और दीवाली पर लक्ष्मी पूजा के लिए चांदी का सिक्का घर ले जा सके।

यह सब सोचते हुए और अपने को संयत करते हुए रामशरण को अनुभव हुआ कि वह अब जहां खड़ा है, वहां से पहले भी उसने कुछ खरीदा है। बहुत याद करके उसने पीछे देखा, पर अब वहां किताबों की दुकान नहीं थी। बदरंग दुकान के आधे हिस्से में कप, केतली, स्टोव और बिस्कुटों के कुछ मर्तबान थे और दूसरे हिस्से में सिगरेट, गुटखा, चूना-कत्था और पानी में तैरते हुए पान के पत्ते रखे हुए थे। जिस शालीन व्यक्ति ने कभी उसे बड़े बाबू की पसन्द की साहित्य जैसी कुछ किताबें सौंपी थीं, वही व्यक्ति आज खौलते पानी में पत्ती और दूध डालने के बाद अब कप धो रहा है।

इस चमचमाते हुए बाज़ार में यह दुकान पहले भी मखमल में टाट का पैबन्द दिखलाई देती थी और आज भी। दुकान की भीतरी दीवारें बिना पुताई के वैसी ही दिखलाई दे रही थीं जैसे कस्बे की दुकानें। इस चमचमाते हुए बाज़ार में इस दुकान को देखकर रामशरण का आत्मविश्वास लौटने लगा था, पर वह अब भी खड़ा हुआ था और सोच रहा था। शायद इसीलिए खड़ा हुआ था।

गांव ही ठीक था। बेकार ही कस्बे में आकर बस गया। किस्तानी

स्कूल में पढ़कर बच्चे कौन कलेक्टर-कप्तान हुए जा रहे हैं। पर नहीं, उसके बाबू बनते ही पत्नी के तेवर बदल गए थे। ज़िद पकड़ ली कि अब तो बच्चों को कस्बे में ही पढ़ाना होगा। गांव में लोग बात-बात में गाली देते हैं। प्यार में गाली, दुलार में गाली, गुस्से में तो गाली-ही-गाली। औरों की जाने दें, पर गाली देने में मास्टर भी पीछे नहीं हैं। बच्चे बिगड़ जाएंगे। किरस्तानी स्कूल में देखो, सब चाक-चौबन्द। प्रार्थना भी अंग्रेज़ी में होती है। प्रार्थना के बीच में न कोई पान थूकता है, न कोई तम्बाकू रगड़ता है। बच्चों ने भी यस-यस, नो-नो सीख लिया है। यस-यस, नो-नो ही नहीं और भी बहुत कुछ सीख लिया है। पैंट ऐसी चाहिए, कमीज़ वैसी। जूते इस नाम के चाहिए, टाई उस नाम की। बेटे ने बाकायदा जूते के नाप के साथ जूता कम्पनी का नाम भी लिखकर दिया है। बोला, 'इसी कम्पनी का लाना, नहीं तो रहने देना।'

उसे लगा कि हौसला लौट रहा है। विश्वास और ताक़त से क़दम उठाया...उठ गया। दबंग होकर जूते वाली दुकान की सीढ़ियां चढ़ीं और अन्दर समा गया। अन्दर जूते-ही-जूते हैं। गहनों की तरह सजे-सजाए जूते। मरकरी बल्ब की रोशनी में चमचमाते जूते। साटन और किमखाब जैसे जूते। खड़े हुए जूते, बैठे हुए जूते। चलते और फुदकते हुए जूते। उसे लगा कि वह जूतों की एक अचीन्ही दुनिया में आ गया है।

'बैठिए', सम्मान में एक सिर ने हल्की सी जुंबिश ली। ?

वह तना हुआ बैठ गया।

'क्या चाहिए ?'

रामशरण ने बिना बोले ही जूते की नाप और कम्पनी के नाम वाली परची पकड़ा दी।

कुछ ही क्षणों में वह जूतों की कतारों से घिर गया। उसने उठा-उठाकर जूते देखे। हवा जैसे हल्के और रूई जैसे नर्म। जूते न हुए, ख्वाब हो गए। वह हैरान हुआ। मन में एक बार फिर हीनता ने अंगडाई ली। एक बार फिर लगा कि हिम्मत जवाब दे रही है, पर सम्भल गया। बेवजह खंखारा। अलबत्त सेल्समैन बड़ी सफ़ाई से आंखें चुराता रहा। चुपचाप एक जूता पसन्द किया, पैक करवाया और आकर काउंटर पर

खड़ा हो गया। पर्ची काट कर हाथ में आई तो बोलने की शेष रह गई ताक़त भी जाती रही। लगा जैसे सारा बाज़ार एक चक्कर खाकर औंधे मुंह जूते में घुस गया है।

बत्तीस सौ रुपए। बहुत होते हैं बत्तीस सौ रुपए। मन हुआ कि मना कर दे। नहीं चाहिए जूते पर याद आया कि किस ठसके से दुकान की चिकनी सीढ़िया चढ़ी थीं। सिर को झुकाकर सम्मान प्रकट करने वाले सेल्समैन पर कोई ग़ौर नहीं किया था मानों यह उसके लिए आम बात हो। जूते देखते ही कितना तटस्थ बना रहा था। जूतों की चमक में चेहरे की आब को खोने नहीं दिया था। इन सब कोशिशों के बाद अब हैसियत बता देने वाली व्यंग्य भरी मुस्कुराहट या फिर उपेक्षा में झटका हुआ सिर बरदाश्त करने की ताक़त उसमें नहीं रह गई थी। उसने कनखियों से अपने जूतों को देखा। कुछ देर पहले चमकते हुए यही जूते अब बेढब दिखलाई दे रहे थे। किसी ने उन्हीं पर तंज कस दिया तो? ढाई सौ के जूते। हूं।

'साहब, डिस्काउंट है। इसीलिए आपको ये जूते मिल गए, वरना तो इनकी क़ीमत...।' काउंटर के उस पास से व्यावसायिक आवाज़ आ रही थी।

'साहब' सुनकर वह तन गया।

रामशरण की तन्द्रा भंग हो गई। मना करने की सम्भावनाएं जाती रहीं। सोच में झुक गई गरदन फिर तन गई। उसने बिना गिने ही जेब से निकालकर सारे रुपए काउंटर पर रख दिए और बाहर की ओर चल दिया।

सीढ़ियों की चिकनाई से उतरकर खुरदरी सड़क पर आते ही उसने बाक़ी सामान की परची जेब से निकाली और मसलकर उड़ा दी। उसके हिस्से का बाज़ार खत्म हो चुका था।

## पिंजरे

घुटनों के बल बैठा हुआ कुंतल एक पत्ते पर चींटा चढ़ाने की चेष्टा कर रहा था, परन्तु चींटा हर बार मुड़कर लान की घास में खो जाता, फिर निकल आता। तभी एक नीली चिड़िया के नीले पंखों में सफ़ेद धारियां मखमली डोरियों की भांति चमक रही थीं। कुंतल पंखों की सरसराहट से सतर्क होकर खड़ा हो गया। अपने को चिड़िया से छिपाए रखने की कोशिश में वह दीवार से चिपक गया और बिल्ली की चालाक चाल चलते हुए धीरे-धीरे आगे बढ़ने लगा। चिड़िया से कुछ दूर रह जाने पर वह रोमांचित होकर क्षण भर को ठिठका, फिर पूरी तन्मयता से चिड़िया पर झपट पड़ा। कुंतल को लगा कि वह चिड़ियों के नर्म मखमली परों का स्पर्श कर लेगा, परन्तु चिड़िया फुर्र हो गई। हताश कुंतल उड़कर दूर जाती हुई चिड़िया को देखता रहा।

'नीरा देखना तो कुंतल ने सारे कपड़े गन्दे कर लिए हैं।' पापा कब बरामदे में निकल आए कुंतल नहीं जान पाया था। वह पापा के खीझ भरे स्वर से चौंककर अपने कपड़े देखने लगा जो पहले की ही भांति साफ़ थे। उसने आश्चर्य से पापा को देखा, परन्तु बोला कुछ नहीं।

'क्या हुआ अब ?' मम्मी भी बाहर चली आई।

चिड़िया पकड़ने की चेष्टा में कुन्तल दीवार से पीठ सटाकर चलता रहा था। इसी कारण कुंतल की लाल टी-शर्ट पर चूना लगने से सफेद हो गई थी।

'ओफ ओ ! तुम्हें कब समझ आएगी ! आज तुम्हारा टेस्ट है और तुम शरारतों में लगे हो। देर हो गई तो ?' मम्मी कुंतल की दशा देखकर तनाव से भर गईं। उन्होंने कमीज़ पर लगी सफेदी झाड़ना चाहा। चूने का पाउडर झड़ गया, परन्तु लाल टी-शर्ट पर सफेद धब्बे अब भी मौजूद थे।

'कमीज़ ही बदल दो।' पापा ने फिर खीझ कर कहा तो मम्मी बड़बड़ाती हुई अन्दर चली गईं और दूसरी कमीज़ ले आईं।

कुंतल अपनी गलती का अहसास करके चुप बना रहा।

'अच्छा बताओ। लेफ्ट फुट कौन-सा है?' कुंतल के पापा चाहते थे कि समय का सदुपयोग किया जाए। मम्मी कमीज़ के बटन बन्द कर रहीं थीं।

कुंतल ने अपना बांया पैर आगे कर दिया।

'वेरी गुड।' पापा ने प्यार और सन्तुष्टि से कुंतल का गाल थपथपाया।

'अच्छा अब लेफ्ट हैंड बताओ।

कुंतल ने पता नहीं क्या अनुमान लगाया कि दायां हाथ आगे बढ़ा दिया। पापा का दिमाग़ भन्ना गया। मन तो हुआ कि एक चांटा टिका दें। कितनी बार समझा दिया। याद ही नहीं रखता, परन्तु गुस्सा जब्त कर गए। चांटे से कहीं कुंतल का रोना शुरू हुआ तो टेस्ट दिलवाना ही कठिन हो जाएगा। इसीलिए धीरे-धीरे समझाने लगे कि 'लेफ्ट फुट' के ऊपर ही 'लेफ्ट हैंड' भी होता है।

यह शान्त घर, पिछले कुछ समय से अन्दर-ही-अन्दर बेहद अशान्त और चिन्तित बना हुआ था। कुंतल के दाखिले का कहीं निश्चित नहीं हो रहा था। तीन बड़े स्कूलों में कुंतल का टेस्ट हो चुका था, परन्तु दाखिले की सूचियों से उसका नाम नदारद था। शहर के अच्छे अंग्रेज़ी दां स्कूलों में अब यह अन्तिम स्कूल बचा था और पापा किसी भी मूल्य पर यह मौका गंवाना नहीं चाहते थे। इसीलिए उन्होंने अपने अनुभवों का पूरा-पूरा लाभ लेने की चेष्टा की थी और पिछले तीनों स्कूलों में कुंतल से जो-जो सवाल पूछे गए थे, उन्हें कई-कई बार दोहराया था।

क्योंकि कुंतल का प्रवेश के.जी. में होना था इसलिए कोई निश्चित पाठ्यक्रम नहीं था। पाठ्यक्रम निश्चित नहीं था इसीलिए प्रश्नों का क्षेत्र अत्यधिक विस्तृत था। पापा-मम्मी ने रात-दिन की मेहनत के बाद कुंतल को 'व्हाट्स योर नेम' और 'व्हाट्स योर फादर्स नेम' के उत्तर रटवाए थे, परन्तु स्कूल में पूछ लिया गया था 'लेफ्ट हैंड' और 'राईट फुट'। अगले स्कूल की तैयारी में कुंतल को अंग्रेज़ी में दाएं-बाएं हाथ-पैर रटवाये गए।

थे, परन्तु इस बार सीताफल का रेखाचित्र रंग भरने को दिया गया। कुंतल ने सीताफल कभी खाया ही नहीं था तो रंग कैसे भरता। उसने अंगूरों का गुच्छा समझ कर रंग भर दिया।

पापा ने लौटते हुए बाज़ार से सीताफल तो नहीं ख़रीदा, अलबत्ता फलों का एक पूरा चार्ट ही ख़रीद लिया। अब कुंतल का नया पाठ्यक्रम आरम्भ हो गया था।

तीसरे स्कूल में कुंतल का परिश्रम फिर बेकार चला गया था। प्रिंसिपल ने अपने पास एक सुन्दर रंगीन किताब रखी हुई थी। उसमें से 'टाइगर' और 'पैंथर' की तस्वीरें दिखा कर नाम पूछे गए थे। कुंतल को एक ही नाम याद था 'लायन', पर शेर तो वहां था ही नहीं।

लौटते हुए पापा ने जंगली जानवरों और चिड़िओं के कई चार्ट ख़रीद लिए थे और कुंतल की खेलकूद पर अंकुश लग गया था।

पापा ने काफ़ी प्रयत्न के बाद यह जान लिया था कि प्रिंसिपल को जिस चीज़ का शौक होता है वही सवाल बच्चों से पूछता भी है। पहला प्रिंसिपल फौज का रिटायर्ड ऑफ़िसर था और 'लेफ्ट-राइट' करवा रहा था। दूसरे स्कूल का हेडमास्टर दोपहर को खाने के स्थान पर केवल फल ही खाता था। शायद उसे सीताफल ही अधिक पसन्द था। तीसरा प्रिंसिपल जंगली जानवरों का शौकीन था। वह अक़्सर अपनी छुट्टियां अलग-अलग सेंक्चुरी घूमने में बिताया करता था। चौथे स्कूल के प्रिंसिपल के बारे में उन्होंने गुप्त रूप से बहुत कुछ पता कर लिया था। उसी के अनुसार कुंतल की शिक्षा-दीक्षा भी हुई थी। फिर भी पुराने अनुभवों को भुला नहीं दिया गया था।

परन्तु कुंतल का क्या? मन नहीं हुआ तो सीधे को भी उल्टा बतलाएगा। इसीलिए कमीज़ बदल कर चलते हुए पापा ने ललचाया।

'बेटा, आज जो पूछा जाए ठीक-ठीक बतलाना फिर तुम्हें चॉकलेट मिलेगी।

'चॉकलेट नहीं, आईसक्रीम पापा।' कुंतल उत्साहित हो गया।

'ओ.के. बेटा। आईसक्रीम ही सही, पर एक बात बतलाओ तो...' चलते-चलते पापा फिर सवाल पूछने लगे थे।

पहले स्कूल से चौथे स्कूल तक प्रवेश परीक्षा देते-देते कुंतल का

स्कूल जाने का उत्साह कम हो चुका था। उसके अवचेतन में बड़े स्कूल में भर्ती न हो पाने का भय समाता चला गया। पहले वह बहन की सुन्दर तस्वीरों वाली किताबों को उलटने-पलटने और छूने का लोभ संवरण नहीं कर पाता था। झिड़कियां खा कर भी किताबों को उठा लेता। बहन स्कूल चली जाती तो स्वयं भी स्कूल जाने का उपक्रम करता। टोकरी या किसी झोले में घर भर की पत्रिकाएं और अखबार भर कर स्कूल जाने का नाटक करता और फिर बरामदे में आकर बैठ जाता। मोहल्ले के एक छोटे से स्कूल में 'नर्सरी' के लिए जाते रहने के कारण उसे स्कूल और टीचर का स्वरूप कुछ-कुछ समझ आ चुका था। वह उसी की नकल भी करता। कुंतल चाहता था कि उसका बैग भी दीदी जितना बड़ा हो। रंगीन फोटो वाली किताबों से भरा-पूरा...और वह दौड़ता हुआ बच्चों से भरी बस में चढ़ जाए, परन्तु ऐसा नहीं हुआ और उसकी स्वतन्त्रता पर निरन्तर अंकुश लगता गया। रंगीन चार्ट, रंग-बिरंगे पक्षियों, जानवरों और खिलाड़ियों के चित्र भी अब उसे नहीं लुभाते थे। वह भागना-दौड़ना चाहता था और पत्ते पर चींटे को बैठाकर बरसात के पानी में बहाना चाहता था, परन्तु स्वतन्त्रता के क्षण इतने कम थे कि कुंतल का मन सदा आधा-अधूरा रह जाता...और तब इस सांसत से छुटकारा पाने के लिए कुंतल पूछता–

'पापा हम कब से स्कूल जाएंगे?'

यह प्रश्न पूछते हुए कुंतल के नन्हे से मन में स्कूल का बड़ा-सा ग्राउंड उभर आता।

स्कूल के अहाते में घुसते ही जिस वस्तु ने कुंतल को सर्वाधिक आकृष्ट किया वह एक सुन्दर रंगीन झूला था जो इस समय बिल्कुल खाली था। यद्यपि पूरा ग्राउंड बच्चों और उनके अभिभावकों से भरा हुआ था।

'पापा, हम झूला झूल आएं?' कुंतल भूल चुका था कि उसे यहां किसलिए लाया गया है।

'अभी नहीं, टेस्ट के बाद।'

'पापा प्लीज' कुंतल ने चिरौरी की।

'चुप रहो।' पापा तनावग्रस्त थे और चाहते थे कि टेस्ट शुरू होने से पहले कुंतल को एक बार फिर सब दोहरा दें जो कि उसे रटाया गया था,

परन्तु कुंतल को नर्वस नहीं करना चाहते थे, इसलिए पुचकार कर बोले,

'बेटा! टेस्ट के बाद झूला झूलना। अच्छा बतलाओ तो...'

तभी चटक रंगीन परों वाली एक तितली कुंतल के पास से उड़ती हुई निकली। कुंतल का ध्यान फिर बंट गया, परन्तु तब तक सवाल वे कर चुके थे। पापा ने जान लिया था कि यह प्रिंसिपल खेलों में बहुत रुचि लेता है। इसलिए कपिल देव और पी.टी. ऊषा की तस्वीरें दिखा-दिखाकर उन्होंने कुंतल को काफ़ी मजबूत कर लिया था। ऐसा वे सोचते थे। वैसे भी कुंतल टी.वी. के विज्ञापनों से कपिल देव और सचिन को पहचानने लगा था, परन्तु पी.टी. ऊषा का नाम अक़्सर भूल जाता। यहां तस्वीरें नहीं थीं, पर पापा तस्वीरों के विवरण से कुंतल को सब कुछ याद दिलाना चाहते थे।

'अच्छा बतलाओ वह जो एक लड़की की तस्वीर है-काली-सी लड़की...जो बहुत तेज़ भागती है, क्या नाम है उसका'

कुंतल चोर दृष्टि से देख रहा था कि तितली एक फूल पर बैठने के लिए उसके ऊपर मंडरा रही है। कुंतल फूल पर बैठी तितलियों को पकड़ने में अभ्यस्त हो चुका था। इसलिए कसमसाने लगा। पापा ने कुंतल की यह बेचैनी अनुभव करते ही उसका मुंह अपनी ओर घुमा लिया।

'बताओ बेटा! किसकी फोटो है वह। तेज़ भागनेवाली काली-सी लड़की'

'कपिल देव...' कुंतल ज़ोर से चिल्लाया और हिरन की तरह कुलांचे भरता हुआ तितली की ओर भागने लगा जो अब तक फूल पर बैठ चुकी थी। उसे लगा कि ग्राउंड के सारे बच्चे तितली की ओर दौड़ पड़े हैं। वह और तेज़ दौड़ने लगा, परन्तु तभी वह पकड़ लिया गया। उसने देखा ग्राउंड के सारे बच्चे पकड़ लिए गए हैं और उन्हें एक कमरे की ओर ले जाया जा रहा है।

कुंतल ने चलते-चलते घूम कर देखा। तितली बच्चों के पीछे-पीछे उड़ रही थी, हैरान-परेशान!

## ज़हर मोहरा

दरवाज़ा खुलते ही लोकेश पथरा गया।

सोनाली मिस्टर सिन्हा के साथ, इस समय और इस तरह!

उफ...!

वैसे तो लोकेश को दरवाज़ा खोलने से पहली ही प्रवेश की आज्ञा लेनी चाहिए थी, परन्तु उसे आशा ही नहीं थी कि रोज़ ग्यारह बजे दफ़्तर पहुंचने वाले डॉ. सिन्हा सुबह आठ बजे भी अपने कमरे में हो सकते हैं। सोनाली के साथ, इस मुद्रा में! अचानक डॉ. सिन्हा का कमरा अजंता की गुफा में बदल गया था।

'गेट आऊट!...आई से गैट आउट!...गैऽऽट आउऽऽट!'

उसे अपनी दूसरी ग़लती का भी अहसास हो गया। यदि दरवाज़ा बिना आज्ञा के खोल ही लिया था तो भी उस दृश्य को देखकर तुरन्त ही दरवाज़ा बन्द कर दिया जाना चाहिए था। भला जड़ बने रहकर टिपर-टिपर ताकते रहने की क्या आवश्यकता थी। पर वो जमा हुआ खड़ा था और डॉ. सिन्हा चीख़ रहे थे। बन्द बन्द

'सॉरी...सॉरी सर!' उसने घबराकर दरवाज़ा बन्द कर दिया और कांपती टांगों पर बोझल होता शरीर उठाकर वापस अपनी कुर्सी पर पटक दिया।

दरअसल हुआ यूं कि आंकड़ों की दुनिया के कुछ आंकड़े इस तरह खोए हुए थे कि देर रात तक खोजने के बाद भी मिल नहीं पा रहे थे। लिहाजा वो सुबह आठ बजे ही दफ़्तर पहुंच गया था। डॉ. सिन्हा के कमरे की रोशनी जल रही थी, पर दरवाज़े पर लगे लाल हरे बल्ब बुझ रहे थे। उसे तो किसी भी प्रकार डॉ. सिन्हा के कमरे में उपस्थित होने की आशंका ही नहीं थी। जिज्ञासावश बेख़याली में दरवाज़ा खोल बैठा था।

...और वहां तो केवल डॉ. सिन्हा ही नहीं थे, सोनाली भी थी।

सोनाली!

उफ! उसे लगा कि उसके दिमाग़ की नसें तनाव बर्दाश्त नहीं कर पाएंगी।

'सॉरी सर! आए एम वेरी सॉरी' उसी शाम लोकेश बाकायदा आज्ञा लेकर कमरे में दाखिल हुआ।

'तुम्हें एटीकेट्स नहीं भूलने चाहिए। डॉ. सिन्हा का स्वर अपेक्षाकृत नर्म था।

'यस सर! आए एम सॉरी... रियली वेरी सॉरी।'

'ठीक है। कोई बात नहीं, नाऊ यू केन गो।'

'यस सर! आए एम सॉरी...रियली वेरी सॉरी।' लोकेश कुछ झुक गया।

'ठीक है, ठीक है! नेवर माइंड।'

'नो सर! आए मस्ट फ़ील सॉरी! रियली, आए मस्ट फ़ील सॉरी।'

डॉ. सिन्हा के चेहरे पर उलझन उभर आई।

'कोई बात नहीं लोकेश...अब तुम जाओ।'

'यस सर! बट सर...आए एम सॉरी...रियली...वेरी सॉरी...।' लोकेश के सारे शरीर से जैसे पश्चाताप टपक रहा था। ठीक उसी समय डॉ. रावत ने कमरे में प्रवेश किया तो डॉ. सिन्हा ने राहत की सांस ली। लोकेश अब मुंह के स्थान पर आंखों से सॉरी टपकाता हुआ कमरे से बाहर निकल गया।

सोनाली उसे अच्छी लगती थी। यदि केवल अच्छी कहने से ही काम चल जाता तो आज सोनाली को डॉ. सिन्हा के साथ देखकर उसे आनन्द मिलना चाहिए था। एक नए स्केंडल का आनन्द, परन्तु हुआ इसके विपरीत था। लोकेश के अन्दर कुछ सुलगने लगा था, जलने लगा था। सोनाली के खनखनाते हुए ठहाके, चुटीली बातें, शोख़ अन्दाज़ और पिघला देनेवाली चितवन ने उसे अन्दर कितने गम्भीर घाव किए हुए थे। इसका अहसास उसे आज ही हुआ था। यूं तो दफ़्तर में कुछ और खूबसूरत बालाएं भी थीं जो सोनाली से कहीं अधिक आकर्षक थीं। पर उनके लिए लोकेश का दिल कभी नहीं धड़का था।

आज सोनाली उसके सपनों की हद से बाहर फिसल चुकी थी। डॉ.

सिन्हा जैसे व्यक्तित्व के सामने उसका कद बेहद बौना था और लोकेश जानता था कि उस कद्दावर व्यक्ति के चुम्बकीय आकर्षण की गिरफ़्त से सोनाली को मुक्त करवा पाना उसके सामर्थ्य में बिल्कुल ही नहीं था।

लोकेश उंगलियों से कनपटी सहलाने लगा जहां तनाव के कारण नसें उभर आईं थीं।

'तुम चाहो तो इस बार तुम भी कांफ्रेंस में योरोप जा सकते हो।' डॉ. सिन्हा ने मुस्कुराहट युक्त दृष्टि लोकेश पर डाली।

'पर सर कांफ्रेंस के लिए तय हुए क्राईटेरिया में तो मैं कहीं भी नहीं हूं।' लोकेश ने डॉ. सिन्हा के फेंके जाल को भांप लिया।

'तुम्हे इससे मतलब नहीं होना चाहिए, सिर्फ हां कहो।' डॉ. सिन्हा ने पुचकारा।

'नहीं सर! मैं इस बार जाना नहीं चाहता।' लोकेश ने मना कर दिया।

'जानते हो! योरोप के एक टूर में तुम इतना बचा सकते हो जितना यहां दस साल में भी नहीं कमा सकते।' डॉ. सिन्हा का पासा अब खुल गया था।

'जानता हूं सर! पर इस बार नहीं जा पाऊंगा।' लोकेश ने धीमे स्वर में कहा।

'ऐज़ यू विश। डॉ. सिन्हा ने अपनी दृष्टि मेज़ पर खुली हुई फाइल पर झुका ली।

क़ायदे से अब लोकेश को चले जाना चाहिए था। पर लोकेश खड़ा था। डॉ. सिन्हा ने फिर दृष्टि उठाई, 'एनी प्रॉब्लम?'

'सर! उस दिन के लिए मुझे अफसोस है! आई एम सॉरी...वेरी सॉरी सर!'

'लोकेश...' डॉ. सिन्हा ने निराशा भरी सांस लेकर कहा, 'फारगेट इट! भूल जाओ उस बात को।'

'आप ठीक कहते हैं सर! मुझे भूल जाना चाहिए। पर नहीं! मैं भूल नहीं पाया। उस दिन मुझे इस तरह बिना आज्ञा के अन्दर नहीं आना चाहिए था।' लोकेश सचमुच शर्मिन्दा था।

'ओके...ओके! तभी कहता हूं योरोप का टूर कर आओ सब कुछ भूल जाओगे।' डॉ. सिन्हा मुस्कुराए।

'नो सर! इस बार नहीं! पर सर उस दिन के लिए मुझे अफ़सोस

है...बेहद अफ़सोस है! आए एम सॉरी सर...आए एम रियली वेरी सॉरी।' लोकेश वाक्य दोहराने लगा। डॉ. सिन्हा परेशान हो गए। उनके चहेरे पर तनाव उभर आया और आंखें सिकुड़ गईं। उसी समय किसी ने कमरे में आने की इजाज़त मांगी। लोकेश कमरे से बाहर निकल आया। डॉ. सिन्हा को लगा कि सांस लेने में आ रही परेशानी अचानक ख़त्म हो गई है।

दफ़्तर में सुगबुगाहट आरम्भ हो चुकी थी। आखिर वो क्या कारण थे कि लोकेश बिना बुलाए भी डॉ. सिन्हा के कमरे में चला जाता था। लोकेश जैसे जूनियर स्टाफ़ के लोगों को डॉ. सिन्हा के कमरे की दहलीज़ लांघे हुए भी वर्षों निकल जाते थे! पर लोकेश...

सुगबुगाहट के टुकड़े डॉ. सिन्हा तक भी पहुंचाए जा रहे थे।

'लोकेश! तुम्हारे बार-बार मेरे कमरे में आने से स्टाफ़ में ग़लत सिग्नल्स जाने लगे हैं।' एक दिन डॉ. सिन्हा ने लोकेश को बुलाकर समझाया।

'मैं समझता हूं सर।' लोकेश ने विनम्रता से कहा।

'मैं चाहूंगा कि ...' ने वाक्य अधूरा ही छोड़ दिया।

'मैं भी बार-बार आपके कमरे में आने से झिझकता हूं, सर! पर उस दिन की घटना मुझे बार-बार बेचैन कर देती है। मुझे लगता है कि मुझे आपसे खेद प्रकट करना ही चाहिए। इसीलिए मैं आपके कमरे में चला आता हूं। वैसे सर. ..आए एम रियली सॉरी बिना आज्ञा के मैंने आपके कमरे का दरवाज़ा खोल दिया...सॉरी सर आए एम रियली...' लोकेश फिर वही बात दोहराने लगा था।

'ओह नो! इट इज डिसगस्टिंग! तुम उस दिन की घटना को भूल क्यों नहीं जाते?' डॉ. सिन्हा ने सिर को दोनों हथेलियों के बीच दबा लिया।

'मैं नहीं भूल पा रहा हूं सर...नहीं भूल पा रहा हूं। आए एम रियली सॉरी सर...आए एम...!'

डॉ. सिन्हा ने अपने बाल नोंच लिए।

और फिर एक दिन जब डॉ. सिन्हा वर्ल्ड ट्रेड कांफ्रेंस पर भारतीय दृष्टिकोण को प्रेस के समक्ष स्पष्ट करके लौट रहे थे कि अचानक कॉरीडोर में लोकेश सामने आ गया। स्टॉफ़ के कई वरिष्ठ सदस्य और पत्रकार डॉ. सिन्हा के साथ थे। डॉ. सिन्हा सकपका गए।

'यस?' उन्होंने कठोर दृष्टि से लोकेश को घूरा।

'सर, उस दिन के लिए आए एम सॉरी...आए एम रियली सॉरी। बिना

आज्ञा के मुझे आपके कमरे में प्रवेश नहीं करना चाहिए था...आए एम रियली वेरी सॉरी...' लोकेश अपराधियों की भांति सिर झुकाए हुए कॉरीडोर के ठीक बीच में खड़ा था। डॉ. सिन्हा बचकर निकल नहीं सकते थे।

'कोई बात नहीं...कोई बात नहीं। मैं तुम्हारे खिलाफ कोई एक्शन लेने नहीं जा रहा हूं...' डॉ. सिन्हा ने कृत्रिम हंसी के साथ कहा, परन्तु उनके माथे पर पसीना झलकने लगा था।

'नहीं सर! वो बात नहीं है सर? मैंने एक ग़लती और भी की थी जो मुझे कचोटती रहती है। सर मुझे आपके कमरे का दृश्य देखकर तुरन्त ही दरवाज़ा बन्द कर देना चाहिए था। पर नहीं कर सका...खड़ा हुआ देखता रहा। आए एम रियली सॉरी...वेरी सॉरी सर। लोकेश फिर झुक रहा था। डॉ. सिन्हा का सारा संयम जाता रहा। कहीं लोकेश उस दृश्य का खुलासा ही न करने लग जाए।

'डॉ. रावत! इस बेवकूफ को ले जाइए...ले जाइए इसे और समझाइए कि मैं इसके खिलाफ कोई एक्शन नहीं ले रहा हूं। डॉ. सिन्हा चीख़ते हुए आगे बढ़ गए। डॉ. सिन्हा का यह व्यवहार अप्रत्याशित था। स्टाफ़ के सदस्य बौखलाकर डॉ. सिन्हा के पीछे लपके। पर प्रेस वालों ने लोकेश को घेर लिया।

'तुमने डॉ. सिन्हा के कमरे में क्या दृश्य देखा था?' एक पत्रकार ने पूछा।

'मैं बिना डॉ. सिन्हा की अनुमति के कुछ भी नहीं बतला सकता, पर उस दिन के लिए आए एम रियली वेरी सॉरी।' प्रेस वाले दफ़्तर में घूम-घूमकर उस दृश्य को सूंघने लगे।

दीपावली की शाम को लोकेश अचानक डॉ. सिन्हा के बंगले पर पहुंच गया। एक हाथ में मिठाई का डिब्बा और दूसरे हाथ में क्षमा मांगता हुआ कार्ड था। डॉ. सिन्हा लोकेश से मिलना नहीं चाहते थे, पर लौटाने से डरते भी थे।

'कहो कैसे आना हुआ?' ड्राइंगरूम में प्रवेश करते हुए डॉ. सिन्हा ने खुश्क स्वर में पूछा।

'त्योहार है न सर इसलिए।' लोकेश ने शुभकामनाओं के साथ कार्ड और मिठाई का डिब्बा आगे बढ़ा दिया। डॉ. सिन्हा ने अनमने भाव से उन्हें लेकर मेज़ पर पटक दिया।

'ओके...!' बिना धन्यवाद दिए डॉ. सिन्हा वापस घूम गए।

'सर!' लोकेश ने अचानक ही डॉ. सिन्हा के पैर पकड़ लिए, 'मुझे माफ कर दीजिए सर! आए एम रियली वेरी सॉरी मुझे...'

'खड़े हो जाओ...स्टैंड अप...स्टैंड अप एंड गेट आऊट।' डॉ. सिन्हा बेसाख़्ता चीख़ने लगे थे।

'नहीं सर! प्लीज़...प्लीज़ फारगिव मी...प्लीज़...' डॉ. सिन्हा के चीख़ने और लोकेश के गिड़गिड़ाने का शोर सुनकर श्रीमती सिन्हा और उनकी बेटी ड्राइंगरूम में पहुंच गए थे। इस घर के लिए ऐसा शोर अनहोनी बात थी।

'देखिए मैडम! अगर सर मुझे माफ़ नहीं करेंगे तो मैं मर जाऊंगा। मैं मानता हूं कि मुझे सर के कमरे का दरवाज़ा खोलकर वो दृश्य नहीं देखना चाहिए था। पर वो तो अचानक...' लोकेश ने डॉ. सिन्हा के पैर छोड़कर श्रीमती सिन्हा के पैर पकड़ लिए थे।

'शट अप! शट अप एंड गेट लौस्ट...शट अप!' डॉ. सिन्हा ने उन्मादियों की तरह चीख़ते हुए लोकेश को बांह से पकड़कर उठा लिया और ड्राइंगरूम से बाहर धकेलने का प्रयत्न करने लगे। इसी बीच जुट आई नौकरों की भीड़ ने लोकेश को घसीटकर बंगले से बाहर फेंक दिया। अलबत्ता लोकेश की आवाज़ें अब भी बंगले के अन्दर घुसपैठ कर रही थीं और हैरान-परेशान डॉ. सिन्हा बेटी और पत्नी के सवालों से कतराकर निकल जाने का कोई नायाब तरीक़ा खोज रहे थे।

कुछ ही दिन बाद लोकेश का ट्रांसफर हज़ारों मील दूर एक प्रोजेक्ट में कर दिया गया। तबादले का रुक्का हाथ में लिए हुए लोकेश एक बार फिर अनाधिकार चेष्टा करके डॉ. सिन्हा के कमरे में घुस गया।

'अब क्या तुम टर्मिनेट होना चाहते हो?' डॉ. सिन्हा ने कठोर स्वर में लोकेश को झिड़का।

'मैं तो ग़लतियों का पुतला हूं सर! आपकी मेहरबानियां न होतीं तो मैं अब तक टर्मिनेट हो चुका होता।' लोकेश ने कृतज्ञता भरे स्वर में कहा।

'...' डॉ. सिन्हा कुछ नहीं बोले, 'पर आज एक और ग़लती हो गई मुझसे। भयानक भूल सर...भयानक भूल। अब तो में माफ़ी मांगने के क़ाबिल भी नहीं रह गया सर! आप मुझे टर्मिनेट ही कर दीजिए...बस यही उस ग़लती की सज़ा हो सकती है।' लोकेश का स्वर भय से कांप रहा था।

'मुझे तुम्हारी ग़लतियों से कोई सरोकार नहीं है। अब तुम जा सकते हो।' डॉ. सिन्हा ने कहा। पर लोकेश पर इसका कोई प्रभाव नहीं पड़ा। वो पहले की ही तरह कांपते स्वर में बोलता रहा।

'सर! आज एक अख़बार वाला मुझे ज़बरदस्ती रेस्टोरेंट में ले गया था...'

'अख़बार वाला, क्यों?' डॉ. सिन्हा सचेत हो गए।

'वो उस दृश्य के बारे में जानना चाहता था जो मैंने आपके कमरे में देखा था...सर...आए एम...'

'शट अप! आगे बोलो क्या हुआ?' डॉ. सिन्हा सचेत हो गए।

'नहीं सर, मैं उसे कुछ भी बताना नहीं चाहता था, पर...' लोकेश फिर चुप हो गया। लगा जैसे उसका कंठ भय और पीड़ा से अवरुद्ध हो रहा है।

'तुम बताना नहीं चाहते थे, पर क्या हुआ?' डॉ. सिन्हा का मुंह तनाव और उत्तेजना में विकृत हो गया था।

'यह सच है सर, मैं उसे कुछ भी बताना नहीं चाहता था। कुछ भी नहीं। पर उसने कोल्ड ड्रिंक में कुछ मिला दिया था। कुछ अजीब-सी चीज़ थी वो। मैं नीम बेहोशी की हालत में सब कुछ बताता चला गया। पर सर आए एम रियली सॉरी...मेरा इरादा बिल्कुल भी ऐसा नहीं था।' लोकेश ने मद्धम स्वर में कहा।

'ओह माय गोड! यू रास्कल...गेट आऊट...गेट आऊट फ्रॉम हेयर. ..' डॉ. सिन्हा का दिमाग़ फटने लगा। आने वाले कल के अख़बार उनके जेहन में घूम रहे थे।

'आई मस्ट...आई मस्ट! आप मुझे सज़ा दीजिए सर मुझे सज़ा दीजिए। अगर वहां सिर्फ अख़बार वाला ही होता तो मैं बाद में भी 'मैनेज' कर लेता, उसे समझा लेता, पर वहां तो सर...'

'और कौन था वहां...कौन?' डॉ. सिन्हा चीख़े

'हमारे टेबल पर और कोई नहीं था सर! मैं और वो अख़बार वाला ही था, पर साथ के टेबल पर...आए एम सॉरी सर...रियली वेरी सॉरी.. .।'

'पाजी! बोलता क्यों नहीं...कौन था साथ के टेबल पर।' डॉ. सिन्हा अब आपा खो चुके थे।

'साथ के टेबल पर आपकी पत्नी और बेटी थीं सर जो हमारी बातें सुनने के लिए हमारे टेबल पर आकर बैठ गईं थीं। शायद उन्होंने मुझे पहचान लिया था, पर मैं तो नीम-बेहोशी में था सर...इसीलिए बोलता चला गया...बोलता चला गया। आए एम सॉरी सर...रियली।'

'गेट आऊट...गेट आऊट...' डॉ. सिन्हा पूरे ज़ोर से चिल्लाए थे, पर आवाज़ उनके कंठ में ही फंसकर रह गई थी।

'और डॉ. सिन्हा उसी शाम ब्रेन हैम्रेज से मर गए। ये थी मेरे द्वारा की गई हत्या की दास्तां।' लोकेश ने कहानी ख़त्म करके पीठ कुर्सी से टिका दी और आंखें बन्द कर लीं।

'क्या तुम्हें अपनी हरकत पर दुःख है?' मैंने पूछा।

'नहीं, बिल्कुल नहीं। एवरीथिंग इज़ फेयर इन लव एंड वार।' लोकेश धीरे से हंसा।

"ओह...!' मैंने देखा लोकेश के चेहरे की त्वचा उत्तेजना से फड़क रही थी। 'पर तुमने दो हत्याओं की बात क्यों कही थी?' मुझे बातचीत का शुरूआती दौर याद आया।

'हां, मैंने दूसरी हत्या भी की है। मैं मानता हूं।' लोकेश ने शान्त स्वर में कहा।

'और किसकी हत्या की है तुमने?' मैंने सहमे हुए स्वर में पूछा।

'सोनाली की...!'

'सोनाली की भी...?' मैं चिहुंक उठा।

'हां! सोनाली की भी।' उसने मेरा ही वाक्य दोहराया, "डॉ. सिन्हा के कमरे के उस भयानक दृश्य के बाद मैं सोनाली को माफ़ नहीं कर सकता था।

'क्या किया तुमने सोनाली के साथ?" मैंने अधीर होकर पूछा।

'विवाह।' लोकेश की बेहद ज़हरीली आवाज़ के बाद एकाएक संवाद समाप्त हो गया।

शायद अब संवाद जारी रखने की गुंजाइश रह भी नहीं गई थी।

# दौड़

रात का न जाने कौन-सा पहर चल रहा है। कोठरी में अब वह अकेला रह गया है। एक-एक करके सब दरिन्दे चले गए हैं। उसके द्वारा अपराध स्वीकार कर लेने के पश्चात दो दिनों से – ऐसा ही लगता था उनकी बातों से। दो दिन बीत चुके हैं शायद – हां! दो दिनों से यन्त्रणा कक्ष की भांति प्रयोग हो रही यह छोटी-सी कोठरी अब शान्त हो गई है। वह करवट बदलने की चेष्टा करता है तो एक बार फिर समूची देह में पीड़ा की मर्मांतक लहरें उठने लगती हैं। वह अवश-सा चीख़ पड़ता है। सरियों वाले दरवाज़े से एक संगीनधारी आकृति झांकती है और फिर गुम हो जाती है। मजबूत बूटों की ठोकरों से पसलियां, जबड़े और कनपटियां चरमरा गई हैं। नाखूनों में ठोकी गई पिनों वाले बिन्दुओं पर रक्त की बूंदें अब भी जमी हुईं हैं। पैरों के दोनों तलुवों की चमड़ी उधड़ जाने से ज़मीन पर सीधा पांव रखना दुश्वार हो गया है। लगता है जैसे पूरी देह किसी कच्चे फोड़े को चीरा लगा देने वाली स्थिति से होकर गुज़र रही हैं जिसमें से पीड़ा और मवाद निरन्तर रिस रहा है।

'तुमने राजा को क्यों मारा?' यह सवाल था अथवा आरोप! वह अपराध स्वीकार कर लेने के पश्चात भी ठीक से नहीं समझ पा रहा है, परन्तु पिछले दो दिनों से निरन्तर नीम बेहोशी में यही एक बात सुनते-सुनते उसे कई बार लगने लगता कि कहीं सचमुच ही उसने किसी राजा नामधारी व्यक्ति को मार ही न दिया हो।

...नहीं, उसने किसी को नहीं मारा! ट्रेन के डिब्बे से उतरने के बाद उसे तुरन्त अनुभव हो गया था कि वह किसी गलत जगह पर उतर गया है। दूर-दूर तक न तो किसी प्रकार की रोशनी थी और न ही किसी

छोटे-बड़े स्टेशन के चिन्ह। ट्रेन शायद स्टेशन से काफ़ी बाहर 'आउटर' पर ही रुकी हुई थी। उसने वापस पहले वाले डिब्बे में ही चढ़ने की चेष्टा की, परन्तु बहुत कोशिशों के बाद भी दरवाज़ा नहीं खुला था। शायद अन्दर से दरवाज़ा 'लॉक' किया जा चुका था। वह हड़बड़ाहट में अगले दो-तीन डिब्बों तक दौड़ता चला गया। उसने प्रत्येक डिब्बे का दरवाज़ा लगभग पीट दिया, परन्तु कोई दरवाज़ा नहीं खुला। साधारण डिब्बों में तो आदमी बोरों में भरे रद्दी कागज़ की भांति ठुसे हुए थे। इसलिए दरवाज़ों के खुलने का प्रश्न ही नहीं था और रिजर्व डिब्बों के दरवाज़े सुरक्षा की दृष्टि से 'लॉक' कर दिए गए थे।

अचानक ट्रेन एक लम्बे हॉर्न के बाद सरकने लगी तो वह और भी उतावला होकर डिब्बों के दरवाज़े पीटने और चिल्लाने लगा था। दरवाज़ा तो कोई नहीं खुला। अलबत्ता कुछ लोगों ने खिड़की की सलाखों से सिर टिकाकर उसे कुछ इस प्रकार घूरना आरम्भ कर दिया था मानो जू में कोई नया जानवर आ गया हो। ट्रेन रफ़्तार पकड़ने लगी थी और खिड़कियों से बाहर बिखरे हुए रोशनी के चकत्ते एक-एक करके उसके ऊपर से गुज़रते जा रहे थे। वह बेवजह कुछ क़दम तक भागा था, परन्तु पटरी के साथ-साथ बिछी मोटी रोड़ी पर पैर स्थिर नहीं हो पाते थे और वह बार-बार फिसल जाता था। दो-एक बार तो वह पटरी के नीचे से बाहर आए स्लीपरों के किनारे पर उभरे बड़े-बड़े बोल्टों से टकराकर गिरते-गिरते बचा था। सांस फूल गई थी तो उसने भागना छोड़ दिया था और हताश दृष्टि से निरन्तर सरकती ट्रेन को देख रहा था। अब...अब क्या होगा?

ट्रेन चली गई तो दूर होते रोशनी के चकत्तों को देखते हुए यही प्रश्न उसे झिंझोड़ गया था। अजीब मूर्खता हो गई उससे। इस स्थान पर उतरने से तो बेहतर था कि वो कुछ देर और कंडक्टर की जली-कटी सुन लेता, परन्तु वह तो ट्रेन रुकते ही कंडक्टर को गालियां देता हुआ धड़-धड़ नीचे उतर गया था। उसने तो यह जानने की चेष्टा भी नहीं की थी कि ट्रेन कहां रुकी है, कौन-सा स्टेशन है? नन्ही

पिछले स्टेशन पर जब वह गाड़ी पर चढ़ने लगा था तो बेहद ठुंसे हुए डिब्बों के दरवाज़े बहुत कोशिश के बाद भी नहीं खुले थे। तब उसने

कोशिश की थी कि ट्रेन की छत पर चढ़ जाए, परन्तु पुलिसवालों ने उसकी कमीज़ पकड़कर नीचे घसीट लिया था। ट्रेन की छत पर चढ़कर सफ़र करना उसके लिए कोई नया अनुभव नहीं था। स्यालदह एक्सप्रेस हमेशा ऐसी ही भरी-ठुंसी हुई आती थी और ऐसे में लोगों के पास डिब्बों की छतों पर चढ़कर सफ़र करने के अतिरिक्त और कोई चारा नहीं बचता था, परन्तु कुछ ही दिन पहले हावड़ा एक्सप्रेस की छत पर सफ़र करते सैकड़ों आदमी एक पुल पर लटकते लोहे के टुकड़े से टकरा जाने से दरिया में डूब मरे थे। तब से छत पर सफर करने की बन्दिश हो गई थी।

स्टेशन से ट्रेन खिसकने लगी तो वह एक रिजर्व डिब्बे के खुले हुए दरवाज़े को धकेलता हुआ तेज़ी से अन्दर चला गया था। उसके पास साधारण टिकट था और डिब्बे का कंडक्टर दयालु नहीं था। लिहाज़ा ट्रेन की गति बढ़ने के साथ-साथ कंडक्टर की आवाज़ भी तेज़ होती गई थी। कंडक्टर उसे लगातार प्रताड़ित कर रहा था और डिब्बे की शायिकाओं पर गैलरी की तरफ़ लटके हुए, अर्द्ध सोए सिर, तमाशा देख या सुन रहे थे। उसने बहुत अनुनय-विनय किया था, परन्तु कंडक्टर गाली-गलौच पर उतर आया था। अन्त में कुछ लोगों के बीच-बचाव के बाद उसे अगले स्टेशन तक टट्टियों के पास खड़े रहने की अनुमति मिल गई थी। कंडक्टर के व्यवहार से वह अन्दर-ही-अन्दर सुलग रहा था इसीलिए जब ट्रेन रुकी थी तो वह बिना कुछ सोचे-समझे कंडक्टर को मोटी-मोटी गालियां देता हुआ झटपट ट्रेन से उतर गया था।

...परन्तु अब ट्रेन जा चुकी थी और वह सहमा हुआ चारों ओर देख रहा था। रात के घने अंधेरे में निश्चल खड़े वृक्ष, झाड़ियां और आसपास के छोटे-मोटे टीले केवल छाया भर प्रतीत हो रहे थे। वृक्षों, झाड़ियों और टीलों की तराश, शाखाएं और पत्तियां अन्धेरे में एकाकार हो गईं थीं। झींगुरों की आवाज़ पास से लेकर दूर तक की हर झाड़ी में फैली हुई थी। बीच-बीच में इक्का-दुक्का जुगनू चमक उठता तो कोई नन्हीं-सी पत्ती-शाखा या ऐसा ही कुछ, क्षण भर को चमककर फिर बुझ जाता। उसने तय किया था कि अब उसे किसी भी प्रकार अगले स्टेशन तक पहुंचना होगा। अक़्सर सफ़र करते रहने से उसे यह अनुमान तो था ही कि इस आऊटर से लगभग एक या डेढ़ किलोमीटर पर एक स्टेशन भी पड़ता है। दरअसल उसी स्टेशन के धोखे में वह यहां उतर गया था।

वह अभी निर्णय कर ही रहा था कि एकाएक जंगल की ओर से कुछ स्वर उभरने लगे थे और वह खामोश जंगल उसे भयानक लगने लगा था। अभी तक आसपास का जंगल उसके लिए केवल जंगल था, परन्तु कुछ अपुष्ट मानव स्वरों के साथ ही उसका दिमाग़ गुंझलों से भर गया था। उसकी देह में भय की लहरें उठने लगी थीं। जाने वह युग कैसा था जब जंगल में रास्ता भटक गए राहगीर किसी दूसरे की आवाज़ सुनकर आशान्वित होते थे। शायद वह कहानियां थीं और वह सचमुच भटका हुआ था – उसने सोचा।

...एक-दो नहीं कई स्वर थे। पहले तो वह सिकुड़कर पटरी के किनारे पड़े पत्थरों की ढलवां कतारों से सटकर बैठ गया फिर धीरे-धीरे रेंगता हुआ पास की एक छोटी-सी झाड़ी के पीछे सरक गया था। आवाज़ें अब उसे साफ़ सुनाई देने लगी थीं। इतनी देर से दृष्टि भी शायद अन्धेरे में निरन्तर आश्रय टोहते-टोहते अभ्यस्त हो गई थी। इसीलिए उसे हिलती-डुलती आकृतियां स्पष्ट दिखाई देने लगी थीं।

'गाड़ी चली गई है अब लैम्प जला दो।' किसी आकृति ने कहा था।

'वही कर रहा हूं।' शायद किसी दूसरी आकृति ने जवाब दिया था।

कुछ ही क्षणों में रोशनी का एक छोटा-सा दायरा आसपास फैल गया था। उसने अब अपनी दृष्टि को स्थिर करके देखने की चेष्टा की तो चौंक उठा। तीन आदमी तीन अलग-अलग पेड़ों के तनों से बंधे थे। दो आदमी एक तने का सहारा लेकर खड़े थे और कुछ आदमी बन्दूकें लिए एक किनारे पर टहल रहे थे।

'मिश्रा जी! आपके रास्ते का कांटा तो आज हम हटा देंगे, परन्तु आपको हमारा काम भी जल्दी ही करना होगा।'

'यादव! आज तक तुम्हारा कौन-सा काम रुका है यार!' और फिर तने के सहारे खड़े दोनों आदमी बेवजह हंस पड़े थे।

'पांडे।' उन दोनों में से एक ने पुकारा तो बन्दूक लेकर टहलते हुए आदमियों में से एक उनके पास आ गया था।

'तुम नाश्ता कर लो, फिर काम शुरू किया जाए।'

'जी!' पांडे बन्दूक रखकर एक पेड़ की ओट से झोला निकाल

लाया। फिर उसने झोले से कुछ गिलास और दो प्लेटें निकालकर ज़मीन पर रख दीं। उसने इतनी दूरी से भी साफ़ देखा था कि प्लेटों में भूने हुए गोश्त के टुकड़े डाले जा रहे थे और गिलासों में शराब। पांडे ने दो गिलास तने के सहारे खड़े दोनों आदमियों को पकड़ाकर एक प्लेट उनके पास ज़मीन पर रख दी थी तो वह दोनों आदमी भी ज़मीन से ऊपर निकली पेड़ की बड़ी-बड़ी जड़ों पर बैठ गए थे।

'सुनो बाक़ी का तुम लोग खा-पी लो। हम और नहीं लेंगे।' बैठने वालों में से एक ने कहा।

पेड़ से बंधे तीनों आदमी मौन थे। उसे आश्चर्य हुआ कि यह सब क्या नाटक हो रहा है। शायद डाकुओं ने कुछ लोगों का अपहरण कर लिया है। नीचे बैठ जाने के कारण बैठने वाले दोनों आदमियों के चेहरे रोशनी में आ गए थे। दरअसल पहले ज़मीन पर रखे लैम्प की रोशनी खड़े हुए आदमियों की कमर तक पहुंच रही थी, परन्तु अब उन लोगों के बैठ जाने के कारण उनके चेहरे मद्धम-मद्धम रोशनी में साफ़ उभर आए थे। अचानक उसे एक चेहरे को देखते हुए कुछ ध्यान आया और वह चौंक उठा। उन दो आदमियों में से एक आदमी को वह अच्छी तरह पहचान रहा था। यद्यपि उस आदमी की हुलिया इस समय पूरी तरह बदली हुई थी। वह कुर्ते-पायजामे और टोपी के स्थान पर पैंट-शर्ट पहने हुए था, परन्तु चेहरा तो वही था। ठीक वही। आज सुबह नगर में आज़ादी के चालीसवें वर्ष पर आयोजित दौड़ का आरम्भ इन्हीं महाशय ने झंडा दिखाकर किया था।

...अजीब चक्कर शुरू हुआ था सुबह से। वह सुबह गांव से शहर चला आया था—आज़ादी की दौड़ दौड़ने। आज़ादी या आज़ादी की दौड़ के लिए उसके दिल में कोई जज्बा नहीं था। वह तो केवल उन पुरस्कारों के आकर्षण में दौड़ा था जो दौड़ जीतने पर मिलने वाले थे, परन्तु हाय रे भाग्य! वह मुफ्त बांटी जाने वाली ठंडी बोतलों के स्टॉल पर ही खड़ा रह गया था और लोग दौड़ जीत गए थे। पिक्चर देखने गया तो तीन वाले शो में टिकट नहीं मिला था। छः बजे वाले शो से फारिग होकर स्टेशन पहुंचते-पहुंचते दस बजने लगे थे। ठसाठस भरी स्यालदह छूटने को तैयार ही खड़ी थी और अब वह झाड़ियों के पीछे जितना भी सिकुड़

सकता था, उतना सिकुड़ा हुआ बैठा था। पूरा दिन ही मनहूस था साला! उसने पहलू बदला और धीरे से दूसरी झाड़ी के शिखरों पर थूक दिया।

कुछ देर के सन्नाटे के बाद लैम्प की रोशनी के दायरे से फिर कुछ आवाज़ें आने लगी थीं। पांडे अब पेड़ की जड़ पर बैठे उन दोनों लोगों के पास लौट आया था।

'कार्यक्रम शुरू किया जाए साहब?' उसे अनुभव हुआ कि पांडे की आवाज़ में कुछ लहरें उठ रही हैं जो शायद बोतल के प्रभाव से ही थीं।

'हां, एक-एक करके। हाथ और मुंह बंधे रहने देना।' वह दोनों भी उठ खड़े हुए थे और रोशनी फिर से उनकी कमर तक फैलकर रह गई थी। अभी वार्तालाप चल ही रहा था कि एकाएक पेड़ से बंधे तीन आदमियों में से एक ने चिल्लाना शुरू कर दिया था।

'मां का दूध पिया है, तो मेरे हाथ खोलकर देख लो कुत्तो। एक-एक की बोटियां नोच लूंगा हरामजादो। हमें धोखे से पकड़ लाए और अब हमें मारना चाहते हो सुअर के बच्चों...।' पेड़ से बंधे आदमी ने भद्दी-भद्दी गालियां बकना आरम्भ कर दिया था। उसने अनुभव किया कि वह आदमी गुस्से में जितनी ज़ोर से चीख़ता था उसके बाद उतनी ही धीमी आवाज़ में सिसकने भी लगता था। उसकी आवाज़ कांप रही थी और कुछ ही क्षणों में उसकी हिचकियां बंध गईं थीं और फिर वह फफक-फफककर रो उठा था। रोते हुए भी वह गालियां बक रहा था।

'पांडे! इसका मुंह कैसे खुल गया? कसकर बांध दो।'

'जी साहब!'

'मार दो कुत्तो को गोलियां। पर ध्यान रहे कि गोली पीठ में लगनी चाहिए समझते हो न।' आवाज़ उत्तेजित थी।

'जी साहब!'

पेड़ से बंधे आदमी का मुंह फिर बांध दिया गया था और रोने की आवाज़ें दब गईं थीं। उसे अनुभव हुआ कि शायद तीनों ही सिसक रहे हैं, कुछ कह रहे हैं, परन्तु मुंह बंधा होने के कारण आवाज़ें घुटकर रह गईं थीं। एक आदमी ने पेड़ से बंधे तीनों आदमियों में से एक को खोल दिया और फिर पांडे ने उस आदमी को धक्का मारकर मुंह के बल गिरा दिया।

ठीक उसी समय एक धमाके की आवाज़ के साथ चीख़ उभरी थी। मुंह बंधा होने पर भी शायद वही आदमी चीख़ा था। कुछ क्षणों तक ज़मीन पर पड़े हुए तड़फते रहने के पश्चात उसका शरीर शान्त हो गया था और वातावरण पहले से कहीं अधिक सन्नाटे में घिर गया था। हवा जैसे एकाएक बोझल हो गई थी और उसमें से खून के चीथड़े टपकने लगे थे। उसे अपना दम घुटता हुआ लग रहा था। उसका शरीर भय से थर-थर कांपने लगा था और गला सूख रहा था। वह अपनी आंखों के सामने मौत देख रहा था और जिस प्रकार की मौत देख रहा था, वह उसने कभी नहीं देखी थी। उसने बहुत कोशिश की कि आंखें बन्द कर ले, परन्तु आंखें बन्द करते ही वह जिस प्रकार की दहशत से सिहर उठता था उसके बाद उसने तुरन्त आंखें खोल दी थीं और पसीना-पसीना होते अपने एक-एक अंग को टटोलने लगा था।

कुछ देर बाद दूसरे को भी खोलकर पहले की तरह मार दिया गया। इस बार उस पर बहुत कम प्रतिक्रिया हुई। शायद भय से उसके सोचने-समझने की शक्ति नष्ट हो चुकी थी। फिर तीसरे को खोला गया। वह तीसरा व्यक्ति वही था जो कुछ देर पहले चीख़ रहा था, चिल्ला रहा था। गालियां दे रहा था और रो रहा था। पांडे ने उसे भी गिराने के लिए धक्का मारा, परन्तु तभी उसने पांडे की दोनों टांगों के ठीक मध्य में लात मार दी। पांडे इस वार के लिए तैयार नहीं था और निशाना अचूक था। लिहाजा वह दर्द से बिलबिला उठा और इससे पहले कि आसपास खड़े लोग उसकी ओर लपकते, पांडे की राइफल ने आग उगल दी थी।

'अरे! यह क्या किया पांडे तुमने। सामने से गोली मार दी। पोस्टमार्टम में हम सब मारे जाएंगे।'

'अब चाहे मारे जाएं चाहे बचें। हमसे जो होना था सो हो गया।' पांडे ने शुष्क स्वर में कहा और राइफल का सहारा लेकर लंगडाता हुआ पेड़ की जड़ों पर जाकर बैठ गया। तीसरा भी पहले दोनों की भांति कुछ क्षण छटपटा कर लाश हो गया था।

झाड़ियों की ओट से उसने देखा कि वहां खड़े बाक़ी सभी लोगों में एक विशेष प्रकार की हलचल फैल गई थी। दूर खड़े बन्दूकधारी भी

धीरे-धीरे एक दायरे में सिमट आए थे और अब सब लोग फुसफुसा कर कुछ बातें कर रहे थे। उसने कुछ टूटे हुए वाक्य सुने थे।

'यह तो कत्ल का मामला बन जाएगा यादव साहब! रामसरन हमारे विरुद्ध सारी गोटें उगल देगा चुनावों में।'

'आप बेफ़िक्र रहें, हम इसका कातिल जल्दी ही ढूंढ़ लेंगे।' और फिर एक हंसी के साथ सिरों का झुरमुट बिखरने लगा था। उसे इतना अवश्य समझ आ गया था कि यह सब बातें तीसरे के ही सम्बन्ध में हो रही थीं। कुछ लोग तीसरे वाले की लाश उठाने लगे थे। किसी ने लैम्प बुझा दिया था और कुछ टॉर्चों को प्रकाश आसपास फैल गया था।

'चलो भाई! पहली मुखिया जी को आगाह कर दें। कल अख़बार वाले दौड़े आएंगे मुठभेड़ की ख़बर सुनकर। उन्हें मुखिया जी ही सम्भालेंगे।'

'हां, यह ठीक है। तीसरे की लाश झाड़ी में पीछे डाल दो और हां, जहां से खून रिस रहा है, वहां गीली मिट्टी का लौंदा भर दो।'

निर्देश के साथ ही काफ़िला चल पड़ा। दो लाशों को वहीं छोड़कर और तीसरी लाश को हथेलियों पर कुछ इस प्रकार उठाए हुए कि वह बदन से दूर रहे। काफ़िला काफ़ी दूर निकल गया तो भी वह अन्तिम आदमी की पीठ दिखाई देने तक जड़ बना बैठा रहा था। फिर सहसा उसे भय प्रतीत हुआ था। दो लाशें उससे कुछ ही दूरी पर पड़ी थीं। अकाल-मृत्यु। आत्माएं भूत बनी डोल रही होंगी और वह एक नए डर से सिहरता हुआ कारवां के ठीक विपरीत दिशा में भागा था। सड़क पर पहुंचकर वह पेट पर हाथ रखे हुए दोहरा होकर लम्बी-लम्बी सांसें लेने लगा था। भागते-भागते उसका दम फूल रहा था और पेट में ऐंठन होने लगी थी। सड़क खाली पड़ी थी। वह एक किनारे पड़े हुए बड़े से पत्थर पर बैठकर सुस्ताने लगा था।

उसे क्या करना चाहिए?

कुछ नहीं। चुपचाप घर जाना चाहिए और सब कुछ भूल जाना चाहिए।

उसके अन्दर बैठे सतर्क आदमी ने सलाह दी और वह खाली पड़ी

सड़क पर किसी गाड़ी की आवाज़ टोहने लगा था। तभी सड़क पर किसी गाड़ी की रोशनी फैल गई थी और वह हाथ उठाकर ठीक सड़क के बीच में जा खड़ा हुआ था।

...खड-खडऽऽऽ! कोठरी के लोहे के दरवाज़े के खुलने की आवाज़ के साथ ही उसके विचारों की श्रृंखला टूट गई। वह सहमकर उठ बैठा। वे लोग फिर लौट आए हैं क्या? अन्धेरे से निकलकर दो आकृतियां कमरे के मद्धम उजाले में आ गईं। इस बार आनेवाले दोनों आदमी नए थे। एक के हाथ में कुछ वैसा ही बैग था जैसा अक़्सर उसने डॉक्टरों के पास देखा था। शायद वह कोई डॉक्टर ही था। बैग खोलकर उसने एक ट्यूब निकाली और उसके मुंह पर जबड़ों पर कोई मलहम लगाना शुरू कर दिया। फिर एक गीली रुई से पैर के तलवे साफ़ करके और नाखूनों से रिसता खून पोंछकर वहां भी किसी मलहम का लेप लगा दिया। वह आदमी बिना कुछ पूछे जिस प्रकार कार्य कर रहा था उससे लगता था कि इसे ऐसे कार्यों का पर्याप्त अनुभव है। वह उसके व्यवहार पर आश्चर्यचकित नहीं था। मशीनी अन्दाज़ में अपना काम निपटाकर वे दोनों बाहर चले गए और लोहे का दरवाज़ा फिर से खड़-खड़ाहट करता हुआ बन्द हो गया।

मलहम ने शुरू में थोड़ी चिरचिराहट की, परन्तु फिर उसके अंगों को ठंडक मिलने लगी थी। अब मिल रहे आराम से उसे पहली पीड़ा की भयानकता का अनुभव होने लगा था। उफ...! वह कई बार सिहर-सिहर गया।

...उस रात वह एक मैटाडोर में बैठा था। अंधेरे के कारण वह किसी भी व्यक्ति को पहचान नहीं पाया था। चौंका तो वह उस समय था जब थाने के अहाते में रुकी मैटाडोर के अन्दर प्रकाश आने लगा था। वही तमाम लोग यहां मौजूद थे जिनके भय से वह जंगल से भागा था। फिर अचानक वह एक चीख के साथ कांपने लगा। उस तीसरे मरने वाले की लाश उसके साथ सटी हुई पड़ी थी। थाने में ले जाकर उससे तरह-तरह के सवाल किए गए थे और शायद इसी बीच यह भी तय कर लिया गया था कि यदि उसे किसी केस में फंसा दिया जाए तो गांव में उसका कोई ऐसा सगा-सम्बन्धी नहीं था जो उसके लिए पैरवी कर सकता और अब वह उस तीसरे आदमी की मौत की जिम्मेदारी ढो रहा था। दो दिन से

एक झूठ को सुनते-सुनते उसे भ्रम होने लगा था कि कहीं वही सब सच तो नहीं है जो उससे मनवाया जा रहा है।

नहीं!...सच्चाई वह जानता है। सिर्फ वह। उसे ज़बरदस्ती मौत के मुंह में धकेला नहीं जा सकता। वह जज के सामने एक बार सारी सच्चाई उगल देगा। वह सच्चाई जो इन दरिन्दों से छुपा गया था। तरह-तरह के सवालों के गुंझल से भी वह सच्चाई को साफ़ निकाल गया था – तीन कत्ल की सच्चाई। वह मौत की इस यात्रा में एक बार मौत को वैसे ही लात मारना चाहता है, जैसी उस तीसरे आदमी ने कत्ल कर दिए जाने के ठीक पहले पांडे को मारी थी। कुछ क्षण पहले उसके अन्दर अथाह पीड़ा से मर जाने की जो इच्छा पैदा हुई थी वह मलहम के लेप के पश्चात घटती हुई पीड़ा के साथ अदम्य जिजीविषा में परिवर्तित होने लगी थी। क्या वह डॉक्टर कोई जादूगर था? शायद दो दिन की दहशत के बाद सहानुभूति के रूप में अंगों को सहलाता मलहम का लेप ही उसमें जीने की चाह भर रहा था। अब उसके सामने एक नई जमीन फैली हुई थी और वह नए सिरे से इस गुंझल को सुलझाने का प्रयत्न करने लगा था। कुछ देर पहले उसके अन्दर मर जाने की इच्छा जितनी प्रबल थी अब ज़िंदा रहने की चाह उससे कई गुना अधिक सुखद लग रही थी।

डिप्टी एस.पी. दो बार घर आकर लौट गए थे। कोर्ट के चैम्बर में भी मिलने का प्रयास करते रहे थे, परन्तु जिला जज मजूमदार हर बार उनसे मिलना टाल गए थे। उस आदमी के बयान के बाद तो जैसे पुलिस द्वारा बनाए गए मुकदमे का सारा समीकरण ही बदल गया था। पुलिस वालों के चेहरे पर कैसी हवाइयां उड़ने लगी थीं। यह मजूमदार की पारखी दृष्टि से छुपा नहीं रह सका था। मजूमदार ने अपने अदालती जीवन में झूठ और सच का बहुत समीप से देखा था। झूठ उनकी अदालत में कभी टिक नहीं पाया था और यह निश्चित था कि वह आदमी झूठा नहीं था। केवल मौत के डर से वह झूठ बोल रहा हो, यह भी प्रतीत नहीं होता था। बड़े-बड़े अपराधी भी सज़ा से बचने के लिए रोने-गिड़गिड़ाने का नाटक करते थे, परन्तु यह आदमी मौत के भय से नहीं रोया था—यह मजूमदार ने अनुभव किया था। फफक-फफककर रोते हुए उसने अपनी देह का

एक-एक घाव उघाड़कर दिखा दिया था और फिर जो कुछ उसने बयान किया था वह मजूमदार के लिए अप्रतिम था।

'हजूर, अगर इस सबके बाद भी मैं पुलिस के सामने यह थोपा गया गुनाह कबूल नहीं करता तो शायद मेरा भी वही अन्त होता जो उन तीनों का हुआ है। जज साहब मैं एक झूठ ओढ़कर मरना नहीं चाहता। इन दरिन्दों की जिम्मेदारी ढ़ोता हुआ फांसी पर चढ़ना नहीं चाहता। मुझे झूठे केस में फंसाया जा रहा है...' कहते-कहते वह आदमी जिस प्राकर रोया था उससे मजूमदार अन्दर तक हिल गए थे। शायद यही एक कारण था कि सरकारी पक्ष के वकील की अनेक आपत्तियों के पश्चात भी उन्होंने उसका पूरा बयान सुना था। रेल-टिकट देखने के बाद तो उन्हें उसका कथन कुछ-कुछ सत्य भी प्रतीत होने लगा था।

डिप्टी एस.पी. क्यों मिलना चाहते हैं? यह वह भली प्रकार समझ रहे थे। निश्चय ही उन्हें अपने मुकदमें की चूलें हिलती हुई दिखाई दे रही होंगी। एक अन्देशा भी पैदा हो गया होगा कि कहीं सच्चाई उघड़ गई तो लोगों को सीखचों में डालने वाले खुद ही सीखचों के पीछे नज़र आएंगे।

यदि राजा नामधारी व्यक्ति का कातिल वही आदमी था तो फिर वह शहर के बाहर होने वाली पुलिस मुठभेड़ का सारा वृतान्त कैसे जानता था? पुलिस के दस्तावेज़ों के मुताबिक राज का कत्ल शहर में हुआ था। पोस्टमार्टम की रिपोर्ट मुठभेड़ और कत्ल का समय लगभग एक ही बता रही थी। एक आदमी एक समय में दो स्थानों पर कैसे हो सकता है? फिर रेल का टिकट...कत्ल वाली बन्दूक का बरामद न होना। कुछ ऐसे तथ्य थे जो उस आदमी की बातों को बल प्रदान करते थे।

मजूमदार का दिमाग़ निरन्तर उलझता जा रहा था। मुकदमे के अदालती पक्ष से भी अधिक महत्त्वपूर्ण एक और पक्ष था। यदि यह सब सच है तो इस देश का भविष्य क्या होगा? जिस देश के राजनीतिज्ञ और प्रशासक मिलकर अपराध कर रहे हों, वहां न्यायपालिका को ही विकल्प प्रस्तुत करना होगा। यह सब सोचते-सोचते मजूमदार उठकर टहलने लगे।

उस आदमी की सच्चाई को परखना ही होगा। उन्होंने यह निश्चय किया और अपनी 'स्टडी' में आकर बैठ गए।

अगले दिन सुबह-सवेरे मजूमदार स्वयं कार लेकर जेल जा पहुंचे। जिला जज के यूं स्वयं चले आने पर जेल में अफरा-तफ़री मच गई। जेल, डिप्टी जेलर सब आनन-फानन में हाज़िर हो गए। मजूमदार सारे काग़ज़ तैयार करके लाए थे। कोई कुछ पूछता, इससे पहले मजूमदार उस आदमी को कार में लेकर चल पड़े थे।

'तुम उस जगह का सही रास्ता जानते हो न। जहां मुठभेड़ हुई थी।' कार चलाते हुए मजूमदार ने पूछा।

'मुठभेड़ नहीं कत्ल कहिए उसे। मैं उसे जगह के चप्पे-चप्पे को जानता हूं और यदि जीवित रहा तो जीवनभर न तो उस हादसे को भूल सकता हूं और न ही उस जगह को। मगर आप...।' वह जज साहब के इस व्यवहार पर आश्चर्यचकित था और आशंकित भी।

'केवल रास्ता बताओ। फालतू मत बोलो।' मजूमदार ने कहा और उसके संकेतों पर कार चलाने लगे। जंगल के जिस रास्ते से होकर यह लोग निकल रहे थे वहां कार आगे जाने की सम्भावना नहीं थी। इसलिए कार छोड़ देनी पड़ी और वे लोग पैदल ही चल पड़े। उस स्थान के पास पहुंचकर वह ठहर गया।

'यही तीनों पेड़ हैं, जिनमें उनको बांधा गया था।' उसने कहा।

'हूं!'

'और यहां...इस जगह उन्हें औंधे मुंह गिराकर गोली मारी गई थी।' उसने जहां इशारा किया था वहां अब सूखे पत्तों की परत जमी हुई थी।

'तुम कहां छिपे थे?'

'वहां...उस झाड़ी के पीछे।' उसने इशारे से बतलाया।

'यहां से यह सूखे पत्ते साफ़ करो।' मजूमदार स्वयं भी उसे साथ पत्ते हटाने लगे थे। काफ़ी बड़े स्थान से पत्ते हटा देने के बाद वह एकाएक सहमकर पीछे हट गया था। खून के कई बड़े-बड़े फीके धब्बे अब भी मिट्टी पर थे। मजूमदार ने आसपास के पेड़ों को भी बहुत ध्यान से देखा। कई जगहों पर अब भी पेड़ की खाल से चिपके मांस के छोटे-छोटे चीथड़े सूख गए थे।

'हूं! तो मैंने ठीक ही सोचा था। तुम सच ही बोल रहे थे।' बहुत देर तक कुछ सोचने के पश्चात मजूमदार ने उसके कंधे पर धीमे से हाथ रखा था और एक फ़ीकी-सी हंसी हंस दिए थे। 'अब मैं सिर्फ उस टी. टी. की गवाही लूंगा, जिसने तुम्हें गाड़ी से उतार दिया था। खैर! आओ चलें।'

अभी वह लोग वापसी के लिए घूमे ही थे कि अचानक उसे ठीक वैसा ही धमाका सुनाई दिया जैसा उसने उस रात को सुना था, परन्तु उस धमाके के साथ ही एक और विचित्र प्रकार की आवाज़ थी। वह सहमकर रुक गया। मजूदमदार सतर्क हो गए थे। इससे पहले वह कुछ समझता मजूमदार लगभग चीख पड़े–

'शायद हमारी कार का टायर फाड़ दिया गया है। वे लोग हम तक पहुंचे, इससे पहले हमें भागना होगा।' मजूमदार ने उसका हाथ पकड़ लिया और दोनों ट्रेन की पटरी पर आवाज़ की विपरीत दिशा की ओर भागने लगे। अचानक हांफते हुए मजूमदार ने कहा, 'गर हमें कोई सहारा नहीं मिला तो हमें इसी तरह भागते रहना होगा। तब तक कि मैं न्याय करने के लिए कुर्सी तक नहीं पहुंच जाता और तुम गवाही देने के लिए कटघरे तक।'

वह मजूमदार की बातों को बहुत ज़्यादा ठीक से नहीं समझ पाया था, परन्तु फिर भी उसने समर्थन में सिर हिला दिया। अचानक उसे आज़ादी की दौड़ वाले दिन का ध्यान आया; जिस दिन झंडा दिखाते ही हज़ारों आदमी दौड़ पड़े थे। आज इस बिना आयोजन की दौड़ में वह केवल दो थे। एक ऐसी दौड़ जो भव्य तो नहीं थी, परन्तु ऐतिहासिक अवश्य थी।

# वजूद

दरअसल उसके समूचे व्यक्तित्व में आकर्षण के नाम पर कुछ भी नहीं है।

पैरों में टांका लगी हवाई चप्पलें, सिगरेट-सी टांगों पर अटकी मोटी जीन की नीली पैंट, गाढ़े रंग की बुशर्ट, खिचड़ी दाढ़ी में से झांकती जंग खाए चेहरे की बेहिसाब झाइयां और उन सब पर अटका हुआ मोटे लैंसों का चश्मा, पैर घिसटकर चलना उसके लिए अपनी आदत है, परन्तु औरों के लिए उसकी अस्वस्थ मानसिकता का विज्ञापन – और एक पहचान भी।

कॉलेज के दिनों में उसने प्रेमचन्द से लेकर मोहन राकेश तक के साहित्य की आलोचना-समालोचना की है। गांधी से लेकर मार्क्स और लेनिन तक की तुलनात्मक विवेचना पर अच्छे खासे भाषण झाड़े हैं और मौका पड़ने पर विश्वसुन्दरी से लेकर अपनी कक्षा की अल्ट्रा-मॉडर्न लड़कियों पर भी फ़ब्तियां कसी हैं।

उसकी प्रगति में यदि कुछ बाधक है तो उसका अपना भाग्य, ऐसा उसका विचार है। वह मध्यमवर्गीय परिवार का युवक है, जहां नौकरी परम्परा है और पूंजी प्रतिभा। पैदा होते ही रोज़गार दफ़्तर की लम्बी लाइनों में लग जाना यहां कर्म है और आकर्मण्य व्यक्ति को जीने का अधिकार शायद किसी भी वर्ग में नहीं दिया जाता। वह स्वयं भी वर्षों उन लम्बी लाइनों में लगने के बाद आज इस छोटे-से स्कूल के दफ़्तर के बाहर खड़ा अपने नाम की पुकार के इंतज़ार में है।

वह चौंककर सम्भलता है। अन्दर से उसका नाम पुकारा जाता है। पसीने से मैले हो आए रूमाल को वह इस बार बेवजह माथे पर फेरता हुआ चिक उठा कर कमरे में दाखिल हो गया।

कमरे में तीन आदमकद तस्वीरें थीं – महात्मा गांधी, डॉ. राधाकृष्णन और पंड़ित नेहरू की।

मेज़ के उस पार भी तीन आदमी हैं। एक वरिष्ठ अध्यापक, एक प्रिंसिपल और एक मैनेजर। मैनेजर के बाएं गाल पर लम्बे चीरे का निशान है, जिस पर का मांस फूलकर चेहरे की सतह से ऊपर उठ गया है। माथे के बीचों-बीच तिलकवाले स्थान पर किसी पुरानी चोट का कटाव है। बाक़ी दोनों साधारण हैं – दबे-दबे से व्यक्तित्व वाले।

तीन जोड़ी आंखें उसे बहुत गौर से देखती हैं – घूरती हैं। उसके हाथ फुरती से जुड़कर माथे तक पहुंचते हैं और फिर यन्त्रवत-से बिना किसी प्रत्युत्तर के वापस गिर पड़ते हैं। दिए गए इंटरव्यूओं की एक लम्बी फेहरिस्त और उनका ढ़ेर सारा अनुभव उसके पास है। आंखों में एक याचना की छाप उभार कर जुड़े हुए हाथ माथे तक लाना उन्हीं अनुभवों की एक कड़ी है।

'बैठ जाओ...' मेज़ के उस पार से कठोर आवाज़ सुनाई दी। वह बैठ गया।

'मास्टरी कर लोगे?' वही आवाज़।

'जी!' उसका झुका हुआ सिर हिला।

'परन्तु हुलिया तो गुंडों वाला है।

उसकी नज़र उठकर सामने टिके हुए खुर्राट चेहरे पर उभरे कुछ कटावों तक पहुंचकर थमक गई। फिर सतर्कतावश उसने नज़रें झुका लीं। मन किसी आशंका से कांप उठा।

उसके वजूद पर चोट हुई है – वह समझ रहा है, पर चुप है। नौकरी तो आखिर नौकरी है, व्यक्तित्व की आलोचना जैसी मामूली बातों से भला उसकी तुलना कहां।

वह एक टकराव टाल गया।

'मास्टरी करने के लिए दाढ़ी कटानी होगी।' अब सिलसिला समझौतों का था।

'जी', उसने स्वीकारा।

'इस लाल-पीले लिबास की जगह सादा लिबास पहनना होगा।'

'जीऽऽऽ...'

'कितनी पास हो?' मेज़ के उस पार बैठे व्यक्ति को जैसे कुछ याद आ गया।

'जी, एम.ए.।' वह गिड़गिड़ाया।

'शर्मा जी की सिफारिश के कारण तुम्हें रख रहे हैं, वरना तो यहां तुमसे ज़्यादा क़ाबिल लड़के मास्टरी के लिए सिर फोड़ते हैं।' मेज़ के उस पार से भीख का टुकड़ा उछला और मेज़ के इस पार बैठे युवक ने उसे शालीनता से ग्रहण कर लिया।

'जी बहुत-बहुत धन्यवाद।'

'सोमवार से पढ़ाने आ जाना।' आदेश हुआ।

'जी अच्छा...' उसकी आवाज़ कृतज्ञता से गद्गदा उठी।

'अब जाओ...'

वह उठा! प्रणाम की मुद्रा में अहसान के बोझ से दोहरा हुआ और फिर चिक उठाकर कमरे से बाहर आ गया। एकाएक उसकी स्मृति में घर के आंगन में फैली पांच जोड़ी बुझी-बुझी-सी छोटी-बड़ी आंखें भक् से जल उठीं।

कमरे से बाहर निकलते ही पड़ोस के सिनेमाघर से आती तेज़ धुनों और बच्चों के कान-फाड़ शोर ने उसे दबोच लिया, परन्तु इस समय उसे कुछ भी बुरा नहीं लगा। उसने महसूस किया जैसे उसका जीवन अब तक इसी सबके लिए तरस रहा था। उसने चश्मा हटाकर आंखें पोंछी, फिर चश्मा साफ़ किया और नाक के आस-पास मकड़ी के जालों-सी फैली झाइयों पर उसे दोबारा टिकाकर शहीदाना अन्दाज़ में चलते हुए स्कूल की सरहद पार कर ली।

पहले ही दिन कक्षा में घुसकर बहुत कुछ अपनी सोच के विपरीत लगा। कमरे में बुरी तरह सीलन की गन्ध फैली हुई थी। जहां-तहां दीवारों का प्लास्टर उधड़ा हुआ था। कमरे का एक कोना पान की पीक से सुर्ख रंग में रंग गया था। जो निश्चित तौर पर किसी अध्यापक द्वारा छोड़ी गई यादगार थी। उसका उत्साह एकदम मद्धिम पड़ गया था।

उसने अपने छूटते हुए हौसले को बहुत जतन से पकड़ा और मेज़-कुर्सी पर जमी धूल को फूंक-फूंक कर साफ़ करने लगा। कुर्सी पर बकाया बची गर्द को उसने हाथ से पोंछा और बैठ गया।

'ऐऽऽऽ...तुम इधर आओ...' आंखें फैलाए अपनी ओर ताकते बच्चों में से, उसने सबसे आगे बैठे एक लड़के को ठेठ मास्टराना रौब से अपनी ओर आने का इशारा किया। ऐसा करने में उसका उद्देश्य केवल बच्चों के

नाम जानना था, परन्तु लड़का शायद किसी क्रान्तिकारी विचार के प्रगतिशील पिता का असल पुत्र था। वह नए मास्साब का रोब कैसे सह लेता! विरोध स्वरूप उसने गला फाड़कर रोना आरम्भ कर दिया तो मास्साब बुरी तरह बौखला गए।

अपने पहले दिन के अनुभव के बाद दिमाग़ी तौर पर थक कर चूर हुआ जब वह वापस घर की ओर चला तो उसके दिमाग़ से मार्क्स, लेनिन, गांधी और प्रेमचन्द खो चुके थे। एक चलचित्र था जो उसके चश्मे के मोटे लैंस और आंख की पुतलियों के बीच चल रहा था जिमसें काले, पीले, नीले, सफ़ेद बच्चे अपनी कमीज़ से बहती हुई नाक साफ़ कर रहे थे। तख्ती पर कलम की जगह दवात उलट रहे थे और फुसफुसाहट में एक-दूसरे से मां-बहन की गालियों की धारा-प्रवाह विनिमय कर रहे थे।

रही-सही कसर तो तब पूरी हुई थी जब ऑफिस में प्रिंसिपल ने सूचित किया था कि अभी उसे 'अप्वाइंटमेंट लैटर नहीं दिया जाएगा, क्योंकि हफ्ता भर मैनेजर साहब को उसका चाल-चलन देखना था।' घर लौटते समय आदर्श अध्यापक बनने का सारा उत्साह काफ़ूर हो चुका था और वह मरे-मरे कदम रखता हुआ बार-बार सिर झटक रहा था।

वह स्कूल में उसका पहला दिन था।

हफ्ते भर की नौकरी ने उसे स्कूल का बहुत-सा इतिहास समझा दिया। उसको हुलिए से गुंडा कहकर उसकी दाढ़ी साफ करवानेवाला स्कूल-मैनेजर स्वयं किसी पड़ोस के सिनेमा हाल के शोहदों में गिना जाता था और टिकटें ब्लैक किया करता था। उसे इस स्कूल में तीन सौ की रसीद पर हस्ताक्षर करने पर केवल एक सौ अस्सी रुपए मिलनेवाले थे। स्कूल का स्टाफ़ रूम अब स्थायी रूप से मैनेजर साहब की दुकान का गोदाम बन चुका था जिसमें कनातें, कुर्सियां, पर्दे, तख्त और बांस भरे रहते थे।

इस पूरी जानकारी से उसके दिल में मैनेजर के प्रति दहशत पैदा हो गई थी।

स्कूल में नर्सरी की कक्षाएं बिना किसी लेखे-जोखे के चला करती थीं। नर्सरी की फीस का हिसाब स्कूल के किसी रजिस्टर में दर्ज नहीं किया जाता था। यदि कभी स्कूल का मुआयना होता तो बच्चों को स्कूल के पीछे की ओर टूटी हुई दीवार लंघाकर सिनेमा हॉल की तरफ निकाल दिया जाता, यह सूचना उसके नए बने दोस्त ने दी थी। वह दंग रह गया था।

उसने हफ्ते भर में बहुत कुछ देखा-सुना और चुप्पी साध गया। नौकरी जारी रही और वह बच्चों की तख्तियां लिखने से लेकर बच्चों के नाड़े बांधने तक का काम बखूबी निभाता रहा। वह किसी हद तक समझ चुका था कि समझौतों की दूसरी शक्ल ही नौकरी है – जहां मार्क्स और लेनिन का कोई काम नहीं होता?

उसका चेहरा अब पहले से अधिक गदला गया था। पहले वह चश्मे के लैंस दिन में एक-दो बार साफ करता था, अब उसे एक घंटे में तीन-चार बार साफ़ करने की आवश्यकता पड़ती। उसके झोले से साहित्य गायब हो चुका था, उसके स्थान पर अब कच्ची-पक्की, पहली-दूसरी की किताबें पड़ी रहती थीं।

एक सप्ताह बाद उसे फिर ऑफिस बुलाया गया।

'बैठो मास्साब...' मैनेजर साहब की आवाज़ आज नम्र थी। वह खामोशी से मेज़ के इस ओर बैठ गया।

'आपने मुझे...'

'मास्साब हमें आपके पढ़ाने का ढंग बहुत पसन्द आया, अगर आप बुरा न मानें तो कुछ अर्ज करूं।'

'जी हुक्म कीजिए',

'मेरे दो लड़के हैं। एक सातवीं में है, दूसरा दसवी' में, यदि आप कुछ दिन पढ़ा दें तो शायद उनके नम्बर अच्छे आ जाएं।'

'जी, क्यों नहीं, ज़रूर-ज़रूर।' उसे लगा जैसे केंचुआ रीढ़ की हड्डी पर रेंग गया हो।

'आज यहां से निपट कर आप मेरे साथ चलें।'

और जब वह अपना 'अप्वाइंटमेंट लैटर' लेकर कमरे से बाहर निकला तो एक अजीब-सी सर्द दहशत ने उसे घेर लिया था।

महीने-पर-महीने बीते। बाहरी रूप से सब स्थिर रहा, परन्तु अन्दरूनी तौर पर वह बुरी तरह टूट गया। पांच घंटे स्कूल में सिर खपाने के बाद दो घंटे मैनेजर साहब के घर की ड्यूटी अब लाज़मी हो गई थी। बात बच्चों को पढ़ाने तक ही सीमित रहती तो गनीमत थी, परन्तु अब तो कभी-कभार बाज़ार से सब्जी भी ढोनी पड़ती। महीने के आरम्भ में राशन की दुकान से राशन उठाकर मैनेजर साहब के घर पहुंचाना पड़ता और कभी-कभी दुकान का हिसाब भी रजिस्टर करना पड़ता।

ऐसा नहीं था कि मैनेजर साहब उससे मुफ्त काम ले रहे थे। उसे तीन सौ की रसीद पर हस्ताक्षर करके दो सौ चालीस रुपए मिलते थे जब कि दूसरे मास्टरों को एक सौ अस्सी से लेकर दो-सौ दस के बीच मिलता था। यानी शुद्ध रूप से कम-से-कम तीस रुपए का लाभ था जो उसकी गरदन को हमेशा मैनेजर के सामने दबोचे रहता और वह सिर को झुकाए हुए स्याह-सफ़ेद सब बराबर करता रहता।

इस पूरे दौर में उसके अन्दर की दहशत और अधिक बढ़ी थी, उसके अन्दर का कायर और अधिक सहमा था और उसमें समझौते करने की ताकत पहले से कई गुना अधिक प्रबल हुई थी।

नौ महीने बिना नागा स्कूल की छुट्टी के बाद मैनेजर साहब के दरबार में सलाम बजाते हुए बीत गए।

एक दिन स्कूल से लौटते हुए उसे अपनी देह में हल्की-सी हरारत का अहसास हुआ। पूरे बदन पर थकान हावी थी। पोरों में धीमा-धीमा दर्द टीस रहा था और सामने की हर चीज़ को देखने-समझने के लिए दिमाग़ पर ज़ोर डालना पड़ रहा था। सिर बुरी तरह दुःख रहा था। मन हुआ कि मैनेजर साहब के यहां छुट्टी कर लें, परन्तु एक दहशत थी जिसके दबाव में पहुंचना आवश्यक जान पड़ा।

रात गए घर लौटा तो बुरी तरह पस्त हो चुका था। ठंड के ज़ोर से बदन कांप रहा था। कमरे में पहुंचकर उसने कंधे से झोला उतारा और स्कूल वाले लिबास में ही निढाल होकर खाट पर गिर पड़ा। आंखों के आगे घुप्प अंधेरा छा गया। सिर का दर्द बुरी तरह भड़क उठा। बदन के जोड़ों से निकल कर पूरी देह में धीमी-धीमी आंच फैलने लगी। अब उसे किसी भी चीज़ का होश नहीं था और वह बेसुध खाट पर पड़ा कराह रहा था।

घर के सदस्य एक-एक करके इकट्ठा हुए, पड़ोस से थर्मामीटर मंगाया गया और तेज़ ज्वर से तपते हुई उसकी देह को लिहाफ से ढांप कर दवाई के लिए भागा-दौड़ी आरम्भ हो गई।

पांचवें दिन बुखार टूटा तो कमज़ोरी से उसके चेहरे की चमड़ी हड्डियों से चिपक गई थी। आंखों के स्थान पर दो मोटे लैंस शेष दीखते थे। चेहरे पर फिर से सख्त दाढ़ी उभर आई थी।

डॉक्टर ने देह में खून की कमी बताकर पूरी तरह आराम की सलाह दी। उस बेचारे ने शायद अपनी सलाह एक पूरे आदमी को दी थी, परन्तु वह तो टुकड़ा-टुकड़ा जिंदगी जीता हुआ पिछले नौ महीनों में इंसान कम और मशीन अधिक बन गया था।

...और ठीक सातवें दिन वह सम्भल-सम्भलकर क़दम जमाता हुआ स्कूल के खुशनुमा ऑफिस में जा पहुंचा।

'तुम...' प्रिंसिपल उसको देख कर चौंका था।

'जी बीमार हो गया था...इसलिए...' उसने बेतरतीबी से चलती हुई सांस को काबू में लाते हुए कहा। दूर तक पैदल चलने के कारण कमज़ोरी से टांगे पत्ते की तरह कांप रही थी। ठंड के बावजूद माथे पर पसीने की बूंदे खिल आई थीं।

'तुम बैठो...अभी मैनेजर साहब आएंगे।' प्रिंसिपल ने उपेक्षा से बात टाल दी।

वह किसी अप्रत्याशित आशंका से कांप उठा। कुर्सी पर बैठते हुए उसने चश्मा उतारा और उसके मोटे-चिकने लैंसों को रूमाल से साफ़ करने लगा।

मैनेजर साहब काफ़ी देर बाद आए।

'तुम...कैसे...' उसे देखते ही मैनेजर साहब की मुख-मुद्रा पर से पहचान के सभी चिन्ह लुप्त हो गए।

'जी...जी...दरअसल बीमार हो गया था।' इस प्रश्न पर वह बौखलाया।

'सूचना भिजवानी चाहिए थी।' मेज़ का चक्कर लेकर मैनेजर साहब कुर्सी पर आरूढ़ हो गए और टेबल पर पड़े इक्का-दुक्का काग़ज को बेवजह इधर-उधर करने लगे। यह समझौते की किसी भी सम्भावना को नकारने की पूर्व भूमिका थी।

वह खामोश होकर मेज़ की सतह पर टिके कांच के पेपरवेट के बीच खड़ी रंग-बिरंगी फूल-पत्तियों को घूरने लगा।

'अब तो बहुत मुश्किल है।' मैनेजर साहब फिर बड़बड़ाए।

'जी...क्या...'

'हमने तुम्हारी जगह कल ही दूसरे मास्टर को रखा है।'

'जीऽऽऽ...परन्तु...' उसका मस्तिष्क इस विस्फोट से झन्ना उठा।

'हमने सोचा, तुमने कहीं और नौकरी कर ली है।'

'परन्तु...मैनेजर...साहब...।'

वह पूछना चाहता था कि, तुमने मुझे किस नियम से निकाला, न कोई नोटिस न कोई सूचना, परन्तु उसके अन्दर का कायर उसके साहस पर हावी हो गया। नौ महीने की गुलामी इस सबके लिए पर्याप्त थी।

'अब कुछ नहीं हो सकता...हां, यदि फिर कभी आवश्यकता हुई तो देखेंगे।'

मैनेजर साहब इस सबसे बचने के लिए उठ गए और दरवाज़े की ओर बढ़े।

ऐसे में उसे कुछ नहीं सूझा तो उसने लपककर मैनेजर साहब के पांव पकड़ लिए।

'मेरी हालत पर ध्यान दीजिए साहब...मैं बहुत गरीब हूं। मुझे नौकरी चाहिए। मैं वादा करता हूं, अब कभी गैरहाजिर नहीं होऊंगा...।'

उसके चश्मे के लैंस पसीजकर धुंधला गए।

'यह क्या बेवकूफी है...' मैनेजर साहब ने खीज कर टांगों को झटकना चाहा, परन्तु उसकी पकड़ बहुत मज़बूत थी।

'साहब...मैं... मैं...' वह फिर गिड़गिड़ाने लगा और मैनेजर साहब चिढ़ और खीझ से बार-बार टांगों को झटकने का प्रयत्न करने लगे।

मैनेजर साहब पूरे बल प्रयोग के बाद भी जब उससे अपनी टांगे नहीं छुड़वा पाए तो आत्महीनता और गुस्से से उनके चेहरे के कटाव फड़कने लगे। वह ज़ोर-ज़ोर से गालियां बकते हुए मास्टरों का नाम पुकारने लगे।

मैनेजर साहब की बुलन्द आवाज़ से मास्टर कमरों से निकल कर ऑफिस में आ जुटे। बच्चे ऑफिस में हो रहे तमाशे के आंगन तक पहुंचने की प्रतीक्षा में उत्सुक नज़रों से ऑफिस की ओर देखते हुए कमरों से बाहर आ गए और आंगन में अलग-अलग हिस्सों में बिखर गए।

'उठाओ हरामजादे को और स्कूल से बाहर फेंक दो...।' मास्टरों की इकट्ठा हुई जमात को देख मैनेजर साहब कड़के।

'नहीं...नहीं...साहब...' अब वह रोने लगा था, परन्तु टांगे अभी भी उसकी गिरफ्त में थीं।

उसने अपनी गीली नज़र एक बार मास्टरों पर डाली। रामलखन तो रोज उसे साइकिल पर सब्जी-मंडी के चौराहे तक ले जाता था। मैनेजर साहब से सिफारिश करके एक बार रामलखन को 'एडवांस' भी दिलाया

था। गोपाल, मदन और धनपाल भला उसे कैसे बाहर फेंक देंगे। नौ महीने लगातार उन्होंने दोपहर की आधी छुट्टी के अलावा, कई पूरी छुट्टियां भी इकट्ठी बिताईं हैं।

उस भीड़ में एक नया चेहरा भी है – शायद उसके स्थान पर वही रखा गया है।

वह निश्िंचत हुआ – अधिकतर आदमी अपने हैं।

'उठाओ साले को और बाहर फेंक दो! मेरा मुंह क्या देख रहे हो?' मैनेजर साहब दोबारा दहाड़े तो मास्टरों के मस्तिष्क में ठहरा हुआ सिल-सिला फिर चल पड़ा।

वह तीव्रता से उसकी ओर लपके।

'अरे...अरे...गोपाल यह क्या करते हो भाई...अरे मदन, धनपाल मुझे पहचाना नहीं क्या...मैं... मैं...' वह घबरा कर हकलाने लगा।

उसकी जकड़ से मैनेजर साहब को छुड़वाकर सब फिर ठहर गए। उनमें शायद अभी पहचान का कोई अंश शेष था। उन्हें इस प्रकार रुकते देख दोनों पर अलग-अलग प्रतिक्रियाएं हुईं।

'अरे भई रामलखन, गोपाल, मदन, देखो मैं तुम्हारा भाई आज मुसीबत में हूं। यह मैनेजर बदमाश है। हमें इसके खिलाफ आवाज़ उठानी होगी, संघर्ष करना होगा...मैं इसे मटियामेट कर दूंगा...इसकी बोटियां नोच लूंगा...इस कुत्ते को...' वह ज़मीन पर पड़ा-पड़ा चीखने लगा था।

'हरामजादो, इसे उठाकर बाहर क्यों नहीं फेंकते!' उसको एक तेज़ ठोकर जमाते हुए मैनेजर मास्टरों पर दहाड़ा।

रुके हुए मास्टरों ने फिर से मिलकर ज़ोर लगाया और उसके चीखने-चिल्लाने की परवाह किए बिना उसे उठा लिया। दोनों हाथ और टांगें पकड़कर और झुलाते हुए उसे बाहर आंगन में ले आए।

बच्चों ने ताली बजा-बजाकर और किलक-किलक कर इस तमाशे की दाद दी और एक जुलूस की शक्ल में झूला-झूलते और झुलाते मास्टरों के काफ़िले के पीछे-पीछे स्कूल के बड़े दरवाज़े की ओर बढ़ने लगे।

# वाल हैंगिंग

सेठ उतना ही चालाक था जितना इक्कीसवीं सदी का कोई भी व्यापारी हो सकता है। बोलता है तो फूल झरते, आंखों से दया-माया उमड़ती। ग्राहकों के सामने अपनत्व और बेचारगी की तस्वीर दिखलाई देती पर अपने कारिन्दों के लिए वो किसी जोंक से कम नहीं था। उसकी नज़रें इतनी पैनी थी कि दीवार की ओट में खड़ा हुआ कारिन्दा भी अपने को उसकी गिरफ़्त में अनुभव करता।

शहर का यह सबसे मंहगा शोरूम था। गरीब और मध्य वर्ग के लोग इसके सामने से निकलते हुए भी कतराते थे। फिर भी कभी यदि इस शोरूम के सामने से निकलना ही पड़ता तो उसे देखकर कुछ ऐसे ही आह्लादित होते जैसे किसी तिलिस्म को देखकर हो सकते थे। अलबत्ता, उच्च मध्यवर्ग के नए अमीर अपनी धुली-पुंछी कार को इस शोरूम के सामने रोककर भीतर प्रवेश करते और फिर अपनी भूल पर खामोशी का पर्दा डाल लेते। चीज़ों के भाव पूछते हुए उन्हें तुरन्त याद आता कि यह कालीन फलां जगह पर इससे आधे दामों में मिल सकता है या फिर हैंगिंग्स चार गुने, कुशन आठ गुने और टेबल क्लाथ सोलह गुने महंगे बेचे जा रहे हैं। पर वो निर्विकार भाव से 'फाइन', 'ब्यूटीफुल' और 'अमेज़िंग' जैसे शब्द बोलते हुए चुपचाप शोरूम से बाहर निकल आते। बहुत हुआ तो लौटते हुए एक छोटी-सी वाल हैंगिंग खरीद लेते और उसे घर की बैठक में लटकाकर, आने वालों को बताते कि बस यों ही गुज़रते हुए इस शोरूम से ख़रीद ली थी।

शोरूम के जिक्र से वो साधारण-सी बेनूर वाल हैंगिंग भी अचानक एक नायाब पेंटिंग में बदल जाती।

इसके बावजूद, शहर में एक ऐसा वर्ग था जिसकी ज़ेब पर इस शोरूम की चमक कायम थी। जिस तरह शहर के लोग चमगादड़ और उल्लुओं की उपस्थिति से अनभिज्ञ रहते थे, ठीक उसी तरह इस वर्ग के बारे में भी उसकी जानकारी शून्य थी। यह कब शहर में आते और फिर लौट भी जाते, किसी को पता ही नहीं चलता था, पर इन्हीं के ज़ोर पर शहर की ये बेहद मंहगी दुकान झिलमिलाया करती थी।

अलग-अलग तरह के सौ दूधिया बल्बों से दिन-रात जगमगाने वाले इस शोरूम की बाहरी शीशे की दीवारें तीस फुट ऊंची थीं। तारीफ़ यह, कि तीस फुट दूर से निकलता हुआ आदमी भी शोरूम के बिल्कुल अन्दरूनी हिस्से में रखी हुई छोटी-से-छोटी चीज़ को भी साफ़ देख सकता था। बशर्ते कि उसकी आंखें यहां की चौंध को बर्दाश्त करने के काबिल हों।

विपिन वालिया पर भी सेठ की नज़रें वैसे ही चिपकी रहतीं थीं जैसे दूसरे नौ सेल्समैनों पर। इससे वालिया का हौसला लेकिन पस्त नहीं हुआ था। वह मानता था कि सेठ को अपना काम करना है और उसको अपना और एक दिन उसने अपने काम को बखूबी अन्जाम भी दे दिया था।

पिछले दो साल वालिया एक सपना जी रहा था। बेहद सुन्दर और आकर्षक घोड़ों की टापें यहां दुकान की एक वाल हैंगिंग में क़ैद थीं। वालिया उन्हें आज़ाद करवाना चाहता था। वो चाहता था कि ये कद्दावर घोड़े उसकी बैठक की खाली दीवार पर हिनहिनाते हुए टापें भरें। माना बैठक बेहद छोटी और अंधेरी थी, पर उसका सपना उतना ही बड़ा और रोशन था। जब से उसके दिमाग में यह विचार आया था, उसके जेहन में सामने की दीवार का खालीपन चुभने लगा था। यूं तो उस दीवार पर राम, सीता, शिवजी और हनुमान के लम्बे-लम्बे कलैंडर टंगे हुए थे फिर भी यह दीवार ढकी हुई नहीं थी। वाल हैंगिंग के विचार ने तो उसे बिल्कुल ही बेपर्दा कर दिया था। अब वह दीवार वालिया की आंख की किरकिरी बन गई थी।

यों तो ढका हुआ उसका घर भी नहीं था। भीतर के इकलौते कमरे के साथ ही बाहर रसोई थी और उसके साथ पांच बाई छह फुट का

बरामदा। इस बरामदे के खुले हिस्से को चिक से ढककर उसने कमरे के रूप में बदल लिया था। बेंत का बुना हुआ छोटा-सा बदरंग सोफ़ा और आबनूसी रंग की पुरानी मेज़ इसे बैठक की शक्ल देते थे। इससे ज़्यादा यहां कुछ रखा भी नहीं जा सकता था।

पर्याप्त रोशनी के अभाव में इसी बैठक की नमी अंधेरी दीवार उसे किसी प्रेक्षागृह का भ्रम देती। यहीं उसे घोड़ों के हिनहिनाने और टापें भरने की आवाज़ें भी सुनाई देतीं। इन्हीं घोड़ों को दीवार पर प्रकट करना वालिया का सपना बन गया था। यह भी संयोग ही था कि किसी भी ग्राहक ने पिछले दो सालों में उसका यह सपना नहीं तोड़ा था।

वाल हैंगिंग कैसे उड़ाई गई थी? यह कोई नहीं जान पाया। वाल हैंगिंग अब उस जगह नहीं है, जहां होनी चाहिए, इस बात की ख़बर सबसे पहले सेठ को ही हुई थी।

'यहां घोड़ों वाली हैंगिंग थी। कहां गई?' उसने चीख़कर पूछा।

सभी चौंक गए। अभी तक किसी का ध्यान इस ओर नहीं गया था। वालिया ने भी चौंकने का स्वाभाविक अभिनय किया।

'शायद तह कर दिया हो।' किसी ने कहा।

कुछ ही देर में सैकड़ों तहें खोलकर देखी गईं, पर वाल हैंगिंग नहीं मिली।

'ढूंढ़ो। ढूंढ़ो। नहीं मिली तो इसके दाम तुम्हारी पगार से वसूलूंगा।' अमानुषिक चेतावनी देकर सेठ वापस अपनी गद्दी पर जा बैठा था। ढूंढ़ तेज़ हो गई। वाल हैंगिंग बाहर कैसे जा सकती है इस पर गहरा विमर्श हुआ। कई लोग और कई कारण जेहन में उभरे पर व्यर्थ रहे। कोई भी इस भयानक चमत्कार से घटित होने का अनुमान नहीं लगा पाया। वालिया पूरी तरह भयमुक्त था, क्योंकि हैंगिंग अपने गंतव्य पर पहुंच चुकी थी और सन्देह होने पर वो किसी भी निर्दोष बहस के लिए तैयार था।

'नहीं मिली?' सेठ ने अपनी जगह बैठे-बैठे पूछा।

'नहीं।' किसी ने उत्तर दिया।

'सात सौ रुपया हर एक की पगार से कटेगा।' सेठ ने हिसाब जोड़ लिया था।

'यानी सात हज़ार! वह इतनी लागत की नहीं थी सेठ।' कोई एक कराह उठा।

'माना नहीं थी पर इस पांच करोड़ की दुकान में तुम पर तनख्वाह के तीस हज़ार रुपये महीना इसलिए खर्च नहीं करता कि दुकान से चीजें गुम होती रहें। यह लागत भी जोड़ो फिर बहस करो।' सेठ बिजली की तरह चमका।

सब चुपचाप अपनी-अपनी जगह जाकर खड़े हो गए। वाल हैंगिंग ढूंढ़ना बन्द हो गया। वालिया ने धीरे-धीरे सबके चेहरे पर दृष्टि घुमाई। पहली बार उसे अपने किए पर पछतावा हुआ।

दोपहर को जब सब लोग रोटियां चबाने की कोशिश कर रहे थे वालिया ने धीमे-से कहा, 'मैं एक तान्त्रिक को जानता हूं। वो खोई चीज़ वापस ला सकता है।' किसी ने कोई प्रतिक्रिया नहीं दी।

'सात सौ रुपए काटेगा सेठ। सारा महीना कड़की में गुज़रेगा।' कोई एक बुदबुदाया।

'कमबख़्त! खबीस साला! हमें क्या पता उस झाड़न को कौन ले गया?' दूसरे ने कुछ तेज़ आवाज़ में कहा।

'मैं सोचता था अगले महीने दो रजाइयां भरवा लूंगा। सर्दी शुरू हो रही है।' कोई फिर कराह उठा।

'ठीक है मैं तान्त्रिक से बात करता हूं।' वालिया जैसे अपने से ही बोला। बेमजा हो चुकी रोटी को गले से नीचे उतारते हुए कुछ लोगों ने सिर उठाकर अविश्वास से उसे देखा और फिर सिर झुका लिया।

वालिया ने घर पहुंचकर दीवार टापते हुए घोड़ों को हसरतभरी दृष्टि से देखा और हैंगिंग को उतारकर तह करने लगा।

अगली सुबह वाल हैंगिंग अपनी उसी जगह से वापस मिल गई जहां से गुम हुई थी। सेठ को इसकी सूचना दी गई। वह मुस्कुराया और बोला, 'तुम लोग बड़े कच्चे निकले। सात सौ की मार भी नहीं झेल सके।'

'ये तो तान्त्रिक का कमाल है सेठ। खोई हुई चीज़ को वापस ला देता है।' किसी ने उल्लास से कहा, 'इसे वापसी नहीं बरामदगी कहते हैं।' सेठ फिर हंसा।

नए महीने की पहली सुबह! पगार लेकर वालिया ने गिनी और चौंक गया। दोबारा गिना। पगार में तीन सौ रुपए कम थे। लौटकर सेठ के पास गया और बोला, 'सेठ! रुपऐ की गिनती में फर्क रह गया है।'

'कितना फर्क है?' सेठ ने पूछा।

'तीन सौ रुपए का सेठ! रुपए कम हैं।' वालिया ने ज़ोर देकर कहा।

'तीन सौ रुपए ड्राइक्लीनिंग के काटे गए हैं।' सेठ ने कहा।

'कैसी ड्राइक्लीनिंग?' वालिया ने हैरानी से पूछा।

'तेरे तान्त्रिक की दीवार पर सीलन बहुत है रे छोकरे। वाल हैंगिंग पर दाग पड़ गया था। ड्राइक्लीनिंग का पूरा तीन सौ रुपया लगा।' सेठ ठहाका लगाकर हंसा।

वालिया धक-से रह गया। चोरी पकड़ी गई थी। सिर झुकाए हुए चुपचाप अपने काउंटर पर लौट आया। उसने कनखियों से देखा, साथी भी चोर मुस्कान लिए हुए अपने-अपने काम में व्यस्त थे। वह हैरान था कि इतने दिनों में न तो कभी सेठ ने ही उसे लताड़ा था और न ही कभी किसी साथी ने उलाहना दिया था। क्यों? क्या वह इतना दीन-हीन दिखता है कि लोग उसे चोरी करने पर भी माफ़ कर सकते हैं? क्या इतना बेचारा हो गया है वह! अचानक उसका चेहरा विवर्ण हो गया और वह थककर स्टूल पर बैठ गया।

उस दोपहर वालिया खाना खाने चला गया तो फिर लौटकर नहीं आया। अलबत्ता दीवार पर टंगे वो अभिशप्त घोड़े अब भी वहीं हैं, पर उनकी टापें अब किसी को नहीं सुनाई देतीं।

•••